# 我在世界的十字路口

王云松 著

人民日报出版社

# 序

这是一个年轻记者和你分享的远方的故事。

2017年7月,在尼罗河畔,王云松和我聊起他在中东常驻的经历,说自己有每天记日记的习惯,3年多写下了40多万字,没有一天中断。这种持之以恒的精神和对新闻事业的热爱给我留下了深刻印象。

中东,一片充满魅力的土地,一座毋庸置疑的新闻富矿。法国历史学家费尔南·布罗代尔曾说:"没有地理,便没有历史。"横跨欧、亚、非三大洲的中东,则将这一观点体现得淋漓尽致。人类古老文明在这里交汇,留下色彩斑斓的文明和文化,让每一位曾经到访过这片土地的人为之倾倒。然而,文明的传承也伴随着此起彼伏的战争和冲突。历史、现实、宗教、文化、政治、经济、大国角力等多因素、多维度相互交织,让中东从来不缺新闻。

对一名驻外记者来说,这里,无疑是施展才华的大舞台。云松是幸运的。3年多的时间中,他的足迹遍布13个西亚北非国家,采访了上百个人物,上至总统、部长,下至一般民众。虽然并不是学习阿拉伯语出身,但在世界这一最动荡的地区之一,他一头扎了下去,写下了云松版的新一千零一夜,在国际视野中成长完善着自己。

记者,职业很崇高,也很辛苦。好的记者,不仅要有眼力发现新闻,还要有脚力深入现场,更要有脑力拨云见日。局势动荡所引发的恐怖袭击等潜在安全风险,是常驻中东的记者在日常报道乃至生活中不得不面对的挑战。云松的文字,也不讳言采访中他内心挥之不去的忐忑和不安。初到埃及,云松便参与报道了埃及宪法公投,此后又报道了总统选举和议会选举,成为唯一一名见证了"阿拉伯之春"后,埃及"政治转型三步走"的人民日报社年轻记者;他报道过"土耳其建国百年未有之变局"的土耳其宪法公投,在俄罗斯驻土耳其大使遭到枪击后,辗转近10个小时,第一时间赶赴安卡拉采访;也曾赴战乱频仍的加沙地带和"爆炸之都"巴格达发回独家报道。很多文章不仅为读者带来了新闻现场的第一手信息,更可贵的,是他对地区局势变化的观察和思考。

当读到生活在加沙沙蒂尔难民营的伊布提哈吉老人"我们一定能够回去"这样斩钉截铁的话语时,读者对于巴以冲突的复杂性会有更多了解;

当看到约旦安曼城堡山上当地儿童灿烂的笑容时,读者肯定会为中东有这样一片"安全绿洲"感到庆幸;

当听到生活在战乱中的巴格达市民一个个朴素的"人生梦想"时,对"少一些冲突和苦难,多一点安宁和尊严"这一中东人民的向往,读者会有更多认同……

"未之见而亲焉,可以往矣;久而不忘焉,可以来矣。"无论去没去过中东,国人对这里都有一种亲近感。在穿越时空的往来中,古老的陆上丝绸之路和海上丝绸之路早已把中国和中东这片瑰丽的土地紧密地连接了起来。"世界上恐怕没有哪个民族在与中东地区人民的交往上总是给予对方温暖的感觉。"云松在书中如是说。从历史一路走来,中国与中东地区的国家因为"一带一路"建设的稳步推进,更是进入了友好合作的新时代。

记者,时代的记录者。云松用他的笔和相机记录了中国为这个地区乃至世界所带来的改变。《中国建设者,让摩洛哥从能源匮乏走向富足》《土耳其安伊高铁开通背后的故事》《"海湾明珠"有座中国"龙城"》这些篇目,用生动的事例展现了一个日益走近世界舞台中央、愿意和世界共享发展机遇的大国形象,诠释着中国作为"中东和平的建设者、中东发展的推动者、中东工业化的助推者、中东稳定的支持者、中东民心交融的合作伙伴"的真实亲诚。无论是面对严峻的地区形势，还是恶劣的自然条件，来自中国的建设者付出汗水甚至鲜血，在中东这片土地上坚守着，让中国在中东地区不断提升的影响力，为当地民众所感知、所赞同。中国与中东的互动从来没有像今天这样紧密。

　　世界正经历前所未有之大变局，中国和中东的友好在延续，中东在挑战中也蕴含着希望。云松将自己百万字的新闻报道以及经历与思考之作起名为《我在世界的十字路口》，不仅是对自己成长痕迹的记录，也表达了一个中国年轻记者对这片充满魅力而又饱经磨难土地的由衷希冀：站在历史的十字路口，中东早日迎来发展与和平。

人民日报社副总编辑

# 自　序

"夜，很安静。

夜，等待着黎明。

古老的尼罗河曾孕育生命，

在中东这片土地上，

希望没有战乱与贫穷，

愿时间给予沙漠以绿洲，

愿时间给予人民以富盈！"

当写下这些文字的时候，我与这个富有传奇色彩的地区的分别越来越近。离去像首歌，带不走三年半的记忆和那个时刻当中最独特的我。

2014年元旦刚过，挥别父母与新婚未满一月的妻子，我踏上了前往埃及赴任的旅途。坐在埃及航空的飞机上，对于未来，我既憧憬又迷茫，这个我们从小就耳熟能详的国度在经历了惊天剧变后到底是一番怎样的景象？这个凝聚了血雨腥风和资源财富的地区又有着怎样独特的秘密？

抵达开罗，天微微亮，雾蒙蒙的天、空气中略微有些刺鼻的味道以及老旧的建筑是我对这个中东第一大城市的第一印象，当然，还少不了一路几乎"如影随形"的装甲车辆和荷枪实弹的军人。那时的埃及，游行、示威仍旧是家常便饭。前往分社的路上，同事们向我讲述着路旁阿达维亚清真寺的血腥往事以及解放广场上山呼海啸般的呐喊，并一再叮嘱我在建筑物中千万不要靠窗户太近，以免被流弹击中，这一切让我脑海中"动荡"一词始终挥之不去。说实话我并不畏惧，而是兴奋，初来乍到的我，竟没有一丝疲惫，因为我知道，这里将是我观察世界的舞台，也是未来"战斗"的战场，为了这一刻的到来，我等待了大概15年。

中东，被称为"两洋三洲五海之地"，而我更愿意把这里叫作"世界的十字路口"。

我在世界的十字路口，在驰骋中留下脚步。

我在西亚、北非的荒漠与绿洲中穿梭。埃及、土耳其、卡塔尔、苏丹、伊拉克、黎巴嫩、约旦、巴勒斯坦、以色列、阿曼、巴林、摩洛哥、阿联酋，我的足迹几乎遍布了整个中东。我用眼睛、头脑、手中的笔和相机观察、记录着我所经历的一个个难忘的瞬间。近200万的文字、4万张照片和几十个小时的视频是中东留给我，也是我留给中东最为宝贵的记忆。

我在世界的十字路口，见证了中东的改变。

经历了宪法公投、总统选举和议会选举"政治三步走"的埃及正一步一步走向稳定，虽然恐怖袭击仍然时有发生，但是当你看到越来越多的外国游客来到埃及，看到"城市之星"购物中心拥挤的人群时，你会同我一样对这个国家的未来抱有更大的期望。当然，现在的埃及正在经历着经济危机，政府也一再希望民众多一些忍耐，共渡难关。不过我始终相信被誉为"世界文明之母"的国度一定能再次迎来复兴。

叙利亚局势持续动荡，也门、伊拉克、利比亚依旧陷入局部冲突的暴风血雨中，原有的权力结构，因外在的干预而被打破，部分国家出现权力真空，极端主义势力又重新抬头，中东政治版图越来越呈现碎片化。传统的诸如巴以冲突等老的矛盾尚未解决，新的冲突又此起彼伏。被称为"新苏丹"的埃尔多安，将土耳其由议会制变成总统制，"近百年未有之变化"带给了这个国家期待与挑战。

"这是一个最好的时代,也是一个最坏的时代。"作为一名驻外记者,中东是一个新闻"富矿",在这里我们能够以最身临其境的方式洞悉国际关系的纵横捭阖和战争与冲突的血雨腥风;但作为一个旁观者,看到了太多的鲜血与杀戮,我期待作为新闻热点的中东能够降温,最好不要一次又一次因为"恐怖袭击""爆炸""动荡"登上国际媒体的头条。

我在世界的十字路口,友好合作的大时代让我有幸成为历史的见证者,见证中东因中国而改变。

在亚历山大图书馆,珍藏着一份珍贵的历史文件——唐朝末期的中国人与当时的埃及人和印度人签署的三方贸易合同。这份合同的内容是一位埃及人通过他在印度的代理商,利用海上丝绸之路从中国进口瓷器。埃及出版人艾哈迈德·赛义德(中文名白鑫)对我说:"当我看到这份合同时,真的很震惊,1100多年前,中国与中东就已经有了如此密切的交往,一条丝绸之路,将中华文明和中东紧密地连接了起来。"

其实,早在公元97年,中国古代著名的外交家甘英奉西域都护班超之命出使大秦(罗马帝国)时就曾抵达当时被称作"西海"的阿拉伯湾。甘英也成为第一位亲眼看到阿拉伯湾的中国人。

伴随着驼铃声声、风帆点点,中国和中东地区的友好交往已逾两千年。时至现代,中国与中东国家也是守望相助。1956年,埃及与新中国建立外交关系,这是首个与新中国建交的阿拉伯国家,开启了中国与中东地区交往的新篇章。阿尔及利亚是两阿提案国(阿尔及利亚、阿尔巴尼亚)之一,为1971年恢复中国在联合国的合法席位做出了重要贡献。

我想除了中华民族,世界上恐怕没有哪个民族在与中东地区人民的交往上总是给予对方温暖的感觉。

无论是在土耳其安伊高铁的建设现场，还是在喀土穆人们友好地称我为"朋友""兄弟"；无论是在阿什杜德港，以色列业主为中国企业竖起的大拇指，还是在巴格达，卡利玛女士热心地要为我烹制秋葵汤，我都深刻地感受到"中国"在这个地区已经成了友好的象征与标志。

看着横跨尼罗河的中国电塔被高高竖起，听着中国建设者在伊拉克为了保障当地通信设施畅通而不畏艰险的故事，感受着撒哈拉大沙漠中电站建设现场的滚滚热浪和飞沙走石……虽然我曾试图为中国在中东地区留下"全景画"，但我承认自己失败了，因为这里有我太多的同胞，在恶劣的天气、危险的局势下坚守，他们的足迹遍布这里的每一寸山河。我并没有为自己的"失败"而沮丧，反倒倍感自豪，正是因为他们的努力和汗水才换来了一个负责任的大国形象和中国在中东地区影响力的提升，这或许就是"软实力"的真正力量。

《我在世界的十字路口》正是想从一位常驻中东三年多的驻外记者的视角讲述我所经历的中东故事、思考的中东问题以及对于这个地区的感悟。不同于"游记"，这本书有故事，也有中东政治的冲突起因、外延和历史渊源的分析。我期待用文字和图片带给读者更有广度、宽度和深度的中东印象，为这片充满神秘色彩的土地揭开面纱。如果你对这片土地和我一样拥有好奇心，不妨打开这本书，听听我的中东故事。

2017 年 7 月于埃及吉萨阿斯旺广场

# 目录 contents

## 第一章 穿行中东十万里

"Democracy or money, which one do you prefer?" ..............003
我和埃及总统塞西面对面 ..............006
"赎罪日战争"的辉煌与荣誉 ..............010
大漠寻鲸 ..............013
阿布米那遗址怀古 ..............015
开罗城中的两个世界 ..............017
慢生活的埃及：被"10分钟"忽悠 ..............022
不属于地球表面的风景 ..............024
阿拉曼人说："二战"尚未结束 ..............027
"垃圾山"中隐藏中东最大教堂 ..............032
信仰上帝的埃及人 ..............036
新苏伊士运河，续写埃及现代史 ..............040
一条老街，串起时光 ..............043
苏菲舞，让人一见倾心 ..............047
埃及好人黑塞姆 ..............049
动荡中也要拥抱春天 ..............052
安曼历史的"开篇章" ..............055

从开罗到安曼到耶路撒冷 ………………………………… 058
偶遇"中国制造" ………………………………………… 062
第一次见到隔离墙 ……………………………………… 064
进出加沙不容易 ………………………………………… 066
"我们一定能够回去" …………………………………… 069
"世界上最大的监狱" …………………………………… 073
不忘历史,为了未来更美好 …………………………… 076
在基布兹听幸存者讲述大屠杀的故事 ………………… 081
穿行于战争与和平间 …………………………………… 083
勇于挑战,以色列成就"创新传奇" …………………… 086
九分美与哀愁的耶路撒冷 ……………………………… 090
土耳其地方选举见闻 …………………………………… 093
土耳其安伊高铁开通背后的故事 ……………………… 096
一次临危受命的采访 …………………………………… 101
埃尔多安终于还是赢了 ………………………………… 104
土耳其人愿为国家投上一票 …………………………… 109
伊斯坦布尔的城市底色 ………………………………… 112
醉心收藏"中国蓝" ……………………………………… 114
每一块角落都是梦幻之地 ……………………………… 118
伊拉克人的梦想 ………………………………………… 121
在伊拉克反思美式民主 ………………………………… 126
提尔、赛达"双城记" …………………………………… 129
黎巴嫩的"太阳神之城" ………………………………… 132

在"乳香之国"重走"乳香之路" ..................134
阿拉伯剑舞的魅力 ..................138
气候大会感受中国力量 ..................140
马拉喀什"三城记" ..................143
中国建设者,让摩洛哥从能源匮乏走向富足 ..................147
中国钻井企业助力科威特实现石油"增产梦" ..................152
"海湾明珠"有座中国"龙城" ..................157
小国也有大梦:卡塔尔打造国际航空枢纽 ..................160
"回家之日遥遥无期" ..................162
危难时刻,祖国带你回家 ..................164
"保障每一位同胞的安全" ..................166

## 第二章 "一千零一夜"的思考

"小金人"与"政治" ..................171
埃及大饼的"政治经济学" ..................173
"电力危机"的政治发酵 ..................175
穆巴拉克被判无罪令埃及革命重回原点? ..................177
中埃关系迎来历史上最好发展时期 ..................179
穆尔西判刑背后的政治博弈 ..................182
528个死刑,为穆兄会陪斩 ..................184
埃及在困境中寻求经济振兴 ..................188
历史的魔力 ..................191

埃尔多安的反恐盘算 .................................................................193

未遂政变折射埃尔多安困局 .................................................195

西方积极寻求与土耳其关系转圜 .........................................198

谋求建立安全区凸显土耳其地区政治野心 .........................201

西方"破而不立"加剧中东动荡 .............................................204

"黄金国"的安全困境 .............................................................207

中东"安全绿洲"不再安全 .....................................................209

利比亚政治重建进程路途漫漫 .............................................211

大国角力,叙利亚局势更加复杂 .........................................213

从阿萨德的感激说起 .............................................................215

美国中东政策转向难见成效 .................................................218

"死亡之城"何时能够重现生机? .........................................221

## 第三章 人物风云再回首

埃尔多安,想当"土耳其普京" .............................................227

土耳其末代总理一切为了自己"下岗" .................................231

"幸福沙漠"里的百年王室 .....................................................234

沙特国王的三张面孔 .............................................................241

新王储上位,沙特王位回归"父传子" .................................244

马克图姆家族:迪拜传奇的制造者 .....................................248

简洁之处见本真　光影摇曳皆成诗 .....................................253

别了,"和平老人"佩雷斯 .....................................................255

利夫尼，带刺的以色列玫瑰 ...................................................................260

阿联酋王储，是个"环保控" ...................................................................265

伊拉克总理，玩命搞改革 .......................................................................268

从"恐怖皇太子"到"基地"组织新领袖 ..................................................271

专杀IS的中东"女人花" ..........................................................................274

叙老总统，30年前已被中情局盯上 .......................................................277

卡塔尔埃米尔，夹缝中的小国雄心 .......................................................281

库尔德主席，决战"伊斯兰国"的"神秘硬汉" ........................................286

后记　做不了"阿拉伯的王云松"也要尝尝尼罗河的水 .................291

# 第一章
# 穿行中东十万里

「Democracy or money, which one do you prefer?」
我和埃及总统塞西面对面
「赎罪日战争」的辉煌与荣誉
大漠寻鲸
阿布米那遗址怀古
开罗城中的两个世界
慢生活的埃及：被「10分钟」忽悠
不属于地球表面的风景
阿拉曼人说：「二战」尚未结束
「垃圾山」中隐藏中东最大教堂
信仰上帝的埃及人
新苏伊士运河，续写埃及现代史
一条老街，串起时光
苏菲舞，让人一见倾心
埃及好人黑塞姆
动荡中也要拥抱春天
安曼历史的「开篇章」
从开罗到安曼到耶路撒冷

偶遇「中国制造」
第一次见到隔离墙
进出加沙不容易
「我们一定能够回去」
「世界上最大的监狱」
不忘历史，为了未来更美好
在基布兹听幸存者讲述大屠杀的故事
穿行于战争与和平间
勇于挑战，以色列成就「创新传奇」
九分美与哀愁的耶路撒冷
土耳其地方选举见闻
土耳其安伊高铁开通背后的故事
一次临危受命的采访
埃尔多安终于还是赢了
土耳其人愿为国家投上一票
伊斯坦布尔的城市底色
醉心收藏「中国蓝」
每一块角落都是梦幻之地

伊拉克人的梦想
在伊拉克反思美式民主
提尔、赛达「双城记」
黎巴嫩的「太阳神之城」
在「乳香之国」重走「乳香之路」
阿拉伯剑舞的魅力
气候大会感受中国力量
马拉喀什「三城记」
中国建设者，让摩洛哥从能源匮乏走向富足
中国钻井企业助力科威特实现石油「增产梦」
「海湾明珠」有座中国「龙城」
小国也有大梦：卡塔尔打造国际航空枢纽
「回家之日遥遥无期」
危难时刻，祖国带你回家
「保障每一位同胞的安全」

## "Democracy or money, which one do you prefer?"

2014年1月14日至15日是埃及新宪法的全国投票日，也是我驻外以来第一次经历重大的新闻事件。

投票首日，我和分社的刘水明社长还有同事刘睿一大早就来到了埃及吉萨省杜基区革命大街上的贾迈勒·阿卜杜·纳赛尔女子中学。虽然9点投票才正式开始，但是现场已经聚集了不少民众。大家有序地排着队，男士排在大门的右侧，女士排在大门的左侧。显然，大家对于此次宪法公投的热情非常高涨，刚刚从动荡中走出的埃及民众，希望国家能恢复稳定，重返发展的正轨。不少人伸出手，做出代表胜利的"V"字形手势。校门对面的马路上，许多外国记者与埃及当地媒体一道架着摄像机和照相机在进行拍摄。

此次公投安保工作非常严密，投票现场有军人与警察维持秩序，天上也频频响起军用直升机的盘旋声，所有人都能够体会到一种如临大敌的气氛。据埃及官方称，公投期间，有16万名士兵和20万名警察被部署到各地，上万辆装甲车和坦克守护重点机构和敏感区域，还有精锐突击队随时待命。一些投票站点附近秘密部署了狙击手，防止恐怖袭击、骚乱等意外事件发生。

经过对采访证和记者证的仔细查验后，我们得以率先进入这家投票站。一位不愿透露姓名的军人告诉我们，他们前一天晚上9点就已进入该投票站，进行例行巡查，以便排除可能出现的安全隐患，他对投票现场的安保工作抱有充分的信心。

投票现场也是有条不紊。入口处放置着对身份证件进行识别的电子设备，经过两次核对，选民才能够进入投票厅，在登记、领取选票后，选民会在一个隔离地点进行填票，最后将这一"神圣"选票投出。现场有工作人员进行引导，大家情绪轻松、平稳。

在交谈中，我发现前来投票的选民全部支持这一部新宪法。住在投票站附近的萨米亚·萨德克女士在接受我的采访时说，她支持这部新宪法，她认为这部宪法会有利于埃及国家和埃及人民，能够为埃及带来安全和稳定，结束动荡，使埃及比之前更好。在回答是否认真阅读过新宪法草案这一问题时，刚刚投完票正准备离开的萨拉亚·萨林说，在投票之前她认真阅读了新的宪法草案，并且通过媒体了解到新旧宪法的区别，相比过去的宪法，她更喜欢新的宪法，因为新宪法强化了对妇女权利的保护，萨拉亚认为新宪法会让埃及走出目前的困境，带给人民更好的生活。

当我们离开时，投票站外聚集了更多排队的人，一眼望去，有一两百米长。

埃及原宪法于1971年9月11日经公民投票通过。穆巴拉克下台后，2011年3月19日经全民公投通过宪法修正案，重新规定总统候选人资格等，将总统任期由6年缩短为4年，无连任限制改为最多连任一次。2012年12月15日至22日，埃及举行新的宪法公投并获通过。这部由穆斯林兄弟会（穆兄会）主导制定的宪法具有浓厚"伊斯兰化"色彩，因而受到世俗自由派的强烈反对。2013年7月，埃及首位民选总统穆尔西被军方罢黜，"穆版"宪法只生效了190多天便被中止。此后，埃及成立了由阿拉伯国家联盟前秘书长穆萨领衔的宪法修订"五十人委员会"，并于2013年12月1日公布了新宪法草案。这部草案有较大改动，例如在政党制度方面，新宪法草案禁止基于信仰进行政治活动或者建立政党，这对穆兄会是一个沉重打击。

埃及开罗大学政治系教授哈桑对我说，此次公投的意义并不仅仅局限在埃及可能会通过一部新的宪法，它的价值更多地表现在在前总统穆尔西被罢黜这一特殊背景下，这部新宪法能够为过渡政府奠定新的合法性基础。同时，对于新宪法通过的可能性，哈桑教授表示乐观，他认为这部宪法会对埃及未来政治过渡产生积极影响。

据我在埃及最高选举委员会新闻发布会现场了解到的情况，本次埃及宪法公投一共有注册选民约5300万人，全国范围内一共设立了1.1万个投票站，大约有1.4万名法官被分配到各个投票站进行投票的监督工作。埃及最高选举委员会新闻发言人希沙姆·穆加特尔表示，此次投票的计票工作将在开罗时间1月15日晚上9点投票结束后立即开始，官方结果将在72小时内公布。1月13日，埃及

投票站外严密的安保如临大敌。

新宪法草案海外公投正式结束。据初步统计结果显示,约90%的海外投票者支持新宪法草案。

亲历宪法公投使我对埃及有了新的认识。可能是由于时间较早,参加投票的人多为中老年人,年轻人较少,其中不少人包括妇女能够讲英语甚至法语,可见这一代人的受教育情况较好。在我看来,现场投票秩序井然,参加投票的选民熟悉选举流程,应该有一定的民主素养,这与外界普遍报道中的埃及的混乱并不完全相符。其实,由此也能看出埃及受到西方的影响之深,不仅生活方式偏西化,民主制度认同上也偏西方。

采访结束后,坐在车上,看着窗外,不管此次选举的前因后果如何,我或许在采访中应该问这样一个问题:"Democracy or money, which one do you prefer?"("民主与金钱,你更需要哪个?")亲身经历埃及的动荡与国家发展裹足不前,才能更加体会到稳定对于一个国家的真切含义。

## 我和埃及总统塞西面对面

在 2014 年 5 月 26 日至 28 日举行的总统选举中，塞西以 96.9% 的高得票率当选为新一任埃及总统，并于 6 月 8 日正式宣誓就职。他成为 2011 年埃及"阿拉伯之春"后，继坦塔维、穆尔西和曼苏尔之后的第四位最高领导人，也是继穆巴拉克之后又一位出身于军人的正式总统。

塞西在埃及社会有着极高的威望，与身边的埃及朋友聊天时，我总会问一下他们对于塞西总统的看法，几乎所有人都会对我说："塞西，非常棒！我爱塞西！"

还记得总统选举时，在扎马利克女子美术学院采访时的一幕：那是一个女性专用投票站，选民们情绪亢奋，她们挥舞国旗，时而呼喊口号，时而高唱国歌，毫不掩饰自己的政治倾向。56 岁的哈弗娜对我说，她早上 7 时就来排队了，比预定开始投票的时间足足提前了两个小时。她说："我来这么早，是为了修正自己犯过的错误。因为在 2012 年总统选举时，我把选票投给了穆尔西。但后来的事实证明，我没有选对人，使埃及经历了异常艰难的两年。这次我早早地来投票，就是希望国家尽快结束动荡，重回正轨。"穿着时尚的艾尔瓦高喊着："塞西！塞西！一定能够赢得选举！"当我问艾尔瓦为何选择支持塞西时，她答道："塞西是军人出身，处事果断，我认为他有智慧和力量领导埃及实现稳定与发展。"

在男性投票站扎马利克民族小学，78 岁的阿迪尔在志愿者的搀扶下前来投票。他坐在长椅上对我说，每一个前来投票的人都是爱国的，他们关心这个国家。他希望这次选举能给埃及带来好运，他支持塞西成为新任总统。

在那次采访中，几乎所有的人都是塞西的支持者。时至今日，虽然埃及在复苏的道路上仍充满艰辛，但埃及人对于塞西还是充满了极大的信心与耐心。当然，民众的支持也是有道理的，至少在我常驻的三年多的时间中，埃及的局势从动荡走向稳定，虽然恐袭事件时有发生，但社会整体非常平稳，这背后离不开塞西的努力，就像他自己曾说道："每天清晨6点钟，我就已经开始工作了。"

2014年12月22日至25日，就任总统仅仅6个月的塞西前往中国进行国事访问，这是他访问阿拉伯世界以外的第一个亚洲国家，突显了对中国的重视。

塞西在出访前，接受了常驻埃及的中国媒体联合采访，也正是通过这一机会，我第一次走进了埃及总统府和塞西总统面对面交流。

中国驻埃及大使馆新闻处在采访前做了非常多的沟通和协调工作，保证了这次采访能够顺利进行。采访时间最终确定为12月18日下午4点，总统府要求记者3点半抵达总统府。

由于对道路不熟悉，也担心开罗堵车，当天，我和刘水明社长1点半就从中心分社出发，搭乘国际台同事的车一起前往。

埃及共有三个总统府，分别是团结宫、库巴宫和阿伯丁宫。这次要去的团结宫位于海丽奥博丽丝区，就在前往机场的路上。一路非常顺利，没有很严重的堵车。下午2点15分我们就已经抵达了总统府大门外。全副武装的安保人员问明我们来意，要求我们出示记者证等身份证明，随后他拿着之前报备的文件进行比对，确认无误后让我们的车辆驶入了总统府。刚进入大门不久，就有一次极为细致的全车安全检查，安保人员提醒我们手机不得带入总统府建筑内，最好放在车上。

团结宫建于20世纪初，曾作为豪华饭店使用，后来成为埃及总统府。团结宫的外墙洁白如雪，各种雕饰显示着浓浓的阿拉伯艺术风格，整个建筑物本身就是一件精美的艺术品。据说库巴宫主要作为埃及总统处理内政使用，而阿伯丁宫则一般用于举行欢迎外国元首的典礼仪式，会见外国宾客通常都会选择在团结宫进行。

走入总统府，必须要再次接受安全检查。我们的相机、录音笔以及随身携带的背包都被要求寄存，只能携带一支笔与一个本子进入。在工作人员的指引下，我们在等候室等候。刚坐定，刘水明社长说道："那个人不是总理马赫莱卜吗？"我出门一看，果然是马赫莱卜正在与工作人员边走边谈，不禁心生感慨：不愧是总统府，这才是真正的"高大上"呢，随便一个"路人甲"就是总理，说不定身边走过的就是哪位部长呢。因为我们来得早，等了好一会儿才见到了央视和新华社的记者。在他们到来之前，总统府新闻官希望将会见时间提前到3点半。可是人都还没到齐,临时更改时间,不要这么任性,虽然你是总统。

根据采访安排,文字记者进入会见厅后,摄影记者会有3分钟的拍摄时间,之后,他们将不得再次进入会见大厅。

时间已到,在工作人员的带领下我们走向会见大厅。当大门打开的一刹那,我注意到塞西正襟危坐于会见大厅正中,身后埃及地图样式的挂毯和埃及国旗特别显眼。如果用一句话形容我初次见到塞西时的感受,就是"他犹如国王一般"。

塞西起身和记者一一握手。

我说:"Nice to meet you, Mr. President. I'm Wang Yunsong, reporter from People's Daily."("总统先生,见到您很高兴。我是人民日报社记者王云松。")

塞西很友好地回答:"My pleasure."("我很荣幸。")

采访开始后,每一家新闻媒体向塞西提出了一个问题,由于塞西说的是埃及土语加之所有的记录设备都被安保人员要求寄存,所以整场采访的记录就委托给了新华社埃及雇员和总统府的工作人员。

塞西说:"中埃友谊源远流长,埃及是第一个承认新中国的阿拉伯国家和非

埃及塞西总统与记者合影,左二为作者。

作者在埃及总统府团结宫留影。

洲国家,中埃关系深远。他希望通过此访巩固和深化埃中关系,增进双边合作,并吸引更多的中国投资……埃及人民深刻体会了动荡、恐怖主义和极端主义对国家发展和人民生活的影响,并为此付出了沉重代价,当前埃及社会正向着安全和稳定的道路迈进。"

塞西给我的感受是话不多,表面的威严下也和蔼可亲,对于埃及未来的发展有着非常深邃的思考。在这次采访时,他就特别提道:"埃及正在努力重振经济,力争在未来几年内将经济增长率提高至7%。为此,一系列国家级的发展项目正在建设中,其中全长3400公里的国家公路网和新苏伊士运河等建设项目,将为中国投资者带来大量机遇。"如果这些政策未来真能得到很好的贯彻实施,我相信埃及的发展前景一定会更加美好。

# "赎罪日战争"的辉煌与荣誉

## ——探访西奈半岛"巴列夫防线"

位于埃及西奈半岛上的"巴列夫防线",对于军事和历史爱好者来说,绝对是充满吸引力的地方。我曾从开罗乘车来到了这片在阿拉伯人眼中,特别是对于埃及人来说承载着"赎罪日战争"辉煌与荣誉的历史纪念地。

埃及是横跨亚非两大洲的国家,其领土的亚洲部分就是西奈半岛。一条苏伊士运河将西奈半岛与埃及本土分割开来。为了抵达西奈,通常有三种选择:走和平大桥、过地下隧道和从伊斯梅利亚乘轮渡渡过苏伊士运河。和平大桥因为紧张的局势基本处于封闭状态,过隧道也并不是最理想的选择,为了体验苏伊士运河,我选择了开车搭乘轮渡。自 2013 年 7 月,埃及军方解除穆尔西的总统职务后,极端武装分子主要以西奈半岛为基地,对军警频繁发动袭击,因此,埃及军方加强了在运河两岸的安保工作。在轮渡入口处,所有车辆都要接受埃及军警严格的安全检查。在轮渡上,一位名叫萨义德的埃及中尉对我说,他来到西奈半岛驻防已有两年,最近一段时间对运河的保卫明显强化了。谈到巴列夫防线,萨义德笑了,眼中露出了一丝自豪,说:"这是我们埃及军人的骄傲,瞧,就在前面不远处。"

顺着他手指的方向,我见到远处的沙漠中有一片高高隆起的地方,想必那便是曾经震惊世界的巴列夫防线吧。

1967 年第三次中东战争中,以色列占领了埃及西奈半岛,为了能够扼守住这一战略要地,从 1969 年起,以色列耗资两亿多美元,动用了大量人力物力修筑了这座北起福阿德港、南至苏伊士湾的巨大防御工事。这条以时任以军总参谋长巴列夫名字命名的防线全长 175 公里,纵深 30 余公里,总面积达到了 5000 多平方公里。

过了运河不远处,便是埃及"十月战争"纪念园区。园区负责人穆罕默德介绍说,在战争过程中,巴列夫防线就遭到了一定程度的破坏,而战争结束后,埃及政府为了整治苏伊士运河周边环境,又将残存的部分几乎全部拆毁,现在这一小段位于沙漠中的巴列夫防线遗址成为仅存的"硕果"。

虽然巴列夫防线已经成为遗址博物馆,但在入口处依然能够见到持枪的埃及军人,提醒着每一位来访者这里曾经有过的不同寻常的历史记忆。空旷的沙漠中,埃及军队缴获的以色列军车、坦克、迫击炮等静静地陈列在那里,不时会有一道路障将一片沙地围住,仔细望过去,一枚枚地雷暴露在沙漠中,似乎在诉说着曾经的血雨腥风。穆罕默德指着两部发报机说:"这是当时最为先进的发报机之一,这部大的发报机可以直接与特拉维夫联系,而那部小的主要用于防线上各个据点间的通信。"在他的眉宇之间,我又见到了那熟悉的自豪神情。

在埃及军人的引导下,我进入了建在夏杰拉高地背对运河低矮处的指挥所,这座地下指挥所在当时是整个巴列夫防线的中枢之一。指挥所内部为拱形支撑结构,钢筋、水泥构成屋顶并辅以石块。据穆罕默德介绍,整个支撑层厚4至6米,可承受烈性炸药和重炮的直接攻击。虽然被称作"最大",但指挥所内部依然较为

巴列夫防线遗址外以色列丢弃的坦克及军车。

狭小，指挥室、值班室、作战室、战役规划室、发电室等分布在长约百米、宽两米左右的走廊两侧，每间房屋的面积在10平方米左右。当年留下的作战地图、发电设备还放置在原处，以再现曾经的情景。这个地下掩体上面覆盖着厚厚的沙堆，同周围的沙漠紧密连在一起，从背面如果不仔细分辨，基本看不出人为的痕迹。

穆罕默德在地下指挥所指着墙上挂着的以色列国旗说："当时，以色列人希望建立一个以尼罗河和底格里斯河为界的幅员辽阔的国家，为此他们侵略了西奈半岛，并构筑了巴列夫防线。"

为了打消以色列的侵略野心，必须首先克服巴列夫防线这一"沙阵"，埃及军方尝试了爆破、推土机作业等多重方式，但收效甚微。一名埃及下层军官想到了"以水治沙"的绝妙方法，实验证明，高压水枪喷射的水流可以有效冲掉沙土。1973年10月6日，埃军向以军发动突然袭击。8000名埃及突击队员乘坐800余艘橡皮艇迅速渡过了苏伊士运河。上岸后，突击队员使用高压水泵，集中"水力"向以军的"沙阵"射击。仅仅用了五六个小时，埃军就顺利开辟出了60余条通道。随后，埃及军队大部队沿着开辟的通道，发起猛攻。巴列夫防线就此被突破并瓦解。

从此，"10月6日"成了埃及历史上一个重要的时间节点。在今天的埃及，"10月6日"更是无处不在，"10月6日城""10月6日桥""10月6日纪念碑"……它们的存在都无时不提醒着埃及人民记住这次战争的辉煌。亲自指挥这场战争的埃及总统萨达特一夜间成为阿拉伯世界的英雄。在10月6日纪念园区的展览馆内，我见到了一幅由朝鲜画家所创作的反映这场战争的巨幅环形全景画，画内的主角除了无畏的埃及士兵，就是萨达特，这显示了在那个年代他所具有的极高威望。

走出地下指挥所，烈日当空，看着不远处一个铁牌上写着"peace needs force"（和平需要实力造就），不由得让人在荒漠中再次陷入沉思。

## 大漠寻鲸

沙漠之中居然会有"鲸鱼"存在？大多数人都认为这是天方夜谭，但事实上，在埃及的确有一个名叫"鲸鱼谷"的地方，而那里也确确实实有"鲸鱼"。

从开罗开车沿尼罗河西岸向西南行驶100多公里，就来到了法尤姆——鲸鱼的故乡。无边无际的加伦湖，像一颗明珠点缀着法尤姆的美景。满眼绿色，各色的枣椰树令农家风光显得恬淡、安静，整个人仿佛置身在一幅田园山水画中。

可是，不多一会儿，风光大变，眼前已是满眼荒漠，只有公路一旁的点点绿色还在提醒着我们绿洲就在身后。没错，我们已经来到了埃及真正的自然地理常态——沙漠之中，只为探寻享誉世界的鲸鱼谷。

当汽车驶入保护区，原以为鲸鱼谷已近在眼前，可谁知从保护区的入口处到真正的鲸鱼谷还有大约40公里的路程。走入沙漠的腹地，越来越荒凉，看着车后泛起的滚滚尘土，望着窗外无垠的戈壁，眼前只有沙、石，没有一丝植被，手机信号也完全消失，真堪称一个与世隔绝的境地。如果此处是一部字典，它一定没有"生机"二字。我突然明白了"人迹罕至"的真正含义，这个地方怎会有"鲸鱼"存在，我心中不断地提出一串串疑问。

停车、下车，经过一上午的颠簸终于来到了此行的目的地——鲸鱼谷。鲸鱼谷的阿拉伯语转译为"Wadi Al-Hitan"。"Wadi"是谷地之意，"Hitan"则意为"鲸鱼"的复数形式，可见当年此处鲸鱼之多。

原来这里的确是鲸鱼的故乡，只不过时间要追溯到4000万年前了。那时，这片沙漠还是汪洋，无数海洋生物在这里遨游。沧海桑田，海水退去，只有那镌刻了时间记忆的化石、激发人们想象的山峦上的水纹线无声地告诉游人：我们是可以触碰的时间，这里曾是海洋的世界。

沙漠中的鲸鱼化石。

早在19世纪末20世纪初,埃及以及西方的地质考古学家就开始探索鲸鱼谷了,在此他们发现了相当多珍贵的海洋古生物化石,如鲨鱼、海蛇、海龟、海牛,其中最珍贵的,莫过于已灭绝鲸类的化石,即古鲸亚目的化石。该地的化石显示出古代鲸鱼后肢的残余部分,记录了鲸类由陆上生物演化成海洋生物的过程。2005年7月,鲸鱼谷被列入联合国世界自然遗产,因为它是"代表生命进化的纪录、重要且持续的地质发展过程、具有意义的地形学或地文学特色等的地球历史主要发展阶段的显著例子"。

漫步在黄沙之中,巨大的鲸鱼化石犹如时间隧道一般,带领我们穿越到4000万年前的海底世界。时间仿佛在此凝成了永恒。站在这无边的荒漠中,我突然感到一丝恐惧,一丝对于自身渺小的恐惧。是啊,任何人在自然面前都是那样的不值一提。我们追求"长命百岁",可4000万年的时光对于自然不也就是仅仅一瞬吗?今天我来寻访大漠中的"鲸鱼",其实我们自己恰恰不也正是这"大漠中的鲸鱼"吗?

# 阿布米那遗址怀古

在埃及首都开罗西北 200 余公里处的马里尤特沙漠中有一处名为阿布米那的基督教遗址，1979 年，联合国教科文组织将其作为世界文化遗产，列入《世界遗产名录》。

阿布米那遗址是一座在亚历山大大帝统治时期建立的基督教城市。据传说，这个古城是以一位叫作米纳斯的殉教者的坟墓为中心修筑起来的。米纳斯曾是罗马帝国皇帝戴克里先军队中的一名军官。在戴克里先军队战胜敌人后，米纳斯拒绝屠杀任何基督徒。不仅如此，他还对外公开宣称自己的基督教信仰，这一行动极大地激励了其他基督徒继续承受来自罗马帝国的压迫和折磨。公元 296 年，米纳斯去世，传说运送他尸体的骆驼在途中突然停止行走，无奈之下，人们只好将其就地掩埋。而就在同一地方，一口水井出现在沙漠中。水井的出现使得该地长满了野葡萄和橄榄树，自此这片绿洲便被称作"神圣的米纳葡萄园"。公元 5 世纪，越来越多的基督徒来此朝圣，城市也渐渐兴盛起来。目前，考古学家已经挖掘出一个完整的城镇，发现了许多房屋和公墓，其中最为珍贵的是一座洗礼池，它位于半圆形的角落中，带有多彩的大理石壁龛。这可能是表现古代基督教建筑艺术风格的唯一实物。

目前的阿布米那遗址处在沙漠腹地，周围一片荒凉，并且该区域受农业用水的影响，其地下水位一直在下降，生态环境已到了崩溃的边缘，2001 年更是被列入《濒危世界遗产名录》。

或许越是荒凉之地，越能引发人的思古幽情。历史的遗存总能带给我穿越时空的遐想与情愫，虽然远在埃及，但对于千年前发生在这里的一切我依然充满好奇。在遗址中穿梭，走在已经被黄沙掩埋了不知多少个世纪的路上，突然有一个情景浮现在我的面前：一千多年前，这条路上是否有熙熙攘攘的人流？那时的他们又是一种怎样的心情？现在，古人魂归何处？他们的后代又在哪里？我想，所谓"穿越"，无非是你与身边的遗址踏着共同的节拍罢了。不远处，新修建的一座科普特教堂是否以另一种形式传递着阿布米那的生命呢？或许物质难以永存，而精神却能千古。

这里不像吉萨的金字塔，也不似卢克索的神庙，那里有太多的游人，沉重的历史内核外包裹着一层商业化的世俗，让真正的访者感到窒息。如果非要举出一处我最喜爱的埃及古迹，阿布米那一定位列其中，周围的沙漠剥离了几乎所有现代的痕迹，成为历史与现实的分野，这里有故事，有历史，更重要的是有能让人宁静下来的心情。摸一摸身边的墙，摸到的是千年的历史；在曾经的教堂中坐一坐，虽然已是断壁残垣，但依旧能感受到这个城市的千年传说。

骄阳的炙烤在活生生的历史面前，别有一番风味，有人或认为"无趣"，而我却认为这就是埃及所带给人的美丽，虽不惊艳，却历久弥新。阿布米那就是这样的目的地，没有惊喜，却让人记忆尤深。

曾经的繁华如今只剩断壁残垣。

# 开罗城中的两个世界
## ——一个宁静隽永,一个热闹非凡

《一千零一夜》中说:"从未见过开罗的人,就等于是没有见过世界。"然而我却觉得,开罗甚至比我们看到的世界更纷繁、更多姿。在开罗的日子里,我似乎看到了两个世界,一个是外人眼中混乱动荡的世界,一个则是开罗人心中宁静隽永的世界。每天清晨,当我关上电视走出家门,都会觉得刚刚看过的那些充斥着不安、瞬息万变的新闻,似乎发生在另一个很遥远的地方。街道上的路人表情淡然平和,咖啡馆从一大早开始就人来人往,整座城市不急不缓,按照它的节奏往前走着。

我经常在想,开罗人内心的宁静源自哪里?我带着这个问题询问当地人,很多人都回答说:"我们生来就是如此。"后来,有一位长者告诉我:"你可以走进塔里,答案就在那里面。"老人说的塔,是清真寺的宣礼塔。英国诗人布莱克有一句很有名的诗:"一沙一世界,一花一天堂。"而在开罗,则是"一塔一世界",一座座宣礼塔勾勒着开罗的历史,用千年的光阴拼接出这座城市、这个民族的故事。

### 欣赏包容之美

这个故事的起点,就在开罗的制高点——穆卡塔姆山上。

站在山顶俯瞰,昏黄的天空下最显眼的就是那一座座直指天空的宣礼塔。开罗大约有1000座百年以上的清真寺,而每一座清真寺都会有一座用于召唤人们前来祈祷的宣礼塔,因此人们又称开罗为"千塔之城"。而在这"千塔"中,最高的那一座就位于穆卡塔姆山,这里有埃及最美也最有名的清真寺——穆罕默德·阿里清真寺。

这座清真寺的名字来源于19世纪埃及的统治者穆罕默德·阿里,他执掌埃及长达40余年,因为实行学习西方的富国强兵改革政策,而被称作"现代埃及的奠基人"。1849年阿里病故后,被葬于这座清真寺内,永远守护着这座古老的清真寺。

从穆卡塔姆山的最高处萨拉丁城堡入口到阿里清真寺,有一条小道,两侧高墙耸立,虽然并不显眼,却因埃及历史上著名的"萨拉丁城堡屠杀事件"而闻名。1811年3月1日,阿里在这里成功伏击了阻碍埃及改革的马穆鲁克势力,从而确立了自己的统治权威,为改革扫清了障碍,这可以称作埃及版的"玄武门之变"了。行走其间,政治斗争的残酷如冷气般袭来,让人仿佛可以触摸到历史的血雨腥风。

每次参观阿里清真寺的时候,我都会忍不住要在此多驻足一会儿。这里有一股复杂的气场——一面是冰冷残酷的政治斗争,另一面却是令人沉醉的艺术之美。这座始建于1830年的清真寺建设周期长达27年,它完美地融合了东方伊斯兰建筑风格与欧洲建筑的特点。阿里原系阿尔巴尼亚人,生于希腊沿海城镇卡瓦拉,因此,来自希腊的建筑设计师特意建造了拜占庭式的多层圆形大拱顶与细长的宣礼塔。巨大的圆顶在阳光的沐浴下熠熠生辉,如同耀眼的礼花绽放在开罗最上空。

清真寺大殿外有一个巨大的庭院,正中的石亭旁有一座来自法国的时钟。1831年,阿里慷慨地将位于卢克索神庙内的一座拉美西斯二世方尖碑赠送给法国国王路

"千塔之城"开罗远眺。

易·菲利普一世；1846年，菲利普一世将一座时钟作为回礼送给阿里。时至今日，方尖碑仍矗立在卢浮宫旁的协和广场上，可这座时钟则不知在何时停止了走动。

在阿里清真寺，我真切地感受到了开罗这座千年古都的包容和坚持。开罗一直都是伊斯兰世界的政治和文化中心，同时，它也从来不拒绝西方艺术的影响。因为有着对外来文化的包容，开罗成了东西方艺术的交会点；又因为有着对传统文化的坚持，开罗成了世界上保存伊斯兰文化最好的城市之一。

我想，正是这种包容和坚持，让一座清真寺、一座城市迸发出震慑人心的美感，也给了开罗人绵绵无尽的力量。

## 感受"静"的力量

开罗在起风的日子，便会略显混沌。风沙伴随着熙熙攘攘的人群，吹进一条又一条狭窄曲折的小巷，带来一阵古老而贫瘠的气息。初来开罗时，我发现这里与我心中的阿拉伯世界第一大城市有着巨大落差，它不够时髦，不够现代化，在某些地方显得破败，某些地方又过于嘈杂——人头攒动的街头充斥着市井气息，喧闹的市场湮没了所有悦耳的声音。

然而，一旦走进清真寺，我才懂得，开罗的"静"都在这里。

我去过的第一座清真寺是位于开罗老城区的阿慕尔清真寺，这也是非洲的第一座清真寺，是开罗人心中最重要的清真寺之一。每次从老城区踏入寺内，人就好像戴上了一副HiFi耳机一样，瞬间与外面的人声鼎沸分隔开来，眼前唯有铺着红色地毯的回廊和跪在地上虔诚礼拜的信徒。关于这座清真寺的故事，要从一只鸽子说起：公元641年，阿拉伯著名将领阿慕尔在攻占埃及后，放弃了作为基督教堡垒的亚历山大城，而选择另建新都。传说，士兵们在搭建帐篷时，一只鸽子飞来搭巢下蛋，阿慕尔认为这是象征阿拉伯军队战无不胜的吉兆。于是，就在帐篷的位置，也就是今天开罗范围内营建了"福斯培特城"，同时引入了伊斯兰教，并在新城中心修建了以他名字命名的清真寺，因此在开罗，也有人称阿慕尔清真寺为"清真寺之母"，认为它是伊斯兰开罗历史真正的起点。

开罗的清真寺建筑经历了一个由简到繁的发展过程，这一点在阿慕尔清真寺上体现得尤为明显。建寺初期，整个清真寺朴实素洁，极少雕刻与彩画，到了公元10世纪的法蒂玛王朝时期，它被饰以精美的镀金与雕刻，一度成为世界上最富丽堂皇的寺院之一。

另一座能让人们在闹市中寻觅到平静的便是爱资哈尔清真寺。这座清真寺是伊斯兰教的最高学府，每年有上万名穆斯林在这里研究《古兰经》和学习阿拉伯文学。因此，爱资哈尔清真寺有着浓厚的学术气息。公元988年，法蒂玛王朝在爱资哈尔清真寺里设置了学校。据说，这里的教学方式很特别：不设课桌，老师坐在椅子上，学生席地而围，师生间共同探讨学习。而评定老师的优劣则取决于他身边听课学生的多寡，这或许可以称作世界上最早的公开课了。

站在爱资哈尔清真寺的宣礼塔下，大殿中传出众人诵读《古兰经》的声音，浑厚而绵延。我的思绪也不禁回到1000多年前，这一时的片刻似乎成了永恒……

### 老城里的幸福生活

在电影《开罗时间》（Cairo Time）中，女主角朱丽叶一开始和我一样，讨厌开罗的喧嚣和风沙，直到她遇见了开罗人塔列克。塔列克带她探索这座城市的最深处，穿过人声鼎沸的街巷，空气中弥漫着水果的香气，五颜六色的头巾遮住了昏黄的天空，琳琅满目的摊位和小吃店让她流连忘返。她爱上了这个男子和这个城市。对我来说，清真寺、宣礼塔让我对开罗充满了敬慕之情，而真正爱上它，也是因为热闹而生动的老城。

我喜欢老城的热情。在像羊肠一样的小巷中，总会有好客的路人为你指路。一次，我向一位路人问路，他好像也不熟悉这里，但仍热情地为我引路，结果我们两个人一起迷失在了老城迷宫般的集市中。

我也喜欢老城的随性。无论白天还是夜晚，水烟馆、咖啡馆都是开罗最热闹的所在。人们在这里点上一壶水烟，喝上一杯红茶，简简单单地就能坐上一整天；如果有三两好友一起来，还能玩几局阿拉伯传统的棋牌游戏，颇有点"大隐隐于市"的味道。难怪曾有埃及作家这样描述开罗的生活："腾云驾雾间，水迷烟醉中，经典的时光恍若倒流，回到了遥远的过去。"

开罗最著名的汗·哈里里市场里，有一座名为"费萨维"的咖啡馆，虽然它并不起眼，却是埃及文学巨匠、诺贝尔文学奖获得者马赫福兹最为中意的一间。就是在这样的咖啡馆里，他观察埃及的市井生活，讲述普通民众的故事，写出了小说三部曲《宫间街》《思宫街》和《甘露街》。

有时，我也会像马赫福兹一样惬意地坐在咖啡馆中，点上一杯传统阿拉伯红茶，观察老城里的人，揣摩他们的喜怒哀乐，忧虑和安宁。

老城里的集市从早到晚都热闹非凡。闲来无事时，我还喜欢到这里来淘一些当地的艺术装饰品，找几张莎草纸的绘画作品，或是收集几袋气味馥郁的香料……集市里那一间间装修古朴的小房子，装下了开罗人对幸福并不算高的期许。

有人曾问过我："在开罗，什么最吸引你？"我的答案是：一个有故事的开罗是最吸引我的，这座城市不是死的，而是活的，它用自己的深刻内在吸引着我，也用它沧桑的容颜吸引着我。在这里，你可以触摸上千年的历史，可以与伊斯兰文明的先哲对话，也可以感受不同的世界风情。

我想在开罗再多走走。我相信，当我的脚步能和上宣礼塔内的声音时，当我的身影能完全消融在老城的集市当中时，我才能更好地理解这座城市。

阿里清真寺由于外墙用雪花石建成，因而又被称为"雪花石清真寺"。

# 慢生活的埃及：被"10分钟"忽悠

初到埃及，好友就曾提前给我打了"预防针"：埃及的工作效率、生活节奏都比较慢，出去办事一定要做好长久等待的心理准备。当时仅仅算是记在心里而没有过多留意，可是没过多久，我就从"1 minute（或者10 minutes）"背后的含义开始认识慢生活的埃及。

一日，我与友人一起去银行办理业务，营业员非常热情，笑脸相迎，立即让我感受到了这个国家可爱的一面。由于熟门熟路，在朋友的带领下我们找到了直接负责该业务的柜员，讲明来意，柜员示意我们稍微一等，并奉上了一杯红茶。之后，就进入了"慢生活的"埃及时间，20分钟过去了，只见这位柜员来来往往，似乎很忙碌的样子，但始终没有帮我们办完手续。实在等不及，我就问了一句："还要多久？"他笑着说："Just 10 minutes。"（"10分钟就好。"）好吧，10分钟，那就再等待一会儿。时间又过去了20分钟，还不见动静，无奈我又问了一遍："还要多久？"柜员再次礼貌地回答道："Just 10 minutes。"友人见状，对我安慰道："不要相信'just 10 minutes'，在埃及人的眼中这句话应该和我们的'一会儿'有相似的含义，不是真的要等10分钟，而是还要再等等，至于时间则不能确定。"本以为很简单的一个业务，最终用了一上午才完成，初到埃及，"just 10 minutes"就给了我一个下马威。自此以后出去办事，"just 10 minutes"就时常伴随左右了，而我也慢慢学会了这句口头禅，当要临时停车或者需要别人稍微等待一下时，多半会面带微笑地说道："Just 10 minutes。"

在埃及生活，你会发现，除了在开车时埃及人会表现得异常着急外，其他的场合，他们基本是过着自己的"慢生活"。在这里，很少见到像中国一样的建设场面，一栋小楼陆陆续续数年才建成是这个国家的常态。我住所门口拆除了一栋房屋，准备新建住宅，但直到半年过去了，也还是处于平整土地的状态。作为中国人的我真的不理解，400多平方米的土地怎么半年的时间都无法平整完，埃及人看上去也没有着急的样子，这或许也为埃及的慢生活做了一个小小的注解。

无论白天夜晚，埃及最热闹的场所应该就是水烟馆、咖啡馆了。灯光里，阳光下，埃及男人们点上水烟，要上一杯红茶，坐上数个小时。喜静的人就安静地坐着，对身边嘈杂的环境充耳不闻，只是独自享受水烟在此刻带给他的最大乐趣，仿佛进入了梦乡，只有那一明一暗的烟火和咕嘟咕嘟响的水声表明这是属于他自己的美妙时刻。好动的朋友则三三两两聚在一起侃大山，一千多年的时光仿佛就在这谈笑之间消失得无影无踪。难怪曾有媒体评论说，阿拉伯知识分子的思想，就装在他们的烟壶里。

这就是慢生活的埃及，这也就是埃及的慢生活，可能会让从"高效率"国度来此的人初感不适或无所适从，不过，没有关系，这样的生活何尝不能让人停下自己匆忙的脚步，感悟人生另一番不一样的风景呢？

# 不属于地球表面的风景

埃及 90% 以上的国土被沙漠覆盖。在这个古老国度的西南部沙漠腹地中,隐藏着一座座在旷野中拔地而起的黑色小山与怪状嶙峋的白色石林,这片神奇的所在,便是有着"不属于地球表面的风景"美誉的黑白沙漠。

## 黑色撒哈拉

天色微亮,我们便乘车驶离开罗,向其西南方向约 360 公里的拜哈里耶绿洲进发。这里是黑白沙漠的门户,也是茫茫大漠中人类难得的"世外桃源"。补充上充足的饮用水、食物和燃料,八辆越野车组成的浩浩荡荡的车队便飞驰驶向瑰丽的"外星球"。

广袤无垠的撒哈拉沙漠是什么颜色?黄色?至少并不完全,在这里,上帝像打碎了墨瓶,为沙漠勾勒出浓浓的黑色线条,让人类的想象完全摆脱了对于沙漠的刻板印象。

随着我们渐渐驶入沙漠腹地,除了公路上三三两两路过的汽车,已经罕见人类的活动痕迹。一望无际的黑沙漠,荒凉、死寂,小山丘犹如刚刚熄灭尚带余温的炭火堆一般。这里是亿万年前火山爆发留下的遗迹。当时,浓浓的岩浆化作这满是黑色玄武岩的沙地,经过时间与风沙的打磨,岩块最终风化为细小的颗粒,散落在这广袤的沙漠之上。在阳光的照射下,黑沙漠格外闪耀,呈现着由金黄至黑色的神奇过渡。停下车子,满地的石块边缘锋利、形状不规则,仿佛被机器切割打磨过一般,黑得发亮。周围矗立着许多座圆锥形的黑沙山,攀登上其中的一座小山,举目四望,天空与沙漠如此辽阔,让人难免发出"寄蜉蝣于天地,渺沧海之一粟"的感喟。我心中一直在想,这应该就是最美的风景了吧,因为最美的

晨曦中的白沙漠。

风景一定能够震撼人的心灵。

## 沙漠中的"冰雪奇观"

告别了公路，越野车在沙漠上信马由缰、纵情驰骋，仿佛是突然之间，景色大变：黑色的石块不见了，代之而来的是片片雪白。

与黑沙漠的大气磅礴相比，白沙漠则更多了些婉约与情趣。在一大片空旷荒漠中，白色岩石因风化而幻化成各种形状，神奇的"斯芬克斯"、有趣的鸡状石、散落四处的蘑菇石、雪白的骆驼石，让人不得不佩服造物主的鬼斧神工。有人将这里形容成"雪原"，可以想象沙漠中的"雪原"应该是何等的神奇！天空中的云低得仿佛触手可及，置身其间，恍惚中犹如身在外星球，踏"雪"而行，更能体会这里是"不属于地球表面的风景"。向导说，亿万年前，这片沙漠原是汪洋大海，历经沧海桑田，海枯石烂，原来海底中红藻类化石形成的白垩岩都显露出来，在大漠风沙年复一年的打磨下，最终形成了这惊人的奇观。

在白色沙漠的边缘，还有着一处神奇的所在——水晶山。登上水晶山，岩石的缝隙处裸露着成片晶体，像水晶又像冰。其实，这些晶体并不是真正的水晶，而是石英石罢了。不过，想必实在太有名气了，来到水晶山的游客难免把玩一番这些鬼斧神工的杰作，地上的"水晶块"也被人们俯身拾起，留作了黑白沙漠的纪念。

## 沙漠露营，体验贝都因人的激情

来到黑白沙漠一定要体验一把游牧民族贝都因人的沙漠生活。

我们栖身的营地就在白沙漠这片神奇的"雪原"之中。天色将暗，贝都因向导们在汽车旁搭起挂毯遮挡风沙，随后点起篝火，准备晚餐。沙漠是贝都因人的天下，我们的晚餐也颇具贝都因风味：烤鸡、土豆汤、蔬菜乱炖、埃及大饼，配上一杯香气四溢的阿拉伯红茶。在一天疲劳的催化下美食更显诱人，让人胃口大开。觥筹之间，突然冒出一只小动物，小猫般瘦小的身体，两只尖尖竖起的耳朵，蓬松的大尾巴。没错！它就是黑白沙漠中传说的小狐狸。饭香也吸引着它来参与这场特别的野外盛宴。看来，表面上的不毛之地，背后也蕴含着勃勃生机。

吃过晚饭，埃及向导们便围坐在一起，点上几支水烟，拿出手鼓和其他简单的乐器，伴着音乐哼唱起来，没有任何的约束，摆脱羁绊的灵魂，这里或许才是他们真正的乐园。被这景象吸引，很多游客也加入到这场沙漠中的大聚会来，即使没有引吭高歌，也没有手舞足蹈，单是静静坐在篝火边，就能感受到沙漠中的跃动与激情。

抬头仰望沙漠夜晚的星空，像一幅缀满钻石的无穷延伸的幕布，上帝打开了宇宙的"灯"，大大小小的"钻石"，忽明忽暗地闪烁着，远处一条银色的丝带淡淡飘过，这是我第一次见到银河。夜愈深，天愈亮。皎洁的月光令人心醉，颇有些"对影成三人"的意味。这一夜，让来自远方的人们无心睡眠，因为"夜太美，尽管再危险，总有人黑着眼眶熬着夜"。

这里就是黑白沙漠，这里就是"不属于地球表面的风景"，既梦幻又现实。来吧，带着好奇心与想象力走入这片神奇的土地吧，它一定会成为每一位到此的游客人生最美丽的回忆。

在黑沙漠驰骋。

# 阿拉曼人说："二战"尚未结束

阿拉曼距离埃及首都开罗200余公里，这座狭长的小镇北临地中海，南靠卡塔拉盆地，景色非常优美，一边是碧波万顷的蓝色海洋，一边是绵延无尽的黄色沙漠。70多年前发生在这里的一场北非战场转折性的大战役，令这个小镇名噪至今。战争，改变了小镇发展的轨迹，"魔鬼花园"这个名字诉说着阿拉曼的前世与今生。

北非地区历来是战略要冲，而控制地中海与印度洋咽喉的苏伊士运河更是兵家必争之地。1942年年中，轴心国与同盟国在北非战场的争夺进入了相持阶段。为了迟滞盟军的进攻，并消灭其有生力量，从当年8月起，有"沙漠之狐"之称的隆美尔在阿拉曼地区沿海及沙漠之中埋设了包括反坦克雷、防步兵雷等大量的各式地雷，构成了由成片雷区组成的防御地带。这条防御地带便是军事史上著名的"魔鬼花园"。

1942年10月23日，蒙哥马利将军指挥的英联邦军队开始冲击"魔鬼花园"，阿拉曼战役正式打响。由于此前盟军曾派出大量工兵进行排雷，加之空中及炮火的优势，"魔鬼花园"防线很快被突破。双方激战12天，盟军获胜，为避免全军覆没，"沙漠之狐"来了个"千里大撤退"，退到了突尼斯边境。在撤退中，他又命令军队埋下大量地雷，以阻挡追兵。

阿拉曼战役的胜利扭转了北非战场的形势，使得纳粹德国欲占领埃及、控制苏伊士运河及中东油田的希望完全破灭。时任英国首相的丘吉尔曾这样评价这场战役："阿拉曼战役以前，我们战无不败，在阿拉曼战役以后，我们战无不胜！"

昔日战场被掩埋在无尽的黄沙之中，只有陈列在阿拉曼军事博物馆里锈迹斑斑的武器，在默默诉说着战争的惨烈与无情。在众多展品中，英国展厅内一个展

"魔鬼花园"阿拉曼海滩上一片荒芜。

柜中的展品吸引了我的注意。这是一位名叫"乔治"的普通军人的遗物——勋章、字迹模糊的家书、死亡证明……记录着他短暂的人生轨迹,也记录着他为反法西斯战争所做出的贡献。在博物馆不远处,就是盟军公墓,这里长眠着数千位在阿拉曼战役中牺牲的盟军将士。"在这里安静地睡去,在这里永远被人铭记。"公墓的一座墓碑上镌刻着这样的话。一排排墓碑整齐地矗立在似火的骄阳下,像是一列列整装待发的壮士,墓碑上刻有士兵所属部队的番号、姓名、阵亡日期和年龄。

"对于世界,你只是一名普通士兵;对于家庭,你却是我的全部。""致我亲爱的丈夫,永远不尽的思念。妻子""晚安,宝贝。上帝保佑。爸爸和妈妈"……读着一块块墓碑上的铭文,让人不禁感叹战争摧毁了多少个家庭的欢乐,又给多少个妻子、父亲、母亲带来无尽的悲痛与哀伤!

在阿拉曼,不仅有盟军墓地,也有德军公墓、意军公墓等。20世纪50年代,埃及慷慨赠地,德国驻埃及大使馆在阿拉曼为自己国家的阵亡将士修起了公墓。德军公墓呈八角形,外观犹如一座城堡,遥望着不远处的地中海。大约4200名德军将士的骨灰分别按地区或城市被安置在21具石棺中,墙壁上写满了阵亡者的名字。在德军公墓入口的墙壁上镶嵌着一个巨大"十字架"和"三男三女像"。墓地管理员阿布杜·莫尼姆解释说,"三男"代表着"父亲、丈夫和兄弟",三女代表着"母亲、妻子和姐妹"。他们在哭泣,在为死者的灵魂祈祷。

阿布杜·莫尼姆的祖父辈起就开始为德军公墓守墓,他在外完成学业后,回到家乡,也成了一位守墓人。我问阿布杜·莫尼姆:"纳粹德国当时屠杀了那么多人,你为刽子手守墓,有着怎样的心情?"他答道:"现在的德国与纳粹德国

完全不同，德国人对那段不光彩历史进行了深刻的反省。我尊重德国，因为他们与自己的历史进行了很好的切割。我并不是为纳粹德国工作，我是为现在的德国工作。历史就是历史。"

在德军公墓，我偶遇来自美国的参观者迈克。迈克说："我的妻子是德国人。女儿很小的时候，妻子就带她去波兰参观了奥斯维辛集中营，希望她能够记住历史。这是我妻子家的传统，长辈们会告诉自己的孩子曾经发生了什么。"

在参加阿拉曼战役72周年纪念活动时，德国驻埃及大使汉斯约尔格·哈伯曾对媒体表示："阿拉曼战役是由德国所发动的更大范围的侵略战争的一部分。成千上万的家庭做出了艰苦卓绝的牺牲，正是因为他们的牺牲，更多年轻和无辜的人才得以拯救，使得他们在此后的岁月中为人类福祉做出贡献。"

对盟军的褒扬，展现了德国人对待历史的真诚，这也为他们赢得了对手的尊重，曾经在战场上厮杀的敌国如今成为友邦。每逢纪念活动，英国、澳大利亚等国的代表都会前往德军公墓追思阵亡的德军将士，而德国代表也会参加在盟军公墓举行的纪念会。

埃及北海岸的海蔚蓝、深邃，甚至有人将其称为"比埃及艳后更艳丽的海岸"。特别是阿拉曼至马特鲁一大片地中海沿岸地区，水源相对充足，地理条件也较好，完全可以成为旅游开发、农业发展的乐土。20世纪60年代，这里又发现了石油与金属矿产，为此，埃及政府曾专门制订了开发该地区的宏伟蓝图，包括矿产开采、土地开垦、移民和发展旅游等，但在现实中阿拉曼地区的经济发展相当有限。除了几处酒店内的私家海滩，其余几乎所有的海滩都荒凉寂寞，不远处的铁丝网提醒着游人这里不同寻常的存在。埃及政府网站上警示想要探秘阿拉曼"二战"遗址的人,不得离开画定的线路。可能有人开始会对此感到不解,但看到"危险,地雷!"这样的指示牌时,或许才能更好地理解阿拉曼那鲜为人知的背影。

截至2009年11月,超过30万枚地雷被从埃及西部沙漠中排除。但由于随后埃及局势出现动荡,排雷工作进展缓慢。时至今日,这里尚有1750万枚炸弹或地雷未被排除。有人曾做过这样的统计,当年埋设一枚地雷的费用不会超过10美元,而现在排雷的费用为每枚300至1000美元,这意味着清除埃及西北部地区全部的地雷所需要的费用将是200亿美元。这对于埃及这样一个经济发展水平有限的国家来说,不啻为一个天文数字。另外,由于时间久远,许多地雷的详细埋设地点资料早已散佚,加之沙丘移动,使得雷区的位置与范围不断变化,更是加大了排雷的难度。

埃及曾向英、德、意等国求助,但各国互相指责是对方的责任。虽然三国都向埃及提供了部分先进的探雷装置和资金,但与埋藏在地下庞大的地雷数量相比,仍是杯水车薪。虽然在国际社会与埃及政府的共同努力下,排雷工作取得了部分进展,但"魔鬼花园"这个"二战"的负资产依旧限制着阿拉曼的发展。

阿拉曼盟军墓地的墓碑讲述着70多年前的血雨腥风。

在埃及媒体上，不时会出现几则"阿拉曼地区地雷误炸造成数人伤亡"的消息。虽然"二战"已经结束了 70 多年，但"魔鬼花园"依旧严重威胁着当地民众的生命安全，在这一地区的贝都因人，更是深受其害。贝都因人是逐水草而居的游牧民族，他们居无定所，因而在沙漠地区，更容易受到地雷的威胁。据统计，从 1942 年起，数百名贝都因人在阿拉曼放牧时因误踩地雷被炸死，数千人被炸伤致残。而来自埃及官方的数据显示，阿拉曼地区的地雷共造成 8000 余人伤亡，这显然是一个非常保守的数字，因为它统计时间仅仅始于 1982 年。埃及因此被联合国列为受地雷威胁最严重的国家之一，甚至有评论称："埃及是世界上第二个受地雷危害最大的国家！"

发生在埃及沙漠中的这场举世闻名的大战役，应该带给埃及人无限的荣光，可是战争的阴影却始终伴随着地雷的存在而挥之不去。当地贝都因人阿卜杜拉·萨拉赫是 725 名地雷爆炸幸存者之一，对他来说，任何关于阿拉曼战役的纪念活动都会重新提醒他自己人生中最为痛苦的一天。萨利赫说："虽然'二战'早已结束，但是对于阿拉曼人来说，'二战'还在继续，我们还需要与地雷战斗。"

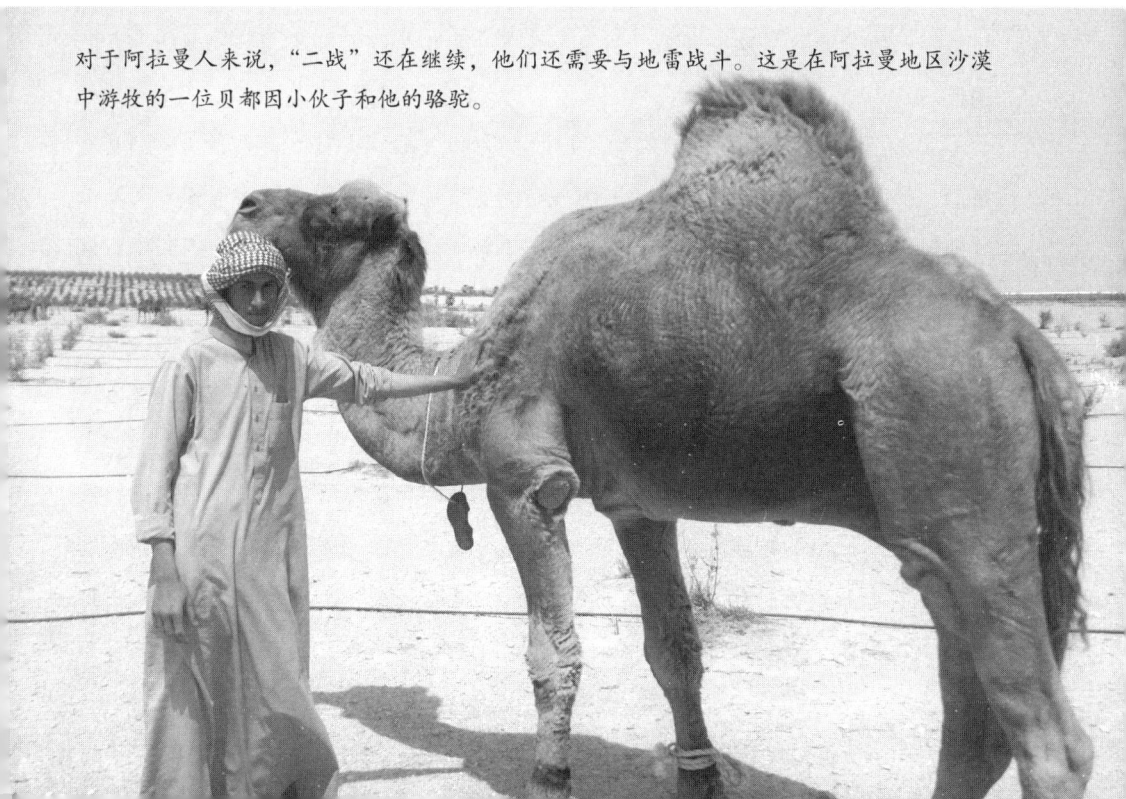

对于阿拉曼人来说，"二战"还在继续，他们还需要与地雷战斗。这是在阿拉曼地区沙漠中游牧的一位贝都因小伙子和他的骆驼。

# "垃圾山"中隐藏中东最大教堂

在埃及首都开罗市区东部,有一座名为穆卡塔姆的山。山不高,却因这里是开罗最大的垃圾处理区,而被当地人戏称为"垃圾山"。外表看上去脏乱、拥挤的垃圾山内部,却隐藏着一座号称"中东地区规模最大的教堂"——圣西蒙教堂。垃圾?教堂?这两个看上去毫无关联的事物却在这里相遇,这正是开罗这个充满魅力的城市所呈现给世人的神奇之处。

## "垃圾山"——开罗最大的垃圾回收场

穆卡塔姆山主要是由厚重的浅红褐色石灰岩构成。在古埃及时代,修建金字塔的巨石据说就是从这里开采,时至今日,在盘山公路两侧还能见到当初采石的遗迹。

20世纪40年代,一批农民为了摆脱贫穷和饥饿,从埃及南部地区来到开罗定居。最初,他们还以饲养羊、牛等牲畜为生,但后来发现通过拾荒和分类垃圾更能赚钱。不少人通过这项"事业"摆脱了贫困,其他很多移民便慕名而来。穆卡塔姆山慢慢变成拾荒者聚居的"垃圾山"。

每天有数百辆垃圾车从开罗各地将回收的垃圾汇集于此。这些叫作"扎巴里"(Zabbaleen,阿拉伯语,意思是"捡垃圾的人")的居民将垃圾进行简单分类后再利用。

开罗人口超过2000万,每天都要产生8000吨生活垃圾和2000吨建筑垃圾。由于缺乏现代化的垃圾处理系统与工厂,"垃圾山"便成了这个中东最大城市的垃圾回收场。有统计称,整个大开罗地区三分之一的垃圾都通过扎巴里手工处理,工作单调、艰苦而繁重。这里为每一个外来者展示了一个极端真实的开罗侧面。

"垃圾山"已经形成了成熟的"产业链条":父亲负责在外面收集垃圾,母亲和女儿负责垃圾运回后的分类工作,儿子也许专门联系对外销售。现在,一些扎巴里联合起来成立了小型的垃圾回收公司,可能只有10人左右,但这类公司的数量正在不断扩大。

虽然生活条件比较恶劣,但是这里的人们看上去充满快乐。男人们在工作之余,聚在一起抽上一会儿水烟;儿童们则嬉笑、追逐、打闹;女人们就三三两两地聚在一起,聊着家常。眼神中看不到埋怨与苦难,更多的则是满足与憧憬。

### "神迹"造就穆卡塔姆山

"穆卡塔姆"(Mokattam)在阿拉伯语中是"残破"的意思,穆卡塔姆山也就是"破山"。一座好端端的小山,怎么就成了破山了?这其中还有着一段神奇的传说故事。

在公元10世纪,法蒂玛王朝哈里发莫兹统治时期,开罗是基督教一支科普特教教皇阿布拉木的驻锡之地。莫兹哈里发尊重不同的宗教信仰,喜欢与不同教派的人士进行讨论。一天,在辩论中,一位犹太教徒对阿布拉木说:"基督徒的《圣经》中说:'如果你的信仰如一粒芥菜种,你就能移动大山。'请你给大家做个示范。否则你们的《圣经》就是不真实的。"当时,穆卡塔姆山位于尼罗河畔,因为采石而被破坏得满目疮痍。哈里发正为此苦恼,一听这话马上说道:"请你们上帝显灵,把大山移走,如若不然,你们便是歪门邪道。"不得已,阿布拉木教皇答应了这一要求,随后他带领全开罗的科普特教教徒祈祷。祈祷后不久,圣母玛利亚便显灵,她告诉教皇,一位名叫"西蒙"的皮匠能够帮助他们来搬动大山。三天之后,上帝真的显灵了,在众人的祈祷声中,穆卡塔姆山从原来的大山中断裂出来并慢慢移动起来。从此,"破山"便移到了现在的位置。这一"神迹"令莫兹哈里发惊叹不已,以后的历代哈里发也因此对科普特教徒实行怀柔政策。

虽然这只是一个传说,但"破山"的岩石构成与周围区域明显不同,据地质学家和考古学家考证,在公元10世纪,开罗曾发生多次地震,导致了大山出现位移。这或许能够为"神迹"做出科学的解释。

修建于岩石之中的圣西蒙教堂。

## 中东最大教堂容纳万人礼拜

沿着曲折的小路,躲避着两旁随意摆放的垃圾,我驾驶的车辆在"垃圾山"艰难地穿行。这里几乎见不到任何公共设施,一切都靠居民自给自足。污水横流、飞蝇遍地,相信没有任何人会喜欢这个地方,但是就在道路的尽头,却有着一处世外桃源——有"岩洞教堂"之称的圣西蒙教堂。

"垃圾山"街巷的许多墙壁上都刻画着"十"字纹样。埃及是一个伊斯兰教国家,但"垃圾山"却是一个基督教社区,生活在此的近5万人中有超过90%都是基督徒。圣西蒙教堂的历史并不悠久,它始建于20世纪70年代末。为了纪念千年前那位帮助科普特教皇移动大山的皮匠西蒙，基督徒们在穆卡塔姆山的岩石中开凿教堂。据我们的埃及向导介绍说，整个工程历时5年得以完成，山体的一侧被完全掏空，仅开凿出的岩石总重就高达250吨，其工程量之大，可想而知。

现在我们见到的圣西蒙教堂巨大的祈祷厅沿着岩洞中的岩石依势而建，仅座椅就有近百排，可以容纳1万多人在此进行宗教活动，堪称"中东地区规模最大的教堂"。每年都有大批的基督教信徒来此朝圣。虽然圣西蒙教堂位于"垃圾山"上，寻找颇费一番工夫，但还是有很多来自世界各地的游客不畏艰难来一睹这中东地区最大教堂的风采。

教堂建立后不久，一位名叫"马里奥"的波兰艺术家便开始在岩石上进行宗教场景的雕塑，很多讲述耶稣与宗教历史的雕刻作品通过这位艺术家灵巧的双手得以呈现，也为这座朴实无华的教堂增加了不少美感与艺术气息。

目前，圣西蒙教堂不仅进行宗教活动，还设立了教育中心、幼儿园和针对聋哑人及听障人士的职业培训学校，为"垃圾山"上的居民提供必要的服务。

圣西蒙教堂外观。

## 信仰上帝的埃及人

高耸的宣礼塔、悠远嘹亮的诵经声、历经数千年的金字塔是许多人脑海中埃及形象的代表。但其实,在这个有着9000多万人口的文明古国,还生活着900多万名为"科普特"的基督徒,他们是古埃及人的后裔,虽然人口只占总人口的10%,却为埃及增添了更加别样的文化色彩。

据历史记载,亚述人称古埃及为"Ki-Ku-Phon",意思是"神祇之地"或"灵魂之地"。希腊人占领埃及后,"Ki-Ku-Phon"被拼写为"Aegyptus",后来逐渐演变成"Egypt"(埃及)。公元639年,阿拉伯人入主埃及,误以为"Egypt"的词

埃及圣保罗修道院正在举行科普特宗教仪式。

首"E"是冠词，所以把"gypt"读作"Qipt"，后来衍生出拉丁词根"Copt"。因此，在相当长的一段历史时期，"科普特"和"科普特人"就是指埃及和所有埃及人，这也就是"埃及"名称的由来。

公元1世纪，基督教传到埃及，多数古埃及居民成为基督徒。此后，随着阿拉伯人的大规模迁入，埃及逐渐被伊斯兰化，大部分人皈依伊斯兰教，但也有一些古埃及人坚持自己的信仰。现在在埃及，"科普特"已经成为埃及基督徒的名称，科普特人则是中东地区最大的基督教族群。

目前，大多数埃及科普特人使用阿拉伯语作为日常的交流语言，但是在宗教仪式中，科普特语还是会被大量使用，这种语言源自于古埃及语，使用的拼写字母完全从希腊字母中派生出来。

现代科普特人的教育水平较高，他们普遍彬彬有礼，主要居住在开罗、亚历山大、艾斯尤特等埃及大城市。历史上，埃及科普特人也是名人辈出，最有名的科普特人士当数布特罗斯·加利，他曾担任联合国第六任秘书长，是联合国历史上第一位担任这一职务的非洲人。

由于科普特人与阿拉伯人长期共居一地，相互交往，从体貌特征上，两者几乎没有任何差别，但是科普特人还是在宗教和习俗上保留了自身的文化特点，不少科普人的手臂上都有十字架文身，这成为区分科普特人与阿拉伯人的重要标志。

科普特人信仰的是基督教东正教派的一个分支，称为科普特教，它的教义和宗教仪式都有着自己鲜明的特色。科普特教神职人员的着装与一般基督教神职人员相比，具有自成一体的风格：他们均身着黑色长袍，头戴黑色大帽，留着长长的胡子，胸前佩戴有科普特教的十字架，颇有些仙风道骨的味道。普通科普特人见到神职人员会主动上前亲吻他们的手背，以示崇敬与尊重。

科普特教的宗教仪式充满神秘气息。通常，在举行仪式前，科普特教堂内会点燃香料，一来可以净化空气，二来烟雾缭绕间令气氛更加神圣。伴随着科普特音乐，主教会用科普特语或者阿拉伯语诵读《圣经》或其他宗教经典。虽然科普特女性在日常生活中没有包裹头巾的强制要求，但是在宗教仪式中，几乎所有科普特女性都会简单包裹头部，以表达对于上帝的尊重。仪式的最后，主教通常会将类似于面包的面食分给每一位前来参加仪式的信众，并为他们洒上圣水。

同穆斯林一样，科普特教人也相当重视禁食。据说，一年之中有210天以上

科普特开罗中的悬空教堂。

必须禁食。斋戒时期从日出到日落这段时间不能进食,晚餐也仅能食用蔬果。大斋戒期长达 40 天,以纪念并效法耶稣基督。

科普特教会有自己的教皇,因此并不承认罗马教皇,也不接受其领导,完全独立自主,目前的教皇是塞奥佐罗斯二世,他的教区不仅包括埃及,还包括埃塞俄比亚等邻国。目前全世界有大约 1500 万信众。

在开罗市区,有一个被称为"科普特开罗"的区域,这里是埃及基督教的核心区域之一,被著名旅行手册《孤独星球》称之为"安静与和平的天堂",是每一位来开罗访古探幽的旅客不能错过的圣地。

考古发掘显示,早在公元前 6 世纪这里就已经有人类居住。公元 2 世纪时,古罗马人在此修建了一个名为"埃及巴比伦"的城堡。在不到 1 平方公里的范围内,曾经有 20 多个教堂聚集于此,斗转星移,虽然许多教堂早已灰飞烟灭,但还是保留了许多历史遗迹。各个教堂通过鹅卵石铺成的道路连接在一起,走进其中,感觉历史完全被浓缩在了这几条街巷之中。

科普特开罗中最有名的建筑非"悬空教堂"莫属。这座始建于公元 3 世纪的教堂并非真正"悬于空中",而是因其建筑于巴比伦城堡的水门之上而得名。沿着陡峭的楼梯走进教堂内部,大门充满伊斯兰艺术的风格,显示了在一千多年的历史中,伊斯兰艺术与科普特艺术相互交织与融合。教堂内部是三条圆拱形、木质天花板的走廊,使其看起来犹如一条小船。同行的科普特朋友解释说,当初的设计者将教堂设计成了诺亚方舟的样子,希望能够成为基督徒的避难与栖身之所。在教堂内的一根柱子上,一幅圣母玛利亚的画像被仔细保存起来,据说正是在这里,玛利亚曾经显灵,告知科普特人一个名叫"西蒙"的石匠能够搬动开罗近郊的穆卡塔姆山,使科普特人免遭法蒂玛王朝哈里发的迫害。

圣乔治教堂、圣塞尔吉乌斯教堂、本·埃兹犹太会堂……科普特开罗中的每一处古迹都有着自己的传奇,想要了解科普特、了解埃及,不妨走进这斑驳的古老街区,亲手触摸历史,感受文明。

本书作者在阿布米那采访时,与一名科普特主教合影。

# 新苏伊士运河，续写埃及现代史

2015年8月6日，新苏伊士运河在万众瞩目下举行了通航仪式，这条完工于1869年的运河迎来了其建成以来最为重要的时刻之一。埃及总统塞西乘坐具有百年历史、曾在1869年通过苏伊士运河的第一艘船"玛哈鲁萨"号皇家游艇，在"埃及万岁"号护卫舰的护送下，缓缓通过新运河，正式拉开了典礼的序幕。数架拉法尔阵风战斗机和F-16战斗机不时从现场上空呼啸飞过，场面非常壮观。

塞西在时任法国总统奥朗德、约旦国王阿卜杜拉、苏丹总统巴希尔等多国嘉宾的见证下，现场签署了由苏伊士运河管理局递交的新苏伊士运河通航许可，这标志着耗时1年的新苏伊士运河建设工程正式竣工，新运河投入使用，埃及乃至世界进入了"新苏伊士运河时间"。

从通航数周前开始，整个埃及到处充满了新运河开通的喜悦：开罗解放广场旁的内政部大楼上挂出巨幅埃及国旗与苏伊士运河管理局的旗帜，主要大街上都布置了庆祝海报，街道两旁的各色彩灯更是鳞次栉比，8月6日当天，埃及因新苏伊士运河开通而全国放假，开罗省的博物馆、公共交通、停车场免费开放，兴奋的人群聚集在解放广场上，挥舞着埃及国旗，载歌载舞。

2014年8月，刚刚就任总统的塞西雄心勃勃地提出了新苏伊士运河建设项目，为长163千米的运河主河道减负。原计划是在3年内开凿完成一条新运河，但在塞西的提议下，工期缩短至1年。根据规划，72千米新运河项目将在原有运河附近单独开凿35千米的新河道，其余37千米将通过拓宽旧运河并与新河道连接来实现。对于新运河，埃及人民倾注了极大的热情，上至老人，下至小朋友都拿出积蓄购买债券，支持国家的"世纪工程"。此前我在探访新苏伊士运河建设现场时，常常见到埃及工人向记者打出胜利的手势，并高呼"埃及万岁"的口号。

新苏伊士运河开通后,船只通过运河的时间从现在的22小时减少到11小时。日均通航船舶数量从此前的49艘上升到97艘,这将大大有利于全球物流及航运业的发展,难怪苏伊士运河管理局主席穆哈卜·马米什将新苏伊士运河称作"埃及人民送给世界的礼物"。而新运河为埃及所赚取的外汇,也将由2014年的53亿美元增加到2023年的132亿美元,相当于在10年间翻了一番多。这将极大地促进埃及经济的发展,充实其外汇储备。

作为"苏伊士运河走廊"开发的核心部分,新苏伊士运河扩建工程的意义并不仅仅局限于扩大运河的通行能力。埃及政府希望通过新苏伊士运河开通带动整个苏伊士运河沿岸区域的发展,使其成为埃及经济新的增长点。至2020年整个项目总投资额或可达到1000亿美元,除了进一步增强运河的综合服务能力外,还将有力带动运河地区汽车组装及制造、电子、石化、船舶、玻璃、水产养殖等多种行业的发展。到2030年,苏伊士运河沿线将形成数个产业集群,并创造100万个就业机会。

在苏伊士运河沿岸,自南向北坐落着苏伊士、伊斯梅利亚和塞得港三座美丽的城市,他们各具特色,犹如苏伊士运河的明珠,被世人誉为"运河三姐妹"。

苏伊士城在红海最北,是苏伊士运河的南部出口,早在7世纪时就已经成为埃及地区主要的航运枢纽。城南的陶菲克港在1869年苏伊士运河开通后成为重要的国际港口。苏伊士城沿运河西岸而建,隔河东望便是埃及地处亚洲的领土西奈半岛。那里几乎没有任何植被,完全为黄沙所覆盖,远望西奈半岛,沙漠在水

行驶在苏伊士运河上的船只以及远处的伊斯梅利亚。

天之间幻化成一条金色缎带。

伊斯梅利亚是苏伊士运河地区的中心城市，苏伊士运河管理局便坐落于此。这里保留有大量法国和英国在埃及殖民时期遗留下的建筑，步行间，恍若置身于欧洲。伊斯梅利亚是依靠运河的水浇灌出来的花园城市，城市内随处可见椰枣树和花园，不时看到几位埃及小朋友在草地上开心地踢着足球，享受着放学后的快乐时光。我在刚刚驻埃及时便造访过这座小城，时至今日，我仍然认为这里是埃及最美丽的城市。

塞得港位于苏伊士运河最北端，扼守运河与地中海交汇处。20世纪70年代，塞得港曾被埃及政府设立为贸易自由区，享受诸多优惠政策，经济也日益繁荣起来。由于塞得港重要的地理位置，通向塞得港的主要通道上几乎"十米一岗，百米一哨"，道路两旁随处可见荷枪实弹的军人与装甲车辆。

作为重要战略通道的苏伊士运河，一直被埃及军方严密保卫，运河两岸都有军人巡逻，部分路段实行管制，运河水域中也不时有警备小艇开过。从运河西岸通向西奈半岛的渡口也有层层的安全检查。

不得不提到的是，"玛哈鲁萨"号在苏伊士运河历史上曾写下浓重的一笔。1869年，正是"玛哈鲁萨"号载着法国末代皇后欧亨尼娅，成为第一艘驶过苏伊士运河的船只。这艘由英国人建造于1865年的游艇将它的名字永远铭刻在了苏伊士运河的历史之上。

"玛哈鲁萨"号第一位所有者是历史上赫赫有名的埃及统治者穆罕默德·阿里之孙伊斯梅尔帕夏。自建成之日起，它便一直为埃及王室服务。1952年，埃及末代国王法鲁克退位后，这艘船被埃及政府接管，并赋予了它新的名字"哈里亚"号，并一直作为埃及海军的训练舰只使用。2010年9月，埃及前总统穆巴拉克在参观了"哈里亚"号后，重新恢复了它最初的名字"玛哈鲁萨"，并且让它再次成了埃及总统的座舰。

146年后，"玛哈鲁萨"号再次成为第一艘通过新苏伊士运河的船只，正所谓"继往开来"。

如果有机会来埃及，不妨拜访一下这一艘充满传奇色彩的百年老船，相信会对苏伊士运河，会对这一个多世纪以来的历史，有着更多的感喟与体味。

## 一条老街，串起时光

在伊斯兰开罗老城，有一条名为"穆伊兹"的南北走向的老街，纵贯老城中央。老街不长，却凝聚了开罗伊斯兰艺术的精华，数十座数百年历史的老建筑诉说着沧桑与时光；老街不大，却是开罗市井天堂，遍布着各色手工艺作坊、艺术品店，散发出这座阿拉伯世界最大城市的异彩流光。

从汗·哈里里市场那错综复杂的小巷中走出，用不了多长时间就来到了穆伊兹大街。说实话，我是怀着非常崇敬的心情走到这里的，因为我知道这里有我熟悉的人和事，虽然历史远去，但镌刻在木与石上的痕迹不易消逝。

喀拉温建筑群（The Qalawun complex）是老街上最为恢宏的建筑，主要包括医院、伊斯兰学校和陵墓。13世纪80年代，喀拉温苏丹在此开始建造。此后，历代统治者在其基础上均有扩建，直到奥斯曼帝国统治时期，这里仍是举行重大宗教仪式的场所。据说，当年伊本·白图泰游历至此曾经感慨这里有如此多的医疗设备和药剂。时至今日，在这组古建筑旁边还有一所以"喀拉温"命名的眼科医院。想到这里，内心澎湃如歌，伊本·白图泰是何等伟大的旅行家，在700多年后，在与中国相隔万里之遥的埃及，我竟能够和他游览同一座建筑，时间和空间所制造的美丽邂逅让人激动不已。

如今，当年的经学院和医院都已破旧不堪，只有陵墓还相对完整。墓室的穹顶精美大气，其历史的遭遇折射出王朝的更替。在奥斯曼帝国取代马穆鲁克成为埃及的统治者后，执政者按照土耳其的风格改变了穹顶的模样，直到帝国式微的上个世纪初，穹顶才被重建成现在的样子。穹顶正下方是喀拉温苏丹和他儿子们的棺椁，棺椁四周围立着一圈极为精美的木刻雕板，雕板上方还有烫金的阿拉伯文。

在苏海米旧宅写生的埃及学生。

  王朝的兴衰,在这条老街上展现得淋漓尽致。窗户上透射来的阳光、街上的熙熙攘攘、手机微信的"嘀嘀"声,把人从权力斗争的血雨腥风和宫闱秘事中拉回了现实。

  人们总是爱攀附权贵。古今中外,概莫能外。

  中世纪末期,富商巨贾、达官显贵的宅第便多坐落在老街两侧。只不过时光荏苒,多数在历史的长河中化作不为人知的回忆。只留下苏海米旧宅成为窥视那个时代生活的标本。

  苏海米旧宅是典型的奥斯曼帝国时期埃及伊斯兰传统民居,始建于17世纪。数百年间,不断扩建、易手。宅子南边的小庭院非常雅致,繁盛的草木吸引了许多绘画爱好者来临摹写生。

  房间的设计适应着埃及炎热的天气——为了通风散热,旧居内的房间都很高。我前来参观时,恰逢开罗气温逐渐回升之际,但室内却凉爽异常。屋内的阿拉伯雕花窗户更是堪称实用性与艺术性的完美结合。这是一种凸起于墙面的落地窗,通体采用细密的镂空木质雕刻,不仅美观,还能遮阳通风,更关键的是能防止屋

穆伊兹大街。

内的女人被外界看到。

大街上，能够看到几处精美的水泉（Sabil）。埃及天气炎热，所以富人有修建水泉将水免费分发给路人的传统。时至今日，开罗的许多地方也可以见到各式的水泉，只不过与过去相比，现代的水泉更加实用而缺乏美感了。

埃及的多数穆斯林都属于逊尼派，但在这条老街上能够见到两座颇具代表性的什叶派清真寺，一座是哈基姆清真寺，另一座是阿克马尔清真寺。

这座面积近 1.6 万平方米的大清真寺完工于 1013 年，取名自法蒂玛王朝第六任哈里发哈基姆。他性格乖张，被人们认为是一个"疯子"，总有奇思妙想，而且杀人如麻，最后他消失得无影无踪，连尸体也没有找到。他的一个随从说，这正好证明他不是普通人，而是神。历史上，这座清真寺分别被用作关押十字军的监狱、传奇英雄萨拉丁的马厩以及拿破仑征战埃及时的要塞。除了建造者的传说，哈基姆清真寺最为著名的是一南一北两座石塔，人们认为这是开罗现存最早的清真寺宣礼塔。

始建于 1125 年的阿克马尔清真寺是开罗第一座外墙用立体石材装饰的清真寺。哈基姆清真寺和阿克马尔清真寺都是由什叶派建造，后来逊尼派给这两个清真寺修建或者修复了宣礼塔，但是最近这些年来，什叶派人士出资重修了清真寺，而对于宣礼塔，他们却不管不顾，理由便是宣礼塔是逊尼派修建的！两个教派的千年矛盾，由此可见一斑。

老街的终点是伊斯兰开罗老城的征服门。城门以石块、木头包裹铁皮而成。城门高大恢宏，显示了法蒂玛王朝的强盛国力。

城墙建于 1087 年，是伊斯兰开罗的北界。

同中国古城的城门相比，它的外形颇有些特点：拱门两侧各有一座凸出于城墙的圆柱形警戒塔。每座塔上都有射击孔，拱门上方还有孔道，这是一种在阿拉伯世界常见的守城设计，守城的将士可透过孔道向下倾倒热油抵御敌人进入城内。

一条大街，有着多少诉说不完的故事与传说，穿越千年，在数个伟大的王朝间游走。透过一座座古建筑，洞悉老城的肌理，在一个有着"历史无穷大"底蕴的城市，不禁让人感喟：光荣归于这里！

## 苏菲舞，让人一见倾心

我常对朋友说："如果你没有在固力宫欣赏过一次苏菲舞表演，那你就没有体会到开罗的美好，那是让你一见倾心的伊斯兰艺术。"

坐落在伊斯兰开罗老城的固力宫距离汗·哈里里市场和爱资哈尔清真寺只有几步之遥，世俗、神圣都融合在这个小小的区域里。在这样一个充满历史底蕴的老建筑中，表演具有神秘宗教色彩的舞蹈，没有比这个更相得益彰的事情了。

演出通常在7点半准时开始，与一般的剧场能够选取座位不同，固力宫所有座位统一售价，能否有个好的观赏位置不在于你的经济能力，而在于你是否足够早地来此"艺术朝圣"。提前一个小时入场，最前排的位置都已被占满。请记得过来人的忠告："一定越早越好！"稍晚一会儿，人会越来越多，别说座位了，就连走道和旁边的长廊都会坐满观众。

伴随着充满阿拉伯韵味的音乐，身着传统的阿拉伯白袍、头戴白头巾的鼓手旋转而出，舞者无一例外全部是男性。他们所要做的是将观众带入一个神秘的伊斯兰文化的世界。开场舞中，让人印象最为深刻的是一位手持双"钵"的阿拉伯大叔，他用妩媚的身姿为舞蹈增添了些许俏皮的成分，双手敲击的节奏时快时慢，或如万马奔腾，或如泉水叮咚，令人回味无穷。

伴随着阿拉伯风情的歌声，苏菲舞的舞者在众人的伴奏中隆重出场。他的服装色彩鲜艳异常，尤其引人注意的是至少三层以上的圆形斗篷式的长裙。舞者伴着音乐在旋转中不断展示他的圆篷长裙，在将近40分钟的时间内不停旋转，没有一刻停歇。要知道，这旋转可不是件容易事，既是体力活也是技术活。苏菲舞中最重要的是旋转，通常以极快的速度连续地进行，平均每秒钟转一圈，其间还要加上其他的表演动作。伴随着旋转，观众们报以如雷的掌声，整个演出的气氛被推向高潮。

所有的观众看完这位舞者的表演后意犹未尽，之后，三位苏菲舞舞者一同登台，他们相互配合，将"旋转的艺术"表现得更加淋漓尽致。

苏菲舞起源于苏菲派，这一教派讲求苦行和冥想。在伊斯兰教先知穆罕默德逝世后，在谁才是正统继承人问题上，穆斯林之间出现了分歧，便产生了逊尼派和什叶派两大派别，另有一些虔诚的教徒则选择隐居冥想，远离纷繁的政治斗争，试图通过心灵上的升华而进入真主的世界，体验到安拉的存在。苏菲派的信众相信通过不停的旋转可以进入一种天人合一的状态，以此作为亲近真主的方法。

作为一种艺术形式，苏菲舞起源于13世纪的土耳其，埃及的苏菲舞经过阿拉伯人的诸多改进，其观赏性和精彩程度都远胜于土耳其的苏菲舞。虽然称之为舞蹈，但它的整个表演过程更像是一种宗教活动。因此，所谓的苏菲舞，并不仅仅是舞蹈，而是一场让人心情宁静的仪式。当不断地旋转，达到一种"无我"的境界，旋转让一切没有羁绊，旋转让精神轻盈，旋转也让所有的观众跟随着舞者来了一场精神之旅。抛开掌声和欢呼声，静下心，你其实就达到了欣赏苏菲舞的最高境界。当达到超越万物的空灵时，便是最接近神的时候，你不再有自我的概念，当你达到无我的境界，就摆脱了所有的羁绊，只剩下无比的轻盈。

妻子说："苏菲舞让人第一次爱上伊斯兰艺术。"我说："爱上的不仅是艺术，更是欣赏舞蹈后的心灵。"

旋转的苏菲舞。

## 埃及好人黑塞姆

埃及人热情，开朗。或许是宗教，或许是社会文化的因素，造就了他们天生乐天派的性格。对于中国人，很多埃及朋友都是怀着非常朴素的友好感情，相信每一位到过埃及的中国人都有着像明星一样"前呼后拥"的经历。没错，无论是在金字塔还是在南部的神庙，总会有无数的埃及朋友要和你合影留念，通常是一个拍完照之后，另一个人马上又拿出手机、相机，生怕身边的中国朋友会跑掉。说实话，我是在埃及第一次体会到了明星遇到大批粉丝"纠缠"的辛苦。

常驻埃及的一千多个日夜，我会经常被友好的埃及朋友感动，不过最让我印象深刻的莫过于"埃及好人"黑塞姆的故事。

那是2014年秋天的一天，我因为出差，驱车前往机场。分社的"老爷车"虽然刚刚修理完毕，但是我还是经常幻想它可能会坏在前往机场的路上。有时候，"意念"这东西真的会发生点神奇的作用。故事就从"老爷车"开始说起。

那天早上从住所出发，一路上交通非常拥挤，不过这也算是开罗的常态，没有怎么放在心上。"老爷车"在十月六日桥上走走停停，也算是一切正常，驶向了欧罗巴路路口后，我的心里稍微放松了一些，毕竟已经安全行驶了一半的距离。开车的时候，我一直不停地下意识看着里程表，希望可以安全抵达机场，现在还清楚记得那段路程走得特别难熬。结果车子行驶至距离机场五六公里的位置时，"悲剧"还是发生了：车辆的前部冒起了白烟，一开始我还以为是路边的尘土，结果烟越来越多，几乎完全遮住了挡风玻璃。旁边的埃及司机也鸣笛示意我停车，这下我才意识到，大事不好——"老爷车"果真又坏在路上了。

曾试图把车先开到路边，但一打火后，满是白烟，我担心出现更严重的情况，只得把车暂时停在了路中间。尝试拦了几辆车想请人帮忙，但始终无人回应，一

在卢克索神庙前,友善、热情的埃及小朋友大声说:"欢迎来到卢克索!"

辆辆汽车从我身边匆匆而过,绝尘而去。

因为还要赶飞机,此时的我真的是绝望、沮丧到了极点。就在这时,一辆汽车停在了我的面前。我没有抱太大希望,只是告诉司机我的车坏了,能否帮忙检查一下。这位好心的埃及司机下车打开了"老爷车"的引擎盖简单处理了一番,表示车的确坏了没法再开了。我又问他:能否用他的车将我的车先拖到路边。他二话没说,从车后面拿出了一条铁链拴到"老爷车"上,帮我把车拖到了一个合适的位置。

后来和他聊起来,得知他叫黑塞姆,是埃及空军军工厂的一名军官,当时他正在去上班的路上。黑塞姆知道了我要赶飞机的情况,主动说要把我送到机场,还说可以把钥匙交给他,请我的朋友和他联系。随后,我和中心分社的领导、同事先后取得了联系,最后决定把钥匙交给这位埃及好人。把我送到机场,黑塞姆开车又返回了"老爷车"停放的位置,一直等待着分社领导和同事前去和他交接。后来,我才知道,当天由于路上拥堵,领导和同事花了不少时间才赶过去,黑塞姆一直在那里等着,甚至耽误了自己上班的时间。我曾想给他一些钱表达自己发自内心的感谢之情,这在埃及这个有着小费习惯的国度,是再平常不过的事情了,但是黑塞姆坚决不收我的钱,他对我说:"我们是朋友,帮助朋友怎么还能收钱呢?"他又开玩笑地说:"我可是高层次的人呢。"我和他相约,一定要请他和他的家人吃一次中国大餐,在我的好说歹说之下,埃及好人黑塞姆终于答应了。

那一天的自己真是又倒霉,又幸运。

后来,我邀请他们家5口人一起吃了一顿丰盛的中国大餐。黑塞姆的妻子是一名医生,大女儿12岁上六年级,儿子7岁上一年级,还有一个5岁的小女儿。那顿饭吃得很好,中国的美食让客人们大开眼界,特别是一些如木耳、紫菜等埃及人从未见过的食材。黑塞姆还邀请我们去他们家做客,并问我喜欢吃埃及的什么食物,他说他的妻子都会做。出于礼貌,我说道:"大饼。"黑塞姆很惊讶我居然只喜欢吃大饼。他接着问我,喜欢吃哪种大饼,大饼还分好多种呢。这让我再次感受到了埃及朋友的热情。那天晚上非常愉快,大家合影留念,临走前,黑塞姆再次问我们什么时候去他家做客,告诉我们说:"一定要去。"

因为埃及好人黑塞姆的存在,让我回忆起在埃及常驻的生活始终感到温暖无比。感谢抛锚的"老爷车",让我认识了这位我的埃及朋友——好人黑塞姆。

本书作者与黑塞姆合影。

## 动荡中也要拥抱春天

闻风节是古埃及的传统节日,其历史可以追溯到大约3000年前。时光流逝,古埃及文明被伊斯兰文明逐渐取代,许多文化习俗都永久地消失在了历史的长流之中。但闻风节却依然为现在的埃及人所欢度。

古埃及人把一年中白昼与黑夜对等的春分作为闻风节的日期,在他们的意识中,这一天是宇宙运行的开端,代表着新的一年的开始,同时也是春季万物复苏之日。所以,闻风节是埃及春天降临的标志,在这一天,只要有绿色的地方就会充满人们的欢歌笑语。

2014年的闻风节,我与埃及人一同度过,在那个刚刚经历了持续的政治动荡的时间节点,埃及人忘情拥抱春天的乐观心态给我留下了深深的印象。

闻风节当天上午9时多,我便来到了开罗吉萨动物园,只见园内已挤满了前来踏青的游人。所不同的是,除了游人外,还有不少埃及军人正集合队伍,准备执行安保任务。当时的埃及社会秩序正在逐步恢复,但随着总统选举日期临近,一些反对过渡政府的宗教极端势力激进成员仍在伺机进行报复袭击,不时制造导致军警和平民伤亡的爆炸事件。因此,整体安全形势仍旧并不乐观。在市民放松心情的背后,埃及当局没有丝毫放松警惕,在全国人群密集区域和旅游景点加强戒备。在前往动物园的路上,我注意到几乎所有的大街小巷的出入口都有警察和安保人员执勤、巡逻,装甲车等也被布置在街头。

不少家庭都扶老携幼在这埃及传统佳节来临之际外出踏青。人们都身着盛装,小孩子穿上新衣,全家人在草坪上席地而坐,共同分享这清风拂面的节日气息。闻风节绝对是埃及女孩儿们展示自己美丽的最佳节日,她们纷纷在脸上画出漂亮的彩妆,为节日增添了别样的色彩,用有埃及"春之花"之称的茉莉花编成花环

许多埃及民众在闻风节走出家门享受美好阳光。

戴在头上,在这一天,每个女孩儿都成了最动人的天使。

我从动物园管理中心办理完采访手续出来,正好遇到了园长伊萨姆·贝图迪博士。他说:"吉萨动物园今天预计接待游客6.2万人左右。为了做好服务工作,所有员工都取消休假,并与安全部门协调增派了警力,园内设立了10多处游客疏散点,园外增开了20余个售票窗口,并打开了多扇侧门。"贝图迪要我多拍些照片,让外国人了解埃及人是多么热爱和向往安宁幸福的生活。

临近中午,埃及人拿出早已准备好的食物,一家人席地而坐享用节日快餐。在闻风节,埃及人吃的传统食品主要有:咸鱼、彩蛋、大葱、柠檬、莴苣叶、青豆等,其中咸鱼必不可少。

在古埃及,鱼是献祭众神的祭品,祈求获得丰收与幸福。每当尼罗河洪水消退之后,便会形成许多天然的小水塘,水塘中会有不少的鱼,人们很容易就可以抓到它们,作为祭神的供品。据说,古代没有保存鲜鱼的条件,聪明的埃及人就把冬天捕到的鱼腌起来,装在密闭容器里,在闻风节这天启封生吃。古希腊著名历史学家希罗多德就曾记载过这一习俗。许多埃及民众热情地邀请我与他们共进午餐，品尝咸鱼，分享节日的喜悦。

　　彩蛋也是闻风节必不可少的要素。人们用彩笔在鸡蛋上涂上颜色，画上图案，写下愿望，再把彩蛋挂到树上。埃及人相信，这些鸡蛋可以在东方破晓时最先接受阳光的普照和祝福，自己在鸡蛋壳上许下的愿望就会实现。在动物园，不少埃及朋友拿着彩蛋相互碰撞，原来，这是闻风节特殊的问好方式。如果鸡蛋没有破裂，就意味太阳神将满足人们的心愿，会有好运气。

　　在开罗著名的河滨大道上，我看到尼罗河上百舸争流，游船如织。不少游船因为价格低廉而且配备有富有节奏感的音乐而大受欢迎，许多埃及民众选择乘坐这种"水上巴士"，不仅能欣赏尼罗河的美，还能尽情舞蹈，拥抱春天。河边餐馆、咖啡厅也是顾客盈门，一座难求。不少市民邀请亲朋好友聚在一起饮茶聊天。

　　闻风节假期，加上复活节和周末，组成了"小长假"，这可乐坏了孩子们，大家追逐着，打闹着，真像我的童年啊，站在埃及住所的窗边，虽然听不清他们到底在说些什么，却似乎能够把我带回快乐的童年时代。在埃及，每一点与家乡的相似，都能引起我深深的思念。

　　"我们要一起拥抱春天。"我对着那些孩子们大声说。

闻风节绝对是埃及的小朋友和女孩儿们展示自己的最佳节日，他们纷纷在脸上画出漂亮的彩妆，为节日增添了别样的色彩。

## 安曼历史的"开篇章"

罗马人所到之处,都要留下一座雄伟的剧场,无论是在土耳其、埃及还是约旦。石头总比武力更加持久。

曾经造访过亚历山大的罗马剧场,巧妙的音效设计给我留下了深刻的印象。来到约旦首都安曼的罗马剧场,可容纳五六千人的剧场规模,还是让初到此的每一位游客感到震撼。

这座罗马露天剧场建于公元2世纪,整个建筑依山而建。作为一个等级森严的社会,罗马人在剧场的座位分配上也将"等级"的含义体现得淋漓尽致:最靠近舞台的位子专属王公贵族、军事将领,平民百姓则坐在后方最高的位子上。不过虽然如此,科学的设计弥补了等级所带来的不平等:由于后排的座位高度依次递增,使得后排的观众依旧能够拥有最佳视野。爬上剧场最上面的座位,整个剧场便尽收眼底。背后的墙上张贴着约旦老国王、在位国王和王储三人的画像,无疑,他们是约旦最家喻户晓的明星,因为无论在哪,你总能和他们打个照面。

和其他的罗马剧场一样,这里的音响效果时隔1000多年后仍堪称完美。不论坐在剧场何处,舞台上的声音均可清楚听到,前排座位旁的围栏竟然还有回音的效果,站在剧场中间讲话,可以听见自己的声音在头顶上回荡不止。如果时光能够倒流,坐在这里的我也能听到余音绕梁的美妙歌声吧。

罗马剧场的不远处就是城堡山,那里是安曼历史的"开篇章"。

安曼是座山城,坐落在7座小山丘之上,城区的大部分建筑便分布于此。从地图上看,罗马剧场与城堡山的距离可能不远,但是如果要想徒步的话,那肯定会耗尽不少旅行的热情。当然,沿着弯弯曲曲的小路拾级而上,也会体会到安曼的另一番城市风情。

城堡山是全城的中心,也是整个城市的制高点。走到这里,首先映入眼帘的便是一面巨幅的约旦国旗,据说,这是全球最高的国旗旗杆(旗杆127米高,旗的尺寸是30米×16米)。不远处的树林覆盖下就是约旦王宫了。

在城堡山俯瞰整个安曼城,一定是任何访客的必选项目。随着山势起伏,街道两边式样各异的楼房从山下到山上整齐排列着,如一个个"火柴盒"一般。像这个国家带给人的低调感觉一样,整个安曼很难见到摩天大楼,建筑则以二至三层的白色小楼居多。山腰间,还能清楚地见到片片草地或小花园,点缀着这座城市的美丽。虽然太阳还是很炽烈,但与开罗相比,这里的气候还是舒爽多了,晚上更是微风习习,舒适宜人。

安曼的历史就从我脚下的城堡山展开。

早在3000多年以前,信奉古埃及太阳神(阿蒙神)的阿蒙人部落建立了阿巴斯·阿蒙王国,首都就选在城堡山上,之后逐渐演变成今天的安曼。历史上,安曼先后被亚述人、迦勒底人、波斯人和希腊人征服、占领,后来又被罗马人统治。由于地处东西方交通要道上,安曼一直都是繁华的商业中心。

城堡山上的赫拉克勒斯神庙只剩断壁残垣。神庙旁的巨手显示了这里曾经的辉煌与宏大。

今天的城堡山更像是一个遗址公园。自阿蒙人后的历代均以此为城市的中心,其残存的文物古迹反映了各个历史年代的面貌。

由于城堡山上没有自然水源,所以古人设计了一整套储水、利用水的系统,现在还可见到一座巨型的蓄水池。山顶还有拜占庭教堂以及赫拉克勒斯神庙残存的几根高大石柱,神庙旁的一只巨手显示了这里曾经的辉煌与宏大,据说这曾是世界上最大的神像之一,高达13米。

在历史上送别希腊人和罗马人后,城堡山迎来了新的统治者阿拉伯人。离神庙不远处就是阿拉伯人修建的伍麦叶宫和石柱。伍麦叶宫系阿拉伯帝国伍麦叶王朝在城堡山建立的"埃米尔宫",也就是王宫,整个宫殿坐西朝东,虽经历了1300多年,残存的建筑仍旧能看出当时浓郁的阿拉伯建筑风格。

遗址旁边是约旦第一家公立的博物馆——国家考古博物馆。这个规模非常小的博物馆陈列着约旦各地发掘的出土文物,无声地讲述着这个中东国家的历史变迁。

离开城堡山,已近日落,有道是"夕阳无限好"。落日的余晖洒落在这个古老城市的每一个角落,像是披上了一层金色的薄纱,分外美丽动人。

从城堡山上俯瞰安曼城。

## 从开罗到安曼到耶路撒冷

2015年8月我第一次去以色列出差，那时中国与以色列之间还没有关于公务护照互免签证的相关协定，因此要想入境以色列，必须先解决签证这个大问题。

早在当年7月，我们就开始着手办理以色列签证。由于在埃及革命时，以色列大使馆受到了冲击，所以一直处于闭馆状态。直到我们前往拜访的不久前才有消息说，埃以两国重新互派了外交人员。但是以色列大使馆是否还在原处，恐怕要打个大大的问号了。根据刘水明老师20年前的记忆和我在网上查询的资料，我们来到了开罗大学桥下的"以色列驻埃及大使馆"。但是询问了楼下的门房后，被告知使馆已经不在这座楼了，搬到了"外交部里"。常识让我对这个回答感到崩溃。网上也看到了很多曾试图在埃及办理以色列签证的中国人发布的帖子说，埃及人特别不愿意提及以色列大使馆，你问他们，他们多半回答不知道或者直接把你支走。自己亲自走了一趟，对阿拉伯国家和以色列之间的隔阂有了更直观的了解。后来和其他兄弟单位联系，才确认以色列驻埃及大使馆暂时还无法对外办理签证业务，在中东地区想取得以色列签证只有两个选择：土耳其或者约旦。

后来，在朋友的帮助下，以色列驻约旦大使馆答应我们当天即可取到签证，所以为了能够让采访得以顺利进行，顺利入境以色列，我们决定前往约旦首都安曼申请签证。

虽然约旦是一个不算富裕的中东国家，但是机场修建得不错，非常整洁。出了机场正好有一个人过来搭讪，问我们是否需要出租车。一番讨价还价之后，我们坐上了这位名为"哈立德"的司机的车。

从机场直接前往开罗安曼银行交纳了以色列签证的手续费，和哈立德约定好，明天一早来接我们前往以色列大使馆。

和哈立德约好早上9点10分见面，因为我们9点30分要到达以色列使馆。一直给他打电话，他一直回复"10分钟就到""10分钟就到"，没想到埃及的"10分钟法则"在约旦也是适用的。等到9点35分，实在不能再等了，看到宾馆门口有一辆出租车，我们拦住马上出发。出租车司机人不错，不仅知道以色列使馆的位置，还把我们直接送到了使馆的第一道门外。虽然说是第一道门，其实它距离真正的使馆还远着呢。当时看到外面排队的人不是很多，心里还想"来办签证的人还不多嘛"。在门卫处，安保人员看了我们的护照，说："是刘先生和王先生吗？"我们说："对，没错。"看来领事部的人员还是打了招呼的。把手机、随身携带的包都放在了第一道门的锁柜里。往里走，又出现了一个蜿蜒的棚子，进去一看，人不少，看来是层层放人，之前办签证的人不多实在是个假象。

走过了棚子，又被安保人员拦下，查看了护照，说明了来意才让我们继续前行。走上一个台阶，终于走到了传说中的"以色列驻约旦大使馆领事部"的大门前，面对门外维护秩序的工作人员又是一番解释，工作人员递给了我们一个小盆，让我们把所有物品都放在这个小盆里。等了一会儿，终于放我们进去了。进入第一道大门，是三四个安检人员和几台安检仪器。工作人员仔细地翻查着我们的护照，问我们为何不在中国办理签证。当看到我护照上的卡塔尔签证和黎巴嫩入境章时，一下子变得非常警觉，一再让我解释去这些国家的动机。说了好半天，对方才接收了我们的申请书。不一会儿，给出了一个匪夷所思的答复："你们的签证申请表没有在网上提交，请提交后再来。"完全是无理取闹，签证申请表在网上明明显示已经成功提交，怎么到这成了没提交了？但是工作人员就是不让我们进。为了防止突发状况，我做足了准备，把与领事馆工作人员的往来信件打印了一份。我把他递给了工作人员。工作人员示意稍等，随后大门再次紧闭。过了一会儿，工作人员让我们一个一个进入大门进行安检，这是我所经历的最为严格的安检：脱掉鞋袜，工作人员拿检测仪器在脚底认真扫描，全身上下也完全扫描一遍，以确定没有携带任何危险物品。结束了安检，再次进入一个大门，才最终进入了领事馆办事大厅。顺利地找到了那位与我通过邮件沟通的以色列外交官。他当时手头正有事情，示意我稍微等待一会儿。这时有个中国人模样的人也走了进来，一打听才知道，他是中国大使馆经商处的工作人员，也来办理签证，据他说一般要一周的时间才能出签。看来，我们当场拿到签证真是一个莫大的优惠了。

我把相关文件递给了签证官,然后又是一番等待,这时在办事大厅的人越来越多,基本上座无虚席。因为手机无法带进来,也不知道时间。等了大约有1个小时,终于拿回了护照。以色列签证终于申请成功!

  从使馆出来,一开始打不上车,约旦的出租车拒载情况非常严重。好不容易打上了一辆车,还直接要高价,因为赶时间,也就只能成交了。回到酒店,收拾行李,请前台帮忙叫了一辆出租车。酒店距离以色列和约旦边境的侯赛因桥五六十公里,一个小时的车程便可抵达。司机是一名基督徒。他把我们带入了边检站。办理完出境手续,约旦边检便收走了我们的护照,告诉我们在一个地方等待,一会儿会有人领我们上大巴车。之前在网上看到了相关网友写道,从侯赛因桥通关各种等待让人叫苦不迭,至少4个小时。但当时就三四个人在等,刘水明老师觉得很奇怪,问了一个同样等待通关的人是否有快速通关方式,那人回答缴纳一定费用可以走VIP通道,速度会快很多。为了保证安全和节约宝贵时间,我们决定从VIP通道通关。不一会儿,便有人拿着我们的护照,提示我们可以上车了。我们坐上了一辆车,从约旦境内到了以色列境内的检查站。虽说侯赛因桥建

在前往耶路撒冷的路上,路牌上标注着"耶路撒冷"(Jerusalem)的字样,路牌上的数字"1"意为以色列的1号高速公路。

在约旦河上,但至少我见到的约旦河没有一滴水。到达以色列境内后,司机将我们转交给以色列方面的人员,她带领我们完成安检、入关等一系列程序。当我们出了边检口岸后,终于踏上了以色列的土地,心里的一块石头也落了地。

直奔耶路撒冷!连绵的荒漠与建设完善的公路是我对这个"流淌着奶与蜜"的土地的第一印象。看着死海、耶路撒冷、特拉维夫、杰里科、拉马拉……这些路牌出现在眼前时,内心还是难免有些小激动,毕竟此前只是在书本上、电视上和网络上出现的名字真实、直接地呈现在我的面前。

车辆很快抵达耶路撒冷近郊,地上几乎一尘不染。第一次见到了戴着黑帽子、穿着黑西服、留着两根小辫子的犹太教拉比。沿着耶路撒冷老城的城墙开过,再次震撼内心,耶路撒冷这个神奇、神圣的城市已经在我触手可及之处了。

耶路撒冷老城里的以色列军人。

## 偶遇"中国制造"

在耶路撒冷独立公园,突然听到有人对我大喊:"嘿,中国人,我的祖父是中国制造(My grandfather was made in China)!""中国制造?"面对着我困惑的神情,这位犹太人向我娓娓道来了他的祖父与中国的故事。

"20世纪30年代,由于欧洲迫害犹太人的风潮愈演愈烈,我们全家被迫前往中国上海避难。1934年,我的祖父便出生在上海,他能够讲一口流利的中文和上海话呢。你说这是不是'中国制造'呢?1948年他与家人一起前往了美国。在上海14年的生活经历,虽然艰苦,却是他人生中一段快乐的时光,因为至少他免去了其他犹太同龄人所经历的面对死亡的恐惧。祖父在世时,经常向我们晚辈讲述全家人在上海的故事。初抵上海,全家人就居住在一间上海老百姓提供的房屋里,中国人热情而友好,虽然他们自身生活也非常困难,但还是热心地帮助犹太人寻找工作,甚至分享非常宝贵的食物。因为有祖父的经历和故事,我们全家人都非常感激中国,感激上海,是上海给予了我们家族繁衍至今的希望。"

在第二次世界大战期间,到上海避难的犹太难民接近3万人,超过了加拿大、澳大利亚、印度、南非、新西兰五国当时所接纳犹太难民的总和。2015年8月,一条由以色列驻上海总领事馆发出的充满感恩之情的微博、一段饱含深情的视频短片《谢谢上海》,走红中国网络。

在悠扬的音乐声中,数位白发苍苍的以色列老人出现在《谢谢上海》宣传片的镜头中,他们每个人手中都举着一个标牌:"'二战'期间,2万多名犹太人从被纳粹占领的欧洲逃至上海避难,我就是其中一名犹太人。"默默讲述着自己的身份与历史。

随后,音乐突然变得欢快起来,老人们原本凝重的脸庞上露出了灿烂的笑容,在特拉维夫、在海法、在死海……不同职业、不同年龄的以色列人高举着用汉语、希伯来语和英语写成的"谢谢"标牌,向中国、向上海表达着他们由衷的敬意及感激。

短片最后,以色列总理内塔尼亚胡也出现在了镜头之中。"我们永远感谢你们,永远不会忘记这段历史。谢谢!"内塔尼亚胡说。

总共有100名以色列人参与了这部短片的录制,其中包括了上海友好城市海法市市长尤纳·亚哈夫、诺贝尔奖得主罗伯特·约翰·奥曼、著名魔术师海滋·丁等许多曾在上海生活过的犹太难民。

对于这段历史,正如短片制作方负责人、时任以色列驻上海总领事柏安伦说的那样,"以色列人民永远不会忘记,中国人民在我们处于历史最黑暗的时刻向我们施以援手。在上海,中国人民张开双臂,接纳犹太难民,我们对此的感激之情发自肺腑"。

一次在耶路撒冷的偶遇,让我得以能够再次回味这残酷历史中的人性与温情。

# 第一次见到隔离墙

从耶路撒冷向东行驶不远,就会看见绵延不断的隔离墙,墙里面就是约旦河西岸巴勒斯坦地区。之前没有隔离墙的时候,巴勒斯坦激进分子经常发动对以色列的突然袭击。21世纪初,在以色列前总理沙龙的力推下,以色列开始了隔离墙建设,700多公里、数米高的钢筋混凝土墙体横亘在以色列与巴勒斯坦控制区之间,墙上布满铁丝网、高压电网和电子监控系统,以色列军人时刻保持安全警戒。在以色列和巴勒斯坦的交界处,还有以色列安全人员严格细致的检查,以色列的车辆可以进入巴勒斯坦地区,但是巴勒斯坦的车辆不能进入以色列腹地,所以巴勒斯坦人要想前往被以色列控制的耶路撒冷等地的话,必须在检查站换乘挂有以色列牌照的车

巴勒斯坦人在隔离墙上绘制宣传画。

辆。在进入巴勒斯坦地区的入口处，都会有红色的大牌子用希伯来语、阿拉伯语和英语三种语言提醒试图进入巴方控制区好奇的以色列人："警告：根据以色列法律，以色列人不要进入巴勒斯坦控制的区域，否则将会造成人身伤亡。"（如右图所示）

以色列的出租车司机是不会去约旦河西岸的，因为那里对他们来说太不安全，所以我们找了一位阿拉伯裔的司机法塔赫。车辆驶入巴勒斯坦控制区，可以明显感觉这里与以色列的不同：道路狭窄、人群拥挤、破败不堪。法塔赫对此也难掩失望："我不喜欢巴勒斯坦政府，国际援助的资金都进入他们自己的腰包，你看这里哪有什么像样的市政建设，道路坑坑洼洼，建筑也缺乏规划，他们就是一群官僚。"据说，约旦河西岸城市拉马拉的人口密度是每平方千米400人，已经非常拥挤，而加沙的人口密度为每平方千米4000人，是它的10倍，真是难以想象加沙的人民该如何生活。

我们先去阿拉法特墓进行了采访，之后前往了巴勒斯坦广播公司。巴勒斯坦人非常友好，友善地接待了我们。广播公司的一位领导与我们就双方媒体合作进行了交流，在她的办公室还放置着一台中国制造的海信电视机，据说是中国驻巴勒斯坦国办事处赠送的礼物。

在巴勒斯坦广播公司的大楼上，我见到了拉马拉的全貌，这是一个建在一座座小山丘之上的城市，虽然鲜见高楼，但比开罗干净许多。离开拉马拉的道路非常拥挤，在一处出口附近，车辆被分成了两部分，挂有以色列牌照的汽车可以从这里驶出，而挂有巴勒斯坦牌照的车辆则只能驶向其他方向。看到车上是外国人，以色列军人查看了我们的护照后，便放行了。

回程的时候，再次看到了一望无边的隔离墙，突然能够理解在拉马拉看到的那些展现巴勒斯坦人的反抗精神的宣传画，以及在这背后深深的无助感和一丝丝的绝望。

## 进出加沙不容易

　　加沙地带位于西奈半岛东北部地中海沿岸,除西南面与埃及接壤外,东北、东南均紧邻以色列。目前,除了记者、国际组织工作人员等少数人群外,其他人几乎难以从以色列境内自由出入加沙地带,即使是来自加沙地带的重病患者也需要等待以色列方面极为烦琐的审批程序。

　　根据以色列规定,只有持有以色列记者证的记者才能够进入加沙地带。2015年8月,时值加沙冲突停火一周年,我们决定进入加沙,揭开这个世界上最封闭地区的神秘面纱。

　　首先在网络上填写了以色列记者证的申请,在《光明日报》驻以色列记者王水平的引介下我们见到了以色列新闻办公室负责亚洲事务的工作人员罗恩·派兹。罗恩·派兹热情友好,本来申请记者证需要在网上缴费,在他的帮助下,我们得以能够在现场缴费。不到半个小时,一张卡片式的以色列的记者证便印制出来,虽然写着"临时",但非常正规。

　　在涉及赴加沙地带采访的相关问题上,罗恩·派兹变得异常谨慎。他一再向我们提醒在加沙的安全问题,并告知埃雷兹检查站的开放时间为每天上午8时至下午3时30分。"一定要在3点半前从加沙出来。"罗恩·派兹不断叮嘱。应我们的要求,他介绍了目前以色列对加沙地区的援助情况。"自加沙停火以来,以色列加大了对加沙的人道主义援助力度,允许重病患者前往以色列就医,并允许朝圣者前往耶路撒冷等地,未来还将重启巴勒斯坦人赴以色列境内短期打工,并计划扩大加沙沿海的捕鱼范围。目前,以色列供应了加沙地带所需电力的70%,重建所需的水泥、钢材、砾石等建材也大幅增加。以砾石为例,2015年5月,进入加沙的砾石约为24万吨,而这一数字在去年8月接近为0。另一方面，我们在加沙地带边境区域发现了至少32条地下通道，这些地道不仅向加沙非法运送物资，还向以色列境内渗透武装分子，这对以色列以及以色列人的安全造成直接威胁。以色列政府不想控制加沙地带的任何一寸土地，也不想控制任何一个巴勒斯坦人，以色列政府只想维护国家的安全，保障以色列人民的生命与财产。"罗恩·派兹说。

罗恩·派兹的一席话，细想起来也不无道理。其实，以色列和控制加沙地带的巴勒斯坦伊斯兰抵抗运动（哈马斯）都已亮明了底线，从中反映出了双方共同的安全焦虑，陷入了"安全困境"中不能自拔。

得到了以色列方面的许可，这才过了前往加沙的第一关。之后，我们还必须向哈马斯提出申请，并需要由加沙当地人接应才能够顺利进入加沙。经过多次协商，在新华社朋友的帮助下，哈马斯终于在我们提出申请的第三天同意给予记者入境许可。

埃雷兹检查站是以色列与加沙地带的边检站，也是从以色列前往加沙地带的必经之地，这里距离特拉维夫约60公里。该地之前曾多次遭受巴勒斯坦武装分子的袭击，因此，对于许多以色列人来说，"埃雷兹"便是"恐怖"的代名词。我们乘坐的出租车的司机名叫大卫，是一个30多岁的犹太人，这是他第一次前往埃雷兹检查站。临行前，大卫曾犹豫再三，他在我们居住的酒店门口向多位出租车司机同行确认埃雷兹检查站的安全状况后，才同意前往。一个多小时的车程后，大卫将我们送抵检查站门口，留下联系方式，没有片刻停留，便立即驾车离去。

进入检查站后，以色列边检人员认真检查了我们的记者证、护照等证件，并多次与相关部门通话，确认了我们的身份后才最终放行。入关通道被一道道旋转门隔离开来，在漫长的通道中穿行，见到了高大的隔离墙后，方知已进入了加沙境内。由于以色列与哈马斯并无直接接触，入境后，我们首先前往巴勒斯坦民族解放运动（法塔赫）的检查点进行登记，之后再搭车抵达哈马斯的边检口岸，办理了相关手续、对行李进行了检查后终于正式进入了加沙地带。如此复杂的程序，也从一个侧面反映了巴勒斯坦问题的复杂性。

进入加沙不易，返回以色列更难，这里堪称"世界上最为严格的安检"。任何从加沙进入以色列的人员必须在进入埃雷兹检查站后，接受极为严格的安全检查。安检大厅像一个现代化的工厂：轰鸣的传送带和先进的扫描装置。在这一过

经过埃雷兹检查站进入加沙地带后,通过铁窗回望横亘在以色列和加沙地带间高高的隔离墙和长满杂草的隔离区域。

程中除了阿拉伯裔的工作人员外,通关者不会直接接触到任何以色列犹太安检人员。在不远处的楼上,有两名以色列安全人员隔着玻璃密切注视着通关人员,一名持枪者随时保持警戒,出现情况可立即开枪射击,另一名则手持对讲机遥控指挥阿拉伯裔工作人员进行检查。

  我在过关时,一名阿拉伯裔工作人员示意我进入旋转 X 射线检测器,我被要求将双手举向空中,进行全身检查。当我想要进入下一道安检门时,却被重新叫回进行安检,原因是我的口袋中被检测到了纸状物,我掏出了护照,再次举起双手,接受扫描。整个通关过程近 1 个小时,据曾多次出入埃雷兹检查站的朋友介绍,这已经算是较快的通关速度,有的时候可能会耗费三四个小时才能通关。

## "我们一定能够回去"

2014年6月,3名以色列青少年在约旦河西岸遭到绑架后遇害,成为新一轮巴以冲突的导火索。7月8日凌晨,以色列国防军向加沙地带发起了代号为"护刃行动"的军事打击。

8月26日,冲突持续了50天后,在埃及的努力斡旋下,巴以双方同意于当日晚间起在加沙地带实施长期停火。根据达成的协议,位于加沙地带的哈马斯武装人员停止向以色列境内发射火箭弹,以色列开放与加沙间的边境口岸,让人道主义援

一名加沙儿童从被以军炮火炸毁的建筑废墟前走过。

助物资和建筑材料得以进入加沙,从而解除了自 2007 年以来对加沙地带的封锁。

据统计,自"护刃行动"发起以来,共造成加沙地带 2000 多人死亡,万余人受伤,直接经济损失超过 50 亿美元,以色列方面也有 67 人在冲突中丧生。在这一轮巴以冲突中,有 1.8 万座民宅被摧毁或者毁坏,超过 12 万座民宅受到轻微损毁。虽然战火已经过去了 1 年,但是仍有 10 万多名加沙居民无家可归,家园重建遥遥无期。

在加沙北部靠近以色列边境的舒贾阿地区(Al Shejiae)是在此轮冲突中受到破坏最为严重的区域。我在此采访时看到,这一地区鲜见完整的房屋,清真寺、居民楼以及工厂等都遭到了以色列方面炮火的打击。许多建筑因被完全击毁而倒塌,更多的建筑物虽然屹立不倒,但表面布满各种各样大小不一的弹孔。见到居民拉菲克时,他正在自家被损毁的房屋屋檐下与家人休息。他对我说:"我的房屋在 2014 年 7 月 20 日被以色列的炮弹击中,才刚刚建起来一年的时间,就已经彻底无法居住了。10 万美元的建造费就这样打了水漂。现在我们全家 9 口人只能在被毁的房屋屋檐下铺上毯子,暂时蜗居起来,因为我们实在拿不出每月 200 美元的租金租住在他处。"拉菲克的兄弟穆罕默德指着不远处的挖掘机说:"现在我们正要重建家园,联合国近东巴勒斯坦难民救济和工程处(近东救济工程处)援助了我们一笔钱,但与 4 万美元的重建费用相比,只是杯水车薪,加之水泥和钢筋等建材的短缺,工程便只能时断时续,一年多了,你看几乎没有什么进展。所以不要问我什么时候才能搬进新家。3 年?5 年?或许只有真主才能知道。"说这番话时,穆罕默德的眼神中流露出无限的无奈与忧伤。

自停火后,联合国便启动了"加沙临时重建机制"的项目,从以色列运输建筑材料,帮助加沙地带的重建工作。但受困于资金以及进入加沙的物资限制,该项目只能满足大约 5% 的需求。所以,在加沙街头,大量的被毁建筑得不到修复,附近杂草丛生,很多房屋或者院落已经沦为牛棚或羊圈。陶菲克一家或许还能"蜗居"在自家的房檐下,而对于房屋被彻底摧毁的加沙居民来说,他们便没有那么幸运了。陶菲克说,很多家庭挤在由拖车或者集装箱改造的"房屋"内,里面没有自来水也不通电,房屋内缺乏取暖以及防暑设备,冬季气温会低于 0 摄氏度,夏天的温度则可能高达 40 摄氏度以上。"最痛苦的还是有家不能回的绝望。"他说。

对于住在加沙沙蒂尔难民营的 85 岁老人伊布提哈吉来说,回到阔别 67 年的故乡雅法可能是一个永远无法完成的梦想,虽然雅法距离加沙只有不到 70 公里的距

作者（右四）在加沙地带以色列炸毁的房屋采访。

离。"1948年第一次中东战争时，我们在雅法的家被以色列人占领，全家人因此被迫迁居加沙。从1965年起我就居住在这间房子里了。"老人所说的"房子"面积仅有75平方米，共4层，屋子里阴暗潮湿，除了一张床、一个茶几和一台老式电视机外，几乎再也找不到其他像样的家具了。老人全家一共35口人，都住在这里。

虽然条件艰苦，但老人非常好客，她打开自己珍藏的一个塑料小盒，拿出了许多糖果，热情地说："来吃点糖果吧，味道还不错呢。"我拿了一颗糖，刚要吃，看到老人3岁的小孙女艾米乐正可怜巴巴地望着这颗糖，便把糖递给了艾米乐，小家伙拿着糖非常高兴。

"您全家靠什么生活呢？家人有工作吗？"我向老人问道。"我有5个儿子，现在他们除了能够打些零工外，几乎找不到任何像样的工作，我们全家目前都只能靠近东救济工程处的援助生活，没有现金，只有定量的物资。"

"您的梦想是什么呢？""回到故乡，重新过上好日子。"伊布提哈吉老人的回答没有任何迟疑。说着，她让孩子从里屋的橱柜中取出了一把巨大的钥匙。"这是我们在雅法家的大门钥匙模型，你看上面写着'我们会回去'，是的，我们会

伊布提哈吉与小孙女一道展示雅法老家的钥匙模型,上面写着"我们会回去"。

回去,我们也一定能够回去。"老人的话斩钉截铁。

在加沙地带最大的加巴利亚难民营,我见到了 65 岁的艾哈迈德·阿齐兹老人。50 年前,他曾经在拉法的一所小影院从事放映电影的工作,虽然生活并不富足,但也还过得下去。但战争的炮火摧毁了他原有的家,只得逃离到加沙避难,这一住就是 50 年。老人在这里娶妻生子,在难民营中度过了人生中最为宝贵的时光。"现在加沙的生活越来越糟糕,每天至少停电 19 个小时,夏日晚上屋子里闷热难耐,孩子们便只能到海滩上去乘凉,这几乎成了他们唯一的娱乐方式。"艾哈迈德·阿齐兹老人眉头紧锁,抱怨道。穆罕默德·阿齐兹今年 26 岁,是老人最小的儿子,中学毕业后,因为无法交纳学费,他放弃了上大学的机会。"我们现在生活真的很艰难,我一直找不到工作,每周能够干上一天的活我就谢天谢地了,现在国际援助也日益紧张,来自近东救济工程处的食品和物资只能满足我们需要的三分之一,剩下的三分之二我们还要从其他机构想办法。"穆罕默德摊开双手,脸上充满了无奈。

## "世界上最大的监狱"

自2007年6月哈马斯全面控制加沙地带后，以色列关闭了加沙地带通往外界的关口，并在加沙地带外围修建了厚重的水泥隔离墙，隔离墙以外300米是安全隔离区，每隔十几米便是一座以军的岗哨，对进出加沙地区的人员与物资进行非常严格的管控，闯入隔离区者将遭到无情射杀。巴勒斯坦国际关系协会主席贝瑟曼·纳依米对我表示："2013年7月穆尔西被解除埃及总统职务以来，埃及新政府一直将哈马斯看作穆斯林兄弟会的支持者，并多次指责哈马斯应对西奈半岛的数起袭击事件负责，双方关系持续恶化，埃及政府因此加大了对埃及与加沙交界的拉法口岸，这唯一不通过以色列进出加沙的陆路通道的限制。目前，拉法口岸每月只有1到2天开放，这无疑加剧了加沙地带物资及人员流动的困难状况。"

此次的加沙采访，新华社加沙分社雇员伊玛德给予了我们非常多的帮助。他已经为新华社工作了17年，虽然在埃及首都开罗也买了房子，但是伊玛德依旧不愿离开加沙。"我为我是加沙人感到自豪，我为我持有巴勒斯坦护照感到自豪！这里有我的家庭，我必须留在加沙！"言谈举止间，能够体会到伊玛德是一个民族自豪感极强的加沙人。

伊玛德开车带我们前往拉法口岸。当汽车即将抵达拉法口岸时，伊玛德对我说："看，前面就是世界上超级监狱的大门。""超级监狱？"我困惑地问。"这里不是世界上最大的监狱吗？150万人生活在360多平方公里的狭小范围内，不能向外界自由流动！"他激动地说。

在拉法口岸的加沙地带一侧，我们见到了正在等待通关的艾哈迈德。这个11口之家的顶梁柱显得非常焦急。"我上午不到10点就已经在口岸外面等待通关了，现在都下午 6 点多了,还没有任何进展。我计划去阿尔及利亚打工,需要从开罗乘坐飞机,但是拉法口岸不是每天都开放,我只能来碰碰运气,已经好几个月了,我还是没有通关。当然了,如果你能给埃及的边检人员 1000 到 4000 美元,你就能够立刻通关,可是我哪有这笔钱呢?"说完,艾哈迈德无奈地用双手擦了擦脸。

渔业是加沙居民收入的重要来源之一。但由于封锁,加沙渔民只能在距离海岸 3 海里范围内捕鱼,这直接切断了鱼类资源更加丰富的深海捕捞的海域。如果加沙渔民进入限制海域,就可能遭到以色列巡逻艇的攻击。渔民被杀事件屡见不鲜,2015 年 3 月,渔民陶菲克·阿布·亚瑞拉就因此丧命。

2015 年 3 月,世界银行表示,加沙地区的经济"已经到了崩溃的边缘"。贝瑟曼·纳依米说:"超过 60% 的加沙年轻人没有工作,而超过 80% 的年轻人只能通过领取国际援助生活,2 万多人在拉法口岸等待着遥遥无期通关的那一天。封锁使得加沙地带不仅面临非常严峻的人道主义危机,也面临着巨大的发展危机。"

虽然国际社会对于以色列与哈马斯的调解努力从未停歇,但双方分歧明显,围绕长期停火协议的谈判进展始终不大。真正的和平愈发遥远无期。

一方面,以色列将哈马斯定性为"恐怖组织",要求哈马斯停止对以色列境内发射火箭弹,以色列总理内塔尼亚胡又提出加沙地带非军事化的新目标,以期在国际社会的干预及努力下,遵循叙利亚解除化学武器的先例,实现加沙地带的非军事化。另一方面,哈马斯则不断为自己的生存而战,要求解除对加沙地带的封锁,并坚持对以色列的"武装斗争"。我问贝瑟曼·纳伊米:"哈马斯同以色列

拉法口岸正在等待通关的加沙青年。

由于封锁,加沙渔民只能在距离海岸3海里范围内捕鱼。近海渔业资源的紧张使得加沙港内停泊了大量闲置的渔船。

有没有直接或间接谈判?"他的回答简单干脆:"没有!"

  陷入了"安全困境"的巴勒斯坦与以色列不能自拔。在以色列封锁和哈马斯管治下的加沙,和平希望仍很渺茫。

  或许,巴以双方应该由此入手,充分顾及彼此的核心利益,努力实现长期停火,给生命留存生机,给发展留下空间,才能为巴以和谈开辟新径,弥合分歧,让无期的和平变得可期。

# 不忘历史,为了未来更美好

"雅克布,9 岁,拉脱维亚;埃尔黛芬,17 岁,乌克兰;夏文,4 岁,波兰……"以色列耶路撒冷大屠杀纪念馆儿童馆内无尽的黑暗中点缀着闪烁的烛光,广播中不断用极为低沉却铿锵有力的声音播放着一个个曾经在大屠杀中遇难的儿童的姓名、年龄和国籍,他们几乎来自于整个欧洲大陆,最小的可能仅仅出生数月。曾经一张张鲜活灿烂的笑脸,此时却只能从模糊的照片中寻找他们生活的足迹了。他们对大屠杀的哭诉,让人毛骨悚然。

第二次世界大战是人类遭受的一场浩劫,而对犹太人来说,第二次世界大战更是一场灭顶之灾。大战期间,纳粹对犹太人进行了种族大屠杀。为了记住历史,不让悲剧重演,同时也为了悼念死难者,缅怀曾经援救过犹太人的国际友人,以色列在耶路撒冷的赫茨尔山上修建了犹太大屠杀纪念馆。

讲解员乔纳森·马瑟斯在纪念馆工作了 7 年,每次带领参观者走出展厅,他的眼角都要渗出泪水。马瑟斯对我说,从 1933 年开始到"二战"结束,德国纳粹对生活在欧洲的犹太人进行了惨无人道的迫害,600 多万犹太人不幸遇难。为了纪念这段历史,让更多的年轻人了解祖辈曾经遭受的苦难,1953 年,根据以色列国会通过的法令建立了这座世界范围内规模最大的犹太大屠杀纪念馆。纪念馆的希伯来语名字为亚德·瓦辛姆(Yad Vashem),意为"纪念、符号",目前每年有百万计的参观者来这里缅怀历史、祭奠遇难者。

大屠杀纪念馆的主展览馆"大屠杀历史馆"外表没有任何色彩装饰,完全是水泥原色。走进历史馆,两面水泥墙组成的三角形棱状通道一直延伸到远方,给人无尽的压抑之感。10 间展室用大量实物、影像和图片,再现了人类历史上最为悲惨的时刻。第十展室的人名纪念堂最为震撼,展室上方是由遇难者照片组成的一堵圆形幕墙,俯瞰着每一位参观者,他们的笑容与遭遇所形成的巨大反差,令人血涌头顶,呼吸急促。在展室四周,排列着巨大的档案架,每一个档案盒中是300位遇难者的详细资料,这项设计的目的是要让后人知道,每一名死难者都是一个真实的生命,而不是一个冰冷的符号。至今这里已收集了450万份资料,而且收集工作还在继续。马瑟斯指着那些尚未填满的档案架说:"我们还要继续打捞、继续发掘资料,希望总有一天能够将档案架排满,找到全部600多万遇难者的资料。我知道这项工作异常艰难,但却是我们努力的目标!"图片墙的下面是一个水池,人像倒映在水面上,显得模糊与不真实。马瑟斯解释说:"时间可能会带走人们对历史的印象,就像从这个水池中看到的景象,虚幻不实,而为了让更多的人了解真实的历史,我们需要做出更多努力,这就是大屠杀纪念馆以及我和我的同事们工作的意义所在。"

大屠杀纪念馆图书馆馆长罗伯特·罗泽特的父母及祖母都曾经被德国纳粹送

人名纪念堂内由遇难者照片组成的圆形幕墙,俯瞰着每一位参观者,令人震撼。

往欧洲东线战场的集中营强迫劳动。在他的大屠杀研究专著《奴隶》一书的序言中，罗泽特写道："我研究大屠杀已经35年，从一名学生到一名专业的研究者，对我而言，大屠杀不仅是国别史或者是世界史，更是我们家族的一份记忆。"虽然没有亲历那段黑暗岁月，但家族的影响使得罗泽特觉得自己有责任担负起历史传承的重任。他说："'牢记过去，塑造未来'，不仅是大屠杀纪念馆的宗旨，更是我自己的座右铭。作为图书馆馆长，我领导的小组每年出版数十本大屠杀研究专著，收集、整理多达数百万字的大屠杀相关记录与资料，目前我们正在系统收集幸存者对于大屠杀或者集中营的回忆信件。作为历史教育的一部分，大屠杀历史教育深深地根植在我们的教育体系中。以色列10岁以上的孩子会由学校组织前来大屠杀纪念馆参观，这是他们人生中的必修课之一。我们主要以小故事的形式，重点告诉孩子们犹太民族经历苦难后最终获得了幸福的生活。高年级的孩子有的会前往欧洲奥斯维辛集中营参观，实地感受历史的残酷，同时，我们还向他们提供史学材料，启发他们思考。"

罗泽特认为，作为以色列国民甚至世界性的教育机构，大屠杀纪念馆的独特之处在于对历史教师的培训。"我们的培训课程更多地针对历史老师，因为我们相信，一个老师能够影响数百个孩子，而这些孩子的背后，又是数百个家庭，这就像水面的波纹一样，层层扩散出去，让更多的人了解这段历史。"罗伯特·罗泽特还说，以色列是一个很小的国家，因此对于大屠杀的记忆是非常"个体的"，

大屠杀纪念馆图书馆馆长罗伯特·罗泽特先生与本书作者合影。

因为很可能你的亲人或者邻居就是大屠杀的受害者，所以你会有切身的体会，相比而言，中国可能因为地域广大，很多情况都被抽象成为一个概念或画面，大家较少有这种切肤之痛。

除了耶路撒冷大屠杀纪念馆是以色列官方建立的最大纪念机构外，以色列国内还有7至8所规模不等的私人或者地方建立的纪念场馆，承担着对于大屠杀中某一具体历史事件或过程的纪念和教育工作。建立于1975年的拜泰雷津博物馆便是专门纪念"二战"期间欧洲犹太人隔离区的一座专题性博物馆。博物馆教育中心主任诺阿·大卫在接受我采访时表示，拜泰雷津博物馆由当时居住在犹太人隔离区的居民捐资建立，虽然博物馆规模不大，却具有十分重要的教育功能。"为了让孩子们更好地了解历史的真相，我们专门建立了'犹太隔离区中的儿童'主题展览馆，通过当时生活在隔离区的孩子们的画作、日记和手绘报纸来讲述故事，这样能够深入浅出地教育孩子认识过去。现在拜泰雷津博物馆已经成为幸存者与年轻人、祖辈与孙辈间沟通的桥梁。"

在国际义人纪念碑上，"中国"二字分外显眼，潘均顺和何凤山因救助犹太少女和发放"生命签证"而被犹太民族永远铭记。

"只有不断讲述，人们才能牢记历史；而只有牢记历史，才能真正了解未来。"诺阿·大卫说，"我们并不是要记住仇恨，只是想将史实印在我们每一代人心中。"

大屠杀历史的记忆不仅是恐惧，也伴随着人性的光辉。耶路撒冷大屠杀纪念馆内，在郁郁葱葱的树林掩映下有一片被精心护理的"国际义人园"，园中遍布着十几块"国际义人纪念碑"，其上镌刻着曾在纳粹铁蹄下拯救犹太人的国际义士的名字。在第 15 号纪念碑上，"中国"二字分外显眼，"何凤山"和"潘均顺"这两位来自中国的国际义人因发放"生命签证"和救助犹太少女而被犹太民族永远铭记。

1938 年何凤山出任中国驻维也纳总领事时，纳粹铁蹄横行，欧洲上空战云密布。当年 3 月，德国吞并了奥地利。奥地利是欧洲第三大犹太人聚居地，犹太人总数约 18.5 万。在反犹主义的影响下，纳粹欲将这里的犹太人赶尽杀绝。当时规定犹太人只要能离开奥地利就可以从集中营释放，走不了的等待他们的将是种族灭绝式的屠杀。

留下即死亡，离开便生存。犹太人纷纷想方设法离开奥地利。但是要离开首先要有目的地国的签证，这谈何容易？因为不少国家都对给犹太人签发签证亮起了红灯。基于人道主义立场，何凤山勇敢地向犹太人发放签证，甚至在纳粹以总领事馆原属于犹太人房产为由将其没收后，何凤山也没有停止发放工作。在他就任总领事的两年多内，共发放了 2000 多张"生命签证"，拯救了数以千计濒临死亡的犹太难民。正因如此，何凤山被誉为"中国的辛德勒"！

走过纪念碑，仔细端详着上面的名字，身为中国人，我为他们的善举感到骄傲与自豪。

在纪念馆内，不时能看到成年人带着小朋友前来参观。出生在以色列、目前生活在美国的琳达便和丈夫一起带着孙子、孙女来纪念馆参观。她对我说："从上小学起，我就多次参观了大屠杀纪念馆，每一次来都有新的体会和感受。这次带孩子们来，就是想告诉孩子们他们祖先所经历的苦难，这样他们也会告诉自己的孩子，一代一代都会铭记，让这段历史永远存在于我们民族的记忆之中。"

## 在基布兹听幸存者讲述大屠杀的故事

在拉芳德·查丽德先生的帮助下,在以色列采访期间,我有幸访问了一位犹太大屠杀的幸存者,84岁的兹威·柯罕老人。

兹威·柯罕老人1931年出生于德国首都柏林,至今身板硬朗,思维敏捷,仍在以色列一家基布兹药厂当义工。回忆起年少时所经历的一切,他的眼中仍然饱含泪水。"从小我们犹太人便被强制穿上印有大卫星的服装,这样便很容易区分我们和德国人。有一次我和父亲一起出门,很多德国小孩殴打我,我父亲就站在我的身旁,但他却无法伸出手帮我一把。从此之后,我几乎从没有出过门。在战争结束前,我从来不知道什么是电影院、什么是剧院。每当盟军的飞机来柏林轰炸,所有的德国人都可以躲到防空洞中,但是我们犹太人却不能,他们不允许我们进入防空洞,让我们自生自灭。那时我的父母已经被拉去强制劳动,我只能自己待在家里,空袭警报响起,我吓得浑身发抖,直到现在,我都不敢一个人去柏林,因为我会恐惧,那段经历给我留下了太深的心理阴影。"后来,兹威·柯罕老人和他的父母一道被强制迁往了欧洲东部的犹太人集中营,在那里他忍饥挨饿,经历了一个成年人可能都无法忍受的痛苦。战争结束后,全家移民到了以色列。"1947年,我的弟弟出生了,这对于我们全家来说,是一个重要的事件,因为这不仅意味着我们在大屠杀中幸存下来,更意味着我们家族在经历苦难之后延续了新的生命!"

"您恨德国人吗?"我问老人。

"不恨,"回答虽然简单,却斩钉截铁,"我恨的是纳粹而不是德国或者德国人。战后,德国对历史进行了深刻的清算,对他们对犹太人所犯下的罪行进行了深刻的忏悔,同时对以色列国家层面和个人层面进行了高达数百亿美元的赔偿。这为他们赢得了谅解,也赢得了尊重。我们要从历史中吸取教训,而不是延续仇恨。就像参观大屠杀纪念馆时,走过人名纪念堂后,你看到的是耶路撒冷美丽的森林和灿烂的阳光。人终究应从历史的苦难中走出来,拥抱面前的美好。"

因为采访兹威·柯罕老人,我有机会第一次走入了以色列的"基布兹"。基布兹(Kibbutz,希伯来语为"聚集"之意)是以色列的一种集体社区,过去主要从事农业生产,现在则从事工业和高科技产业。基布兹的目标是混合共产主义和锡安主义的思想建立乌托邦社区。外界流传说,基布兹里吃饭不要钱,家家没有厨房。真实情况并非如此。我跟着兹威·柯罕老人当天中午在基布兹的食堂一起吃饭,这里的确如同国内的单位食堂一般,虽然食物价格比外界便宜不少,但也需要付费,而不是免费的。据老人讲,食堂是每天中午开放,晚上一周只开放两天。看来,生活在基布兹的人们其他时间也是需要在家里做饭的。基布兹里的老年人可以免费领到一辆代步车,方便老人们在起伏的基布兹内行动。

现在,参观基布兹已经成了以色列的一个旅游项目,不时能看到大巴车满载游客来此观光。

兹威·柯罕说:"当时建设基布兹时,没有任何人帮助我们,你看到这里现在这么好,这不是自然的结果,是我们用自己的双手所创造出来的。"

本书作者采访大屠杀幸存者兹威·柯罕老人。

## 穿行于战争与和平间

戈兰高地位于叙利亚和以色列交界处,国际上普遍承认其为叙利亚领土,但目前处于以色列的实际控制之下。历史让这里一次又一次经历战火与硝烟。行走戈兰高地,看到的不仅是战争的遗迹,也能管窥到美好的田园生活。"珍爱和平,远离战争",恐怕是每一位来此的旅行者最深的感悟。

戈兰高地南北长71公里,中部最宽处约为43公里,早在公元前3000年就已经有人类居住。凭借其重要的战略地位和丰富的水资源,戈兰高地自古以来便是兵家必争之地。

戈兰高地真可谓"上天的馈赠",这里的年降雨量可以达到750毫米,而距此仅60公里之遥的叙利亚首都大马士革的降雨量则仅有200多毫米。从戈兰高地上流下的雨水是约旦河河水的重要来源,而约旦河水所流入的加利利湖则承担了以色列国内30%至40%的淡水供应量,戈兰高地因此获得了"中东水塔"的美誉。早在1919年的巴黎和会期间,犹太复国主义者便宣称:"戈兰高地等地区对国家来说是关键的经济基础,巴勒斯坦必须控制这些河流和他们的源头。"

这块1860平方公里的狭长高地平均海拔约600米,比其周围的平原地带高出约300米。站在戈兰高地上,向东可以清晰地看到叙利亚的城镇,顺着公路行驶可在1小时内直抵大马士革,无论是叙利亚还是以色列,掌握了戈兰高地便取得了防范对方袭击的"天然屏障";向南可以扼守住加利利湖的咽喉,因而,控制了戈兰高地,便在一定程度上掌握了这一地区的战略命脉——水源。有以色列外交官曾经坦言:"一旦以色列放弃戈兰高地,不但水源地不保,以色列的生存权都成问题。"虽然此话难免过于绝对,但由此可见戈兰高地在整个中东地区难以比拟的战略地位。

得益于丰富的水源,8 月的戈兰高地牧草茂盛、繁花似锦,一群群黄牛、奶牛在草地上悠然自得。没有了战争,戈兰高地展现出了中东地区少见的田园风情。充足的雨水,加上本身便肥沃无比的土壤,使得这里成为以色列控制下的重要农业产区,不仅盛产小麦、大麦和豆类等粮食作物,无花果、橄榄等经济作物的产量也十分巨大。戈兰高地奶牛每年产奶达 6000 万升,鲜花年产量也高达 3.5 万吨……这一系列数字表明这里真是"流淌着蜜与奶的土地"。

戈兰高地生产的葡萄酒更是享誉世界。戈兰高地属于火山玄武岩土质,土壤的排水性能良好且富含矿物质,高海拔使得戈兰高地常年处于较为低温寒凉的气候,温差不大,适合酿制酒类的葡萄的生长。这些都成为制造国际高品质标准的葡萄酒所需要的得天独厚的条件。从 20 世纪开始,迁移至此的犹太定居者便开始大规模种植葡萄,使得戈兰高地一举成了全球五大葡萄酒产地之一。目前,戈兰高地生产的"亚登(Yarden)""格姆拉(Gamla)"和"戈兰(Golan)"三大葡萄酒品牌已经成为以色列葡萄酒出口的主力军。

大自然以其鬼斧神工之笔在这片充满争议与鲜血的土地上有时用写意的笔端渲染着一泻千里的气势,有时又以工笔细致勾勒点点滴滴的宁静,带给世人一幅超凡脱俗的田园风景画。品味一杯戈兰高地的葡萄酒,在芬芳的酒香中远眺北面巍巍的谢赫峰,想必多么浮躁的心灵也能在此得到片刻的宁静。这或许也是戈兰高地的魅力所在吧。

沿着弯弯曲曲的山路不断向高处行驶,两旁不时出现的铁丝网以及"小心!地雷!"字样的警告牌会把你的心情从田园风光中猛然拉回,"哦,原来这里这么危险!"的确,以色列和阿拉伯国家在第三、第四次中东战争的争夺,将戈兰

曾经的地下暗堡,现已成为联合国维和部队的观察点。

距离指示牌显示曾经的地下暗堡距离大马士革只有60公里，还特意标记了这里距离以色列总理办公室243公里。

高地一次又一次地推到了战火的风口浪尖，也留下了处处战争的伤痕。虽然硝烟已经远去，但战争中残存的遗迹仍旧在提醒着世人和平的意义。

我们乘坐的汽车在一个小山岗的最高处停了下来，一辆印有"UN"标志的越野车非常显眼，这座曾经在战时用钢筋混凝土修建而成的庞大暗堡现在已经成了联合国脱离接触观察员部队的观测点。

暗堡的入口处树立着一块特别的路牌，上面标明了此处与以色列心中重要地点的距离：离叙利亚首都大马士革60公里、伊拉克首都巴格达800公里、华盛顿11800公里、总理办公室243公里……顺着地道进入掩体，瞭望口、火力点交错密布，整个暗堡宛如迷宫。我猫着腰沿着曲曲折折的壕沟往深处走去，四面一片漆黑，伸手不见五指，唯有钢筋混凝土洞壁上的瞭望口、火力点，如萤火虫般闪烁着荧荧亮光，引领人们前行。友人说："看，远处便是叙利亚。"从瞭望口看去，叙利亚的城镇平和安详，一栋栋房屋整齐有序，虽然今日硝烟早已不再，但透过这扇狭小的铁窗，耳边似乎又传来了隆隆的厮杀声，依旧能够体会曾经的血雨腥风。

目前的戈兰高地，除大部分被以色列军队占领外，尚有一部分处于联合国维和部队控制下。维和部队的主要职能就是将以色列和叙利亚分离开，避免双方再次发生冲突。因为直到今天以色列和叙利亚在理论上还处于战争状态，而戈兰高地的归属问题一直是双方谈判的焦点。

我们抵达戈兰高地观察哨时，恰好见到两位联合国维和部队的军人正在此观察远处叙利亚和以叙双方停战的情况，并认真将其记录下来。虽然仅是简单的记录，但年复一年，日复一日，他们用这种方式守卫着来之不易的和平。

## 勇于挑战，以色列成就"创新传奇"

虽然面临全球经济增长放缓的严峻外部环境，但以色列经济近年来依然表现不俗，延续着稳定增长的态势，而这得益于创新带来的持续动力。是什么成就了以色列这个"创新之国"？我曾专门前往以色列采访，探寻这个国家在创业、创新领域的成功密码。

在这次以色列之行中，我不仅见到了包括人脸识别、残留农药扫描、土壤探测、大楼空气净化系统、5分钟充电技术等让人印象非常深刻的发明创造，更重要的是见到了以色列人务实、充满创新的精神与意识，让人不由自主地称赞犹太民族的创造力和商业头脑。

拥有800多万人口的以色列，在中国仅仅相当于一个大城市的规模。但这个人口与地理上的小国却是创业、创新的"超级大国"。以色列现拥有近6000家创新科技公司，初创企业总数仅次于美国硅谷，创业密度世界第一。仅2016年，以色列便涌现了1000多家创新科技公司，平均每天诞生3家。

以色列的创业、创新优势主要体现在互联网创新、大数据、网络安全、无人机和医药产业等领域。以色列著名众筹公司"Our Crowd"首席执行官约翰·麦德维德对我说，以色列在美国纳斯达克上市的企业为150家，且几乎全部为高科技企业，数量仅少于美国、加拿大和中国，这对以色列来说算是一个不小的奇迹。在他们的公司，除了英文介绍材料外就是中文的材料了。约翰·麦德维德的办公室内还挂着中国字画，他甚至还专门有自己的中文名片，他们也在积极吸引来自中国的投资者，看来中国因素已经成为"Our Crowd"的重要色彩。

以色列理工学院是以色列最著名的大学之一。该校诺贝尔奖获得者人数排名世界第八，校友所领导的公司产品出口量占以色列工业出口的54%。

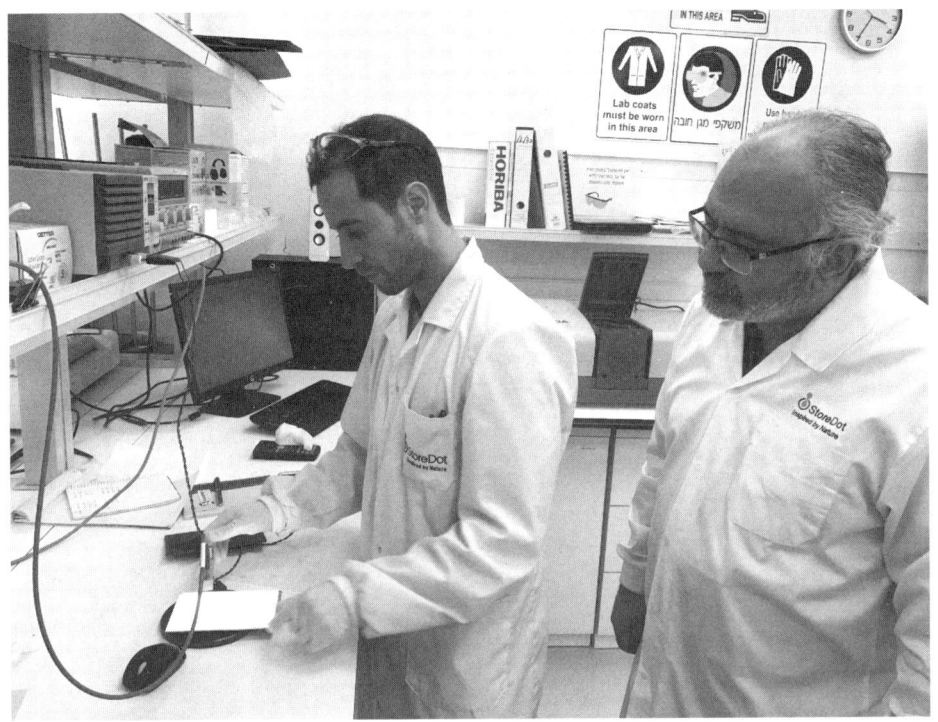

在以色列高科技企业"Store Dot",科研人员进行显示屏研发。

以色列十分重视人才培养,将教育视为决定国家未来发展的关键所在。据统计,以色列每百万人口中高学历劳工的比例和专业研究人员数量都位列世界第四,高达 45% 的以色列人口受过高等教育。

以色列的教育还有宽容失败的理念传统。以色列理工学院塞缪尔·尼曼研究所资深研究员夏罗默·迈特尔在接受我采访时表示:"据统计,平均每一位以色列创业者可能会经历 3 次失败,不过与许多国家的文化不同的是,以色列风投公司会更加青睐这部分人士,因为他们会比新手更加有经验,成功的概率更大。"通过创立企业实现自己的想法对以色列人有着很大的吸引力。以色列创业者的平均年龄为 35 岁,这个年龄段的人服过兵役,心理上更加成熟。

以色列并没有特别明显的区位优势,也缺乏广阔的市场和丰富的自然资源。在短短的几十年间,以色列成就"创新传奇",除了犹太民族敢于创新、勇于挑战的文化影响外,还离不开政府的一贯支持,以及产业和研究机构的良好互动。

以色列经济与工业部首席科学家、创新局主任艾维·汉森说,从上世纪70年代起,以色列政府就出台各项措施鼓励科技创新,并成立风险基金,对有发展潜力的项目进行投资。以色列创新局的主要任务是将科技创新转化为经济效益,并通过开展企业孵化、提供无偿研发资金等帮助创业企业发展。

夏罗默·迈特尔说,创业公司有着高潜力和高风险并存的特点,而银行对风险会天然规避,缺乏资金对于初创企业来说非常致命。政府提供创新孵化器,为企业的创业失败"埋单",逐步吸引私人投资到创业、创新公司,随后政府会在恰当的时候退出。

"Sealantis"是一家由以色列理工学院校友创办的藻类仿生组织黏合剂生产商,该公司首席执行官托马·福其斯对我说,依托大学的科研及人脉能够更好地为企业创新提供条件。

以色列理工学院校长佩雷茨·拉维表示:"以色列高校非常注重对学生创造力的培养和塑造,在我们的培养体系中,从本科生阶段就要求学生至少参加两项研发或创新活动,从2004年起我们就通过'学生创业计划'项目帮助学生或者校友来促进其创业。我们的学生中有23%在其职业生涯中至少创办过一家企业。借助以色列理工学院强大的科技研发实力,以色列理工学院校友所创办的企业在高科技领域崭露头角,成为行业发展的领导者。"

当前,中国与以色列的经贸联系日益紧密,带动了双方在创新领域的深度合作。2015年,中国对以色列的高科技产业投资增长54%,仅风险投资就超过500万美元。以色列风险资本研究中心数据显示,从2012年至2016年,中国投资者累计向以色列高科技公司投资了64个项目。中国投资人对人工智能、机器人、虚拟现实技术等新兴领域尤其青睐。

2014年,百度、奇虎360等公司以1.94亿美元投资以色列风投Carmel Ventures,大数据、网络安全、金融科技等方向是其投资重点;2015年,腾讯和人人网等投资的以色列风投Singulariteam,则主要关注物联网、机器人、金融科技、增强现实等;2016年,阿里巴巴投资的Twiggle、Infinity AR和Lumus则主要涉及机器学习和自然语言处理,增强现实及机器人领域。此外,联想、小米等中国公司纷纷在以色列设立研发中心。

以色列总理办公室总司长埃利·格罗纳在接受我的专访时表示,中国是一个不断成长的巨大市场,以色列在高科技研发、创业和创新领域有着丰富经验,双方优势互补非常明显,中国已经成为以色列的首要合作伙伴,以色列期待与中国展开各种合作,欢迎中国资本投资以色列创新企业。

艾维·汉森说:"与中国的合作是以色列发展战略的优先选项,以色列创新局与中国科技部和发改委都有非常好的合作关系。在担任经济部首席科学家6年来,中国是我访问次数最多的国家。每周我会与超过两个中国代表团会面。两国间双边研发合作协议有9个,不仅包括中央政府层面,也有一些省级合作项目,如江苏、四川、山东,甚至还有与深圳等这样的城市间合作。每年,我们都会多次组织特定领域的以色列公司前往中国搭建与中国企业沟通的桥梁。参访4到5个省,进行上百次的公司间洽谈。"

以色列知名投资集团"Viola"近期专门成立了中国项目部。中国项目部合伙人娜塔莉·瑞弗阿向我说:"我们特别看重中国市场和来自中国的投资者。"她认为,中国目前正在寻求从"中国制造"向"中国智造"转变,并大力鼓励创业、创新,这为两国在高科技领域的合作创造了条件。

在以色列高科技企业"Utilight",工作人员展示3D光伏产品打印技术。

## 九分美与哀愁的耶路撒冷

"世界若有十分美,九分在耶路撒冷。"犹太人的经典书籍《塔木德》如是说。千年历史文化的积淀造就了耶路撒冷的美——它是犹太教、基督教和伊斯兰教三大天启宗教的圣地。《圣经·旧约》和《圣经·新约》中提到的人名、事件和有关地方,在耶路撒冷老城中几乎都能找到相应的痕迹。"世界若有十分哀愁,九分在耶路撒冷",这里又包含了太多敏感因素,犹太人与阿拉伯人的冲突不断上演。以色列和巴勒斯坦都将耶路撒冷视为首都,更成为巴以矛盾的焦点所在。

城市地位"悬而未决",在耶路撒冷,能够感受到一种"微妙的平衡"。

由于工作的缘故,我曾多次造访耶路撒冷。对于这座城市的第一印象是一座建在丘陵之上宗教色彩浓厚的城市。耶路撒冷的城市管理非常有序,马路上几乎一尘不染。在这里能够见到很多身穿白色衬衫、黑色外套,戴着黑帽,两边鬓胡长长,扎着两根小辫的正统犹太人,他们是拉比,彬彬有礼,待人和气。由于在宗教上的特殊地位,与特拉维夫等以色列其他大城市相比,耶路撒冷的正统犹太人会相对多一些。

耶路撒冷分东西两城区,西区是19世纪起新建的市区,布局别致,景色秀丽,以色列许多中央机关和高级的商业中心都位于此地。东区则包括著名的耶路撒冷老城,那里集中了许多宗教圣迹。1947年,联合国通过了关于巴勒斯坦分治的第181号决议,规定耶路撒冷由联合国管理。东耶路撒冷(包括老城和西岸)被约旦占领。1949年,以色列和约旦签订停战协定,划定的停火线穿过耶路撒冷的市中心。1967年第三次中东战争后,以色列占领了整个耶路撒冷。时至今日,东西耶路撒冷也能够用"泾渭分明"来形容。犹太人多居住在西耶路撒冷,而东耶路撒冷则主要是阿拉伯人的居住区。当时的东西耶路撒冷分界线现在已经成为市内的一条主干道,从西耶路撒冷跨过这条主干道后,你会发现道路两边更多的店铺标牌会使用阿拉伯语。我的以色列朋友曾说,在东耶路撒冷有专门由阿拉伯人运营的公交公司,很多其他公共服务也是与犹太人分离开来的。据了解,耶路撒冷所有"2"字开头的公交车都是阿拉伯人乘坐的公交车,犹太人一般不会乘坐。

与在新闻媒体上所时常看到的耶路撒冷的紧张状况不同,真实的耶路撒冷是一个气氛和缓、生活节奏较慢的城市。我的很多以色列好友喜欢耶路撒冷的原因除了这里有深厚的历史和文化外,竞争压力相对特拉维夫更小也是主要的原因。在独立公园等市区内的绿地、公园,临近傍晚,很多以色列家庭外出散步、运动,草地上则成为孩子们的天堂,他们嬉戏打闹,一派其乐融融的景象。在市区的主要步行商业街雅法路上,每到周末会有很多街头艺人在此表演,他们穿着体面,歌唱、舞蹈、杂技等无所不包,让观众不禁鼓掌叫好,街头也有不少售卖美术作品、艺术品的小店,难怪有人称以色列是一个"盛产艺术家的国度"。

传统上,耶路撒冷旧城被分为穆斯林区、基督徒区、犹太区和亚美尼亚区4个区域。从南面的锡安门进入老城,就是犹太区,这里长约50米的哭墙是犹太

犹太人在哭墙前祷告。

教圣地。哭墙广场戒备森严，内外都有荷枪实弹的以色列军警把守，进出需要进行严格的安检。我作为外国记者可以随意进入，但穆斯林难以踏入一步。只要目光稍抬，越过十几米高的哭墙最先看到的就是阿克萨清真寺的圆顶。那里便是圣殿山的所在。

圣殿山可以说是巴以双方的"是非之地"，常常发生"季节性冲突"。圣殿山对阿拉伯人和犹太人都极为重要。阿拉伯人称它为"尊贵禁地"，因为上面有伊斯兰教第三大圣地阿克萨清真寺，据说伊斯兰教创始人穆罕默德就是从这里"登霄夜游七重天"。犹太人称它为"圣殿山"，因为它是犹太教最神圣的地方，犹太教历史上的第一圣殿和第二圣殿皆建于此。犹太人可以作为普通游客参观圣殿山，但不允许在圣殿山祷告。以色列极右翼势力多年来一直谋求犹太人前往圣殿山祷告的权利，引发巴方强烈不满。每逢犹太教宗教节日，圣殿山的形势就会异常紧张。

从犹太区向东走就是阿拉伯区，拥挤的街道旁，伊斯兰风格的阿拉伯商户以及头巾、陶瓷盘子、水烟随处可见，甚至不少店铺售卖的T恤衫上都印有"解放巴勒斯坦"的图像和话语。虽然犹太区与穆斯林区仅一墙之隔，但犹太人和穆斯林都只在自己的区域里生活，极少打交道。在旧城熙熙攘攘的狭窄街道上，各色人等、各色看似不相干的事物以一种微妙的平衡巧妙地维系着他们的关系，既有现实，又有历史。这便是耶路撒冷旧城的一道独特的风景，即便逃不脱战争和血腥，但也缓慢地融合着不同民族与文化。对于很多外来游客来说，这一点或许也是老城最有吸引力的地方。

1980年，以色列立法认定耶路撒冷是该国"永远的和不可分割的首都"。因此在耶路撒冷集中了包括总理府、外交部、议会等在内的几乎所有中央一级的政治机关。巴勒斯坦方面也宣称耶路撒冷是巴勒斯坦国的首都。由于巴以问题的复杂性，大多数国家并没有承认耶路撒冷是以色列的首都，因此都将大使馆设在了特拉维夫，包括美国、法国等在内的许多西方国家则在耶路撒冷设立了领事馆。

巴以冲突是长久以来困扰中东地区的重要问题，而耶路撒冷的地位问题又是其中的关键。无论是巴以双方还是域外大国，任何不理智的行动都可能导致冲突的不断升级。美国执意将驻以色列大使馆迁到耶路撒冷，将是对巴以和平进程的重大破坏，正如巴勒斯坦国总统阿巴斯所说："此举将很可能会为巴以和平进程、两国方案，以及该区的安全与稳定带来灾难性的冲击。"

# 土耳其地方选举见闻

2014年3月30日是土耳其举行地方选举的日子,土耳其人民在这次选举中选出市长、区长和地方民意机构的代表。这是我常驻中东以来第一次赴第三国采访。

时任土耳其总统居尔和总理埃尔多安当天分别在首都安卡拉和第一大城市伊斯坦布尔参加投票。居尔在安卡拉羌卡亚区羌卡亚小学投票站在记者和安保人员的簇拥下,投完票。现场实在过于火爆,在被用于投票站的教室里,面对着居尔走进大门,我最后被人群挤到墙角旁的桌子上。居尔对记者说:"为了民族和国家的利益,我们需要做出选择。我们经历了一段艰难的选举时期,但是今后土耳其应该回到正常轨道。国家利益高于一切,我希望土耳其人都能信任自己的国家和民族。"

在位于安卡托利亚高中校区内的安卡拉格克土尔克街区投票站,校长兼投票站负责人穆罕默德·纳迪姆·贝尔基内尔对我说,投票站8时开放后,选民投票踊跃,下午2至5时将迎来投票高潮。前来投票的加齐大学学生杰兰·阿克塔什说,他们家有3位选民,她的父母也来到投票站投了票,"这次地方选举将选出市长、区长和议员,对我们普通民众来说很重要。"当被问及她会支持哪个政党时,阿克塔什笑了笑说:"这是秘密,不能透露。"

选举当天,安卡拉主要街道上挂满彩色旗帜,一些建筑物外墙上也贴满宣传画和各政党推出的候选人画像。

据土耳其高等选举委员会公布的数字,此次地方选举共有5200多万合法选民,其中城市选民4800多万,农村选民300多万,他们在土耳其全国17.7万余个投票点参加投票。伊斯坦布尔市选民人数最多,约880万。

从2013年年底开始,土耳其国内形势发生很大变化,被揭露出来的政府腐败丑闻,对执政的正义与发展党(正发党)构成巨大冲击。本来,自从中东地区爆发"阿拉伯之春"风暴后,多国陷入混乱,而土耳其政局相对稳定,经济发展,国际地位和影响上升,埃尔多安更是跃跃欲试,谋求在地区事务中发挥更大作用。可不久后,土耳其国内也出现了大规模反政府示威活动,一些地方还发生了流血冲突。在竞选活动中,共和人民党还印出欧元假钞广为散发,意在唤起民众对贪腐问题的关注和痛恨。

为了反击政敌的进攻,给正发党造势,随着选举日临近,埃尔多安马不停蹄地在全国各座城镇之间奔波,有时一天发表两三场演说,接见支持者,倾听百姓诉求,为拉选票进行"最后一搏",使正发党声望止跌反弹,一些地方的选情出现逆转,朝着有利于正发党方向倾斜。此间分析人士认为,正发党能否在全国获胜,关键是能否保住其在安卡拉和伊斯坦布尔两大城市的优势。与上届地方议会选举相比,正发党的支持率下降了几个百分点,但仍赢得了选举,因为在土耳其,真正能挑战和撼动正发党地位的政党尚不存在。

出租车司机莱万特说,他支持埃尔多安领导的正发党。他说现在的政府干得不错,如果换上别的政党,可能国家治理更差。对于腐败丑闻,莱万特说他不太相信确有其事,因为都是媒体和反对党这么说,谁也没有亲眼见到。

计票结果很快出炉。31日凌晨,时任正发党主席、总理埃尔多安在首都安卡拉正发党总部宣布,该党赢得了此次土耳其地方选举。

埃尔多安对支持者表示,这是一个"新土耳其"的时代,"土耳其7000万人都应该知道'新土耳其'在今天赢得了胜利"。土耳其国际战略研究组织塞尔丘

地方选举期间,一名土耳其选民投下自己的选票。

克教授是我的好朋友，他对我说："虽然此次正发党获得了地方选举的胜利，但与2011年近50%的支持率相比，还是有不少差距，说明政党的腐败丑闻对其产生了不小的负面影响。"

作为一名旁观者，对于此次选举，我也有自己的一点观察与思考。

首先，"民主"在土耳其的确具有巨大的感召力。在投票现场我见到了许多七八十岁的老人，他们虽然有的行动不便，但仍在别人的搀扶下前来投票；有的老年人并不识字，投票点就会随机指定一人为他们服务。如果不是真正相信自己手中选票的分量，他们怎会在行动不便、投票不便的情况下参与选举？

其次，土耳其此次选举进行得有条不紊。虽然选前游行示威、暴力冲突时有发生，但是在安卡拉的投票现场我看到的是一片有序的选举情形。虽然大家支持的政党不同，但并非水火不相容。在此次采访中，我注意到，深入投票站采访并不需要特定的记者证，只要说明一下身份出示一下证件就可以，现场也没有严格的安检措施，这其实也从一个侧面反映了土耳其社会相对稳定。

最后，"民主"形式下的平等。有两个选举细节值得关注，第一个是土耳其陆军总司令与普通民众一起排队等待投票，第二个是居尔虽然没有排队，但也是来到普通投票站投票。不管是作秀也好，还是其他原因，在这背后我们看到政治人物对于政治规则的遵守与尊重。

作者在土耳其地方选举投票现场进行采访。

# 土耳其安伊高铁开通背后的故事

2014年7月25日,由中国企业参与建设的安卡拉至伊斯坦布尔高速铁路(安伊高铁)二期工程顺利通车,从这一天起,安伊高铁的实线部分也由科斯科亚延伸到依诺奴。安伊高铁全长533公里,沿途共设有10座车站,建成后,每日将开行6对列车,两地之间的通勤时间将缩短3小时。2005年,由中国铁道建筑总公司(中铁建)和中国机械进出口(集团)有限公司牵头组成的合包集团成功中标二期主要路段,该路段全长158公里,合同金额12.7亿美元,设计时速250公里。

2014年3月,我曾专程前往安伊高铁二期建设现场采访,几天的时间里与中土两国的建设者同吃、同住、"同劳动",体会着高铁即将开通的喜悦与背后为此付出的心血和汗水。当时,安伊高铁二期工程主体已经完工,只有少数留守人员在做一些扫尾工作。我们从安卡拉乘火车抵达科斯科亚车站,中铁建土耳其分公司项目经理刘知义和翻译张宁在出口等我们,直接陪同我们去看修筑好了的铁路线。刘知义还是一个摄影爱好者,在两天的野外采访中,他一直背着相机,把二期工程沿线的壮观景象都拍摄下来。他对我们说:"这些地点虽然拍了好多遍,但由于时间和角度不同,每拍一次都有新的发现和收获。"安伊高铁二期工程是刘知义和他的同事们多年奋斗的杰作,倾注了他们的汗水和心血,因此他们对这条铁路线和沿途的山山水水都有着很深的感情。

刘知义对二期工程每座隧道和桥梁了如指掌。我们站在铁路线上、桥墩下和隧道口听他如数家珍般介绍,想象一列列造型优美时尚的流线体高速列车来往奔驰,像一道道闪电划过大地,坐在车厢里有说有笑的旅客,看到沿途城镇绿野、高山平川、江河峡谷飞速向后掠过,十分惬意。我为中国高铁在海外塑造的第一座里程碑感到骄傲和自豪,而曾在巴基斯坦、毛里塔尼亚和沙特等国常驻过,有

安卡拉—伊斯坦布尔高速铁路二期中国铁建承建路段。

多年海外工程经验的刘知义却显得淡定冷静,他用平缓沉稳的语调说:"在土耳其修筑高铁,面临很多困难,首先是土耳其国内没有专门的铁路设计院,铁路建设人才缺乏,这就导致线路设计在建设中反复修改,对我们的工作开展是个巨大考验;同时,这条铁路的一大特点就是桥涵、隧道特别多,占到了总长度的40%,二期工程是整个安伊高铁线路中环境最复杂的路段;另外,安伊高铁完全采用欧洲标准,这对于习惯了国内以最终验收结果为标准的中国公司是个不小的挑战,'欧标'强调过程控制、资质认证,每一步、每一个环节都必须严格按照操作规范完成,所以我们必须保证每一个步骤都精益求精,达到业主的要求。"

谈到最难忘的事情,刘知义提起从2013年6月开始的"大干5个月"。他说,为了抢进度,他们一天24小时不歇工,土耳其工人是"三班倒",而中国工程技术人员则是"两班倒"。刘知义说:"我们曾经一个月铺设了14公里的铁路,虽然实现这个进度在国内并不是难事,但在土耳其有许多条件限制的背景下,达到这样的速度和效率很不容易。我们高效、高质量施工令合作伙伴刮目相看,他们没有想到中国公司可以干得这么快、这么好!"

中国工人在土耳其创造了铁路建设的"奇迹"：一个晚上完成了 100 个隧道吊柱的安装工作，而在相同时间内，土耳其公司一般只能完成 2 到 3 个。为了赶进度，无论刮风下雪，中国工人都奋战在铁路建设的一线，用自己的行动赢得了业主——土耳其国家铁路总局的尊重。业主这样说："修这条铁路没有中国人不行！"

在大干期间，中国员工的工作强度特别大，从驻地到现场来回 3 小时，除去吃饭时间，能用于休息的时间非常有限，所以那个时候在通勤车上从来没有人说话，因为大家都在睡觉，太疲劳了。

人们常说"一个萝卜一个坑"，可是在安伊高铁建设的现场却是"一个萝卜几个坑"。轨道项目部副经理赵善友说："以我自己为例，我不仅负责轨道项目，电气维修也由我来牵头。有时我们凌晨 4 点就要赶往工地，一待就是一天。不仅人要超负荷作业运转，机器也是一样的，我们中铁建有一台焊机，为了赶进度我们又租用了 4 台，租用别人的焊机只能按照正常工作时间运转，而我们自己的焊机则几乎一刻不停。大干期间，这台焊机的工作量超过了其他 4 台工作总量的一倍。"

但凡参与安伊高铁二期工程建设的中国公司员工，都有不少难忘和美好的记忆。特别是他们与土耳其朋友朝夕相处，为完成工程项目手胼足胝，并肩奋斗。习惯随手做笔记的中铁建土耳其分公司办公室主任王昕涛说，她到土耳其后，从没有休过假，也没有任何节日的概念。"土耳其员工与我们中国人建立了深厚友谊，我记得有一次为土耳其员工送行，当时只通知了土方几个员工代表，但没想到欢送会开始前，所有即将离开公司的土耳其员工都到场了，他们的一句话给我留下了深刻的印象——'CRCC（中铁建）以后再有项目，我们还要来参加，在 CRCC 工作是我们的荣耀！'如果一个员工对他的企业有依赖，就说明这家企业有其独特的魅力，我想我们中铁建土耳其分公司就是一家这样的企业。"

交谈中，王昕涛还讲述了一则"跨国爱心延长线"的故事：2012 年 4 月 29 日，轨道现场项目部助理厨师、土耳其籍员工塞扎骑着摩托车外出，因躲避前面大型卡车，不慎人车撞栏，造成深度昏迷、身体多处骨折，并被送往伊斯坦布尔医院抢救。塞扎家境贫困，难以支付巨额医疗费用。轨道现场项目部得知这一情况后，于 5 月 4 日倡导发起爱心活动，为塞扎募捐。项目部经理吴久义带头捐款，中土两国员工积极响应，纷纷慷慨解囊。倡议发出不到 10 分钟，募捐款额就有 1920 土耳其里拉（1 美元约合 3.8 里拉）、290 美元。随后吴久义又率项目部两国代表一同前往伊斯坦布尔医院探望塞扎,祝愿他早日康复,重返工作岗位。塞扎的家人感动得热泪盈眶,中国企业的义举在当地被广为传颂。

在安伊高铁二期工程工地上,中国员工主要负责轨道铺设、道砟摊铺、钢轨焊接及通信信号等工作。临近竣工时,一些中国工人说:"我们 2009 年就来到土耳其,在这里度过了好几年。离开土耳其对我们来说是一件难事,我们会想念在这里一起工作过的土耳其伙伴。起初没有翻译的时候,我们彼此无法沟通,后来在工作中我们和土方人员渐渐建立了良好的合作关系。当然,最开始的时候出现过一些困难,中国有一句成语叫'入乡随俗'。因此,我们从国内来的每一个员工,都要了解和尊重土耳其的习俗,这对于保证有效开展工作,非常重要。"

法提是土方的中文翻译,在交往中,法提被大家亲切地称为"法提贝","贝"在土耳其语中是"先生"的意思。法提贝曾在中国学习、生活过 11 年,用他的话说"11 年的欢笑与泪水都留在了中国"。2009 年,法提贝来到中铁建土耳其分公司项目工地,一干就是 5 年,不仅如此,他还把妻子和孩子都接到了基地旁的县城帕穆科瓦,并在这里安了家。我很好奇:是什么样的力量,让法提贝放弃在伊斯坦布尔优渥的生活条件,来到远离大城市、相对艰苦的高铁建设工地?法提贝说:"我的感情与中国分不开,中铁建是国际化大公司,它所建设的高铁受到土耳其人的尊重,因此,我希望能够参加到这样一项伟大的工程中来,为祖国效力,

本书作者在安伊高铁建设现场采访时留影。

我的家人为我感到自豪与光荣，在中铁建我有很大的成就感。"

对于中国企业的表现，土耳其方面十分满意，一些主管官员更是赞不绝口。土耳其国家铁路总局副局长伊萨说："中国公司非常棒！在高铁建设现场，我们见到了高速度、高质量的施工。到2023年土耳其计划建设5000公里铁路、1万公里高铁，欢迎中国公司继续参加土耳其的铁路建设。"

谈到安伊高铁二期工程圆满竣工的意义，中铁建土耳其安卡拉分公司总经理郑建兵认为，从宏观角度看，土耳其高铁是"丝绸之路经济带"的一部分，中土双方在建设这条经济带方面有共识，这为实施"一带一路"战略打下了坚实基础；从中国高铁"走出去"的大背景看，安伊高铁二期工程完全按照欧洲标准施工，此前，中国公司对铁路建设的欧洲标准了解有限，完成这个项目后，一批中国公司已经具备了按"欧洲标准"施工的经验和技术，为进入欧洲市场打下了技术基础和建立了信心；对土耳其来说，安伊高铁联结土耳其的政治中心与经济中心，约一半土耳其人口生活在安伊高铁沿线。二期工程雇用了许多当地人，为他们带来就业机会。中方人员并不多，最高峰时仅26人，其他大部分管理人员是当地人。以基地所在的帕穆科瓦为例，刚建基地时，帕穆科瓦的城市规模只有现在的一半，足见这条铁路为发展区域经济注入了强劲动力。

时任中国驻土耳其大使宫小生在接受我采访时说，中铁建承建的安伊高铁二期工程，是中国高铁第一次真正走出国门，并走到了技术标准高的"准欧洲国家"，这不仅提升了企业的影响力，也提升了国家的影响力。土耳其是联结欧亚非三大洲的最大经济体，经济实力最强，国内市场最大，工业化程度最高，人口众多。这些因素为落实"丝绸之路经济带"构想打下重要基础。

土耳其正在规划一条从东部城市埃迪尔内到西部城市卡尔斯横贯整个土耳其的2000公里的"东西干线"，目前伊斯坦布尔海底隧道已经修通，作为其重要组成部分的安伊高铁也已通车，未来该线路有望继续向东延伸，与中亚国家、中国相连，向西延伸至欧洲。根据土耳其交通部提供的数据，安卡拉至伊斯坦布尔铁路客运量仅占总量的10%，高铁开通后预计客运量将提升至78%。"东西干线"贯通后无疑将对土耳其乃至整个区域的人员流动、物流、经济发展产生重要积极影响。由于中国公司在高铁建设中所表现出来的高效率与高质量，我们有理由相信在未来的土耳其高铁建设工程中，中国人能够写下更为浓墨重彩的一笔！

# 一次临危受命的采访

2016年12月19日，俄罗斯驻土耳其大使安德烈·卡尔洛夫在安卡拉钱卡亚现代艺术展览中心为"土耳其人眼中的俄罗斯"摄影展致开幕词时遭枪击身亡。世界为之震惊。当天，我在自己的日记中写道："中东这个地方实在是太疯狂了！"

如此突发的事件必然会牵动整个地区局势的走向，当天晚上我跟踪相关外媒报道和分析直到很晚，1点多钟才睡下。凌晨3点多的时候，手机响了，一看显示着"未知号码"，因为之前有过多次被电话骚扰的经历，我就没有接听。迷迷糊糊又睡着了，听着不断有电话铃声，因为刚刚换了手机，分不清是在梦里还是现实中的手机声音。

突然，门外响起急促的敲门声，门铃也是按个不停。这时我接到了分社同事韩晓明打来的电话，他在电话中对我说："我就在你住所门口。领导让你抓紧去安卡拉报道俄罗斯驻土耳其大使遇刺事件。"我赶忙起床，简单穿了件衣服，把晓明和他的爱人杨扬迎进门。立即与王新萍主编沟通，她说："根据领导指示，要求我马上前往安卡拉，如果时间紧张，无法写出稿件，口述见到的情景也行，一定要有我们的记者在现场。"我表态立即前往机场，以最快的速度到达现场。微信群里都是领导和各位同事提醒我注意安全的消息，看到这些，心里感到非常温暖。

送走韩晓明夫妇，开始收拾行李，来不及吃早饭，抓紧开车前往机场。由于开罗没有直飞安卡拉的航班，我必须经伊斯坦布尔中转。网上查到的信息开罗最早飞伊斯坦布尔的航班是9点25分。到了机场，我在埃及航空的售票处购买了机票。排队、安检、值机、出关、再安检、登机。飞机准点降落在伊斯坦布尔。由于此前没有在伊斯坦布尔机场买过机票，所以我下了飞机过了海关抓紧寻找机场内的售票点。最早的航班是15点起飞，之前有一班14点的航班，不过因为已经结束值机，所以无法购票了。

下午4点，飞机抵达安卡拉。打上车，直奔现场。一路上，在主要的政府办公部门和人群密集的场所，我明显能够感受到与上次我到访安卡拉相比多了不少警察。事发地安卡拉钱卡亚现代艺术展览中心已经完全被警方封锁。艺术中心外到处可见全副武装的警察。离开现代艺术中心，我又立即前往俄罗斯驻土耳其大使馆。大使馆门外摆放着不少花圈和鲜花，有人点燃蜡烛寄托哀思。趁着太阳还没下山，我抓紧拍摄了视频和图片发回国内。人民网也专门留了值班人员处理此次视频。我又通过微信向夜班同事口述了我在现场见到的相关情况。整个采访过程时间非常紧张，因为一旦黑天，就无法拍出令人满意的照片和视频了，而我今天历经10个小时抵达现场的意义也就不大了。领导特别指示：尽可能拍照片、视频，一线的一切都是宝贵的。

同开罗的天气不一样，那时的安卡拉真的已经是冬天的感觉，由于出发仓促，我没有戴手套，衣服也很单薄，拍摄完照片和视频，手冻得已经没有了知觉，鼻涕也是止不住地流出来。

第二天上午，我又去了一趟俄罗斯驻土耳其大使馆。在大使馆外看到，大使馆内已经降半旗，向卡尔洛夫大使致哀。大使馆正门外道路的两个出口已被完全封闭，禁止社会车辆通行，行人进入时也必须接受警方的检查。大使馆外的安保也持续加强。除了随处可见的全副武装的特警，还有数辆防爆警车，以防范可能出现的紧急状况。在现场采访时，一位名为"伊萨"的警员要求我不要在大使馆外长时间逗留，他说，现在是敏感时间，外国驻土耳其大使馆等是目前土方高度戒备的场所，特别是俄罗斯大使馆，安全部门更是24小时不间断提供高规格安保措施。12月20日临时关闭的美国驻土耳其大使馆也于21日部分开放，只有部分主要员工需要前往使馆工作，一般领事服务仍处在暂停状态。在美国大使馆外我注意到数辆警车，警方也加强了对大使馆的安保。在主要政府部门和人流较为密集的地区，还是能够见到不少全副武装的特警。

对于此次大使遇袭事件，土耳其飞跃大学国际关系系主任哈桑教授认为，这一事件是对土耳其和俄罗斯关系的挑拨，主使者计划通过刺杀行动，搅乱地区局势，从中得益。"不过我们看到，在这个事件上土俄双方都表现得非常冷静，没有让阴谋得逞，两国都在努力平息事端。"哈桑说，未来土耳其和俄罗斯的合作一定会继续加强，双方不会改变在叙利亚问题上的既定政策，"土俄双方都看到了，在叙利亚问题久拖不决、恐怖主义势力兴风作浪的现在，只有加强合作才是最符合两国共同利益和各自国家利益的选择。"哈桑还表示，目前的中东政治上存在着巨大的不平衡，美国或西方过去一直主导这一地区的形势，而且未来还想继续掌控，这不符合中东地区相关国家的利益。因此，现在有一种趋势就是土耳其、俄罗斯和伊朗三国正在形成新的地缘政治集团，这三个国家联合起来会对未来的地区形势产生很重要影响。

这次"千里驰援"的采访是我常驻中东地区 3 年多以来一次特别难忘的经历，在土耳其这个恐袭多发的国家，又是那样一个时间点，的确还是存在一定风险。但是作为一名在中东的驻外记者，我了解自己的使命与责任，所以在需要我的时候，我没有丝毫的犹豫，因为我知道：我必须要在现场。只有这样才能发回来自一线、内容更加深刻的报道。

俄罗斯驻土耳其大使馆外的道路被完全封锁，荷枪实弹的警察加强了安保。

## 埃尔多安终于还是赢了

2017年4月27日，土耳其最高选举委员会公布修宪公投正式计票结果。结果显示，支持修宪阵营获得51.41%的选票，反对修宪阵营获得48.59%的选票，宪法修正案获得通过。土政治制度将由议会制变为总统制。这位被西方称为"新苏丹"的土耳其总统有惊无险地将自己送上了权力的巅峰。作为《人民日报》赴土耳其的特派记者，我有幸见证了这整个过程，在伊斯坦布尔迎来了政体变化后土耳其的第一缕阳光。

4月16日，土耳其修宪公投境内投票正式拉开帷幕。由于公投将决定土耳其是否由现行议会制转变为总统制而备受关注。上午7时，公投首先在土耳其东部和东南部32个省开始进行，包括首都安卡拉和最大城市伊斯坦布尔在内的其他49个省的投票时间为上午8时至下午5时。根据土耳其最高选举委员会公布的数字，土耳其全国设有16.7万个投票箱，5532.9万有选举权的公民将对宪法修正案说"是"或"不"。

1月21日，土耳其大国民议会投票表决宪法修正案，由于支持票未达到修正案可直接生效所需的三分之二多数，按规定需通过全民公投决定是否实施修正案。宪法修正案若通过需要至少得到51%投票选民的支持。

公投前的民调结果显示，支持派阵营与反对派阵营的支持率十分接近。公投前，支持或反对宪法修正案的政党都加强了造势活动，希望能够在选举前的最后一刻争夺中间选民。

在伊斯坦布尔街头，随处可见各种支持或反对公投的广告横幅，它们上面分别用土耳其语写出"是"或者"否"，清楚地表明自己的观点。执政党正义与发展党塔克西姆广场地区党部负责人穆拉特·托普拉克在接受我采访时说："在塔克西姆广场和独立大街的宣传造势活动已经持续了多日,我们在这一地区设立了两个流动的宣传站点,向民众分发关于修宪公投的材料,呼吁大家为了我们的国家和民族投票支持新的宪法修正案。"在印有土耳其总统埃尔多安头像的宣传画前,穆拉特·托普拉克和他同事或伸出大拇指或打出象征胜利的"V"形手势,用土耳其语高呼:"赞成!赞成!"

一些青年人也纷纷走上街头,呼吁民众参加投票。28岁的布祝是一家设计公司的职员,她利用休息日作为志愿者来到独立大街分发反对宪法公投的材料,"我想很多人选择支持宪法修正案是因为他们对于修正案的内容没有真正的了解,完全是受政府和媒体的影响,所以我希望通过分发这些材料向民众传播更多的信息,鼓励他们在经过自己的思考之后投上宝贵的一票。"

由于土耳其安全局势并不稳定,为了保障此次公投的顺利进行,土耳其部署了大量安全部队人员和宪兵。独立大街两侧分布有俄罗斯、瑞典和希腊等国驻伊斯坦布尔的领事机构,在这些外交机构门前,除了日常负责巡逻的警察外,还有

土耳其伊斯坦布尔街头巨幅支持修宪的海报。

荷枪实弹的特警及警车，以应对随时可能出现的突发状况。当天，伊斯坦布尔上空频繁响起警用直升机的轰鸣声。

中国驻土耳其伊斯坦布尔总领馆多次发布安全提示，提醒中国公民在土耳其举行修宪公投前后注意自身安全，提高安全防范意识。

上午8时投票开始后，我前往伊斯坦布尔法提赫区的奥塔欧库鲁学校、里塞斯高级中学等三个投票站进行采访。里塞斯高级中学投票站负责人杰克里亚对我说："这一投票站共有15个教室设有15个票箱，每个票箱由4名左右工作人员负责，他们将核对选民的身份、分发选票并提供相应的投票指导。"说着，杰克里亚拿起了挂在教室门口的名单，"每一个设有投票箱的教室门前都有这样的名册，上面有390至400个名字，这是今天将要来参加公投的合法选民。目前的投票工作正在顺利进行，选民的热情很高。"他说。

我注意到，此次公投所用的选票分为白色和棕色两个部分，白色部分写有土耳其文"Evet"（是），棕色部分写有土耳其文"Hayir"（否），选民在选择之后将选票放入一封黄色信封，并将封口封住，随后投入票箱。

此次公投共涉及18项宪法修正案，其中最具争议的是将议会制改为总统制。根据宪法修正案，总统的权力将扩大，可直接任命包括副总统和内阁部长在内的高官，总理职位将被取消；总统将不再受政党中立限制，可以继续担任政党主席；总统有权解散议会，但议会基本没有能力监督或弹劾总统。草案还规定，修宪后，总统可连选连任一次，修宪前的任期不计算在内，这意味着现任总统埃尔多安有机会连任至2029年。

在奥塔欧库鲁学校投票点，选民伊斯梅尔见到我时刚刚从投票站出来，他说："我支持宪法修正案，因此投了赞成票。我认为经过修正后的宪法能够赋予总统更多的权力，这样在决策过程上能够更有效率。难民危机、叙利亚局势和恐怖主义肆虐决定了我们需要一个更加强势的总统来带领土耳其走出目前的困境，我支持埃尔多安，他是带领土耳其复兴的最佳人选！"

选民朱迪特女士则坚决反对修改宪法，她说："目前土耳其的政治体制是国父凯末尔制定的，我是凯末尔的追随者，我自然不会支持修改宪法，而且我认为埃尔多安并不是一个合格的总统，他在将国家引向独裁统治。"

伊斯梅尔和朱迪特的观点代表了土国内对修宪态度的"分裂"。虽然公投已经通过，但这一裂痕在短时期内恐怕难以弥合。土耳其主要反对党共和人民党副主席阿克思安格认为，公投使国家进入社会紧张且分裂的状况。在两个阵营中都有人准备在失败的情况下走上街头，任何结果都可能引发骚乱，进而发展成全国性的危机。

投票结束后，票数统计也颇有点"激动人心"的味道。从赞成票大幅领先，到随着统计票数的增加，"反对"与"赞成"的差距逐渐缩小，大有赶超之势。我一边刷着手机，一边看着电视，随时关注着土耳其官方阿纳多卢通讯社的实时计票结果。大约到晚上9点，随着超过99%的票数被统计完毕，一切尘埃落定。埃尔多安和总理耶尔德勒姆当晚分别发表演讲感谢支持者。埃尔多安表示，土耳其做出了一项历史性的决定，2500万土耳其人支持宪法修正案，比反对者多出了130万人。耶尔德勒姆呼吁土耳其民众保持团结，他同时表示："这是我们国家历史崭新的一页，我们将利用这一胜利让土耳其变成一个更加光明的国家。"

此次公投是土耳其共和国自1923年成立以来政治体制所进行的最大调整，"是

伊斯坦布尔圣索菲亚大教堂前加强了安保。人们从警车和印有支持埃尔多安的海报前走过。

给土耳其政治制度带来最彻底变革的历史性公投"。虽然反对派质疑票数的统计过程，但并没有对公投存在作弊的指控。不和谐的"杂音"掀翻不了土耳其政治体制改革的巨轮。街边的换钱所的店员也对顾客说："现在换钱的汇率最高，公投已经结束，明天汇率肯定下降。"分析认为，实行总统制后，埃尔多安主导的正发党将进一步巩固统治，对内加强社会管控，推动经济发展和改革措施出台，土耳其的政党势力也将加速分化组合，政治格局将发生变化；对外，特别是对欧美国家，推行独立自主的强势外交政策。尤其是土耳其与欧盟的关系更为引人关注。

4月27日，埃尔多安在伊斯坦布尔参加纪念土耳其宪法法院成立55周年的一项庆祝活动时表示："土耳其不能允许一些机构和国家，通过宪法修正案公投的结果质疑我们的民主。"

"土耳其与欧盟的关系正在经历困难时期。"土耳其外交部长恰武什奥卢在接受采访时呼吁，采取积极步骤克服目前的信任危机。恰武什奥卢说，目前土欧关系恶化是2016年7月15日未遂政变以来，特别是围绕此次修宪公投，欧盟对土耳其的立场所导致的，"土耳其面临着不公正的批评"。针对土耳其加入欧盟的问题，恰武什奥卢说："加入欧盟面临的政治障碍是目前双方关系出现困难的另一原因，但加入欧盟仍然是土耳其的优先选项。"他表示，土耳其期待欧盟采取具体、积极的步骤妥善处理双方关系，"我们期望入盟进程的障碍能被清除，免签及欧盟的所有其他承诺得到兑现。尽管存在不少困难，但是双方关系重回积极轨道的可能性仍然存在"。

"土耳其之声"的分析文章《土欧关系：公投之后会发生什么？》认为，修宪公投通过后，会有两个具体问题困扰未来的土欧关系：其一，土耳其极有可能重新恢复死刑；其二，是否进行加入欧盟的公投也会为双方未来的关系走向带来不确定性。文章称，新的政治体制赋予了总统极大的权力，未来发展与土耳其的关系，欧盟方面将不得不更重视埃尔多安个人的影响力。土耳其《每日晨报》更是直白地称："土耳其与欧洲的关系到了历史最低点。"

虽然埃尔多安赢得了这次公投，但面对土耳其国内的反对派和日益紧张的同西方特别是欧盟的关系，他能否一直赢下去，恐怕不得不打上一个问号。

# 土耳其人愿为国家投上一票

土耳其修宪公投以微弱优势获得通过。虽然西方国家和土耳其部分反对党指责这次大选存在这样或那样的问题,但基本没有关于此次公投有作弊行为的指控,土耳其修宪公投尘埃落定,土政治制度将由议会制变为总统制,这是土耳其共和国自1923年成立以来政治体制所进行的最大调整。

从此次修宪公投的选前宣传到投票再到最后的选民庆祝或反对投票结果,我见证了整个过程,印象最为深刻的就是土耳其人高度的政治热情,愿意为国家投上自己的一票,许多人颇有"天下兴亡,匹夫有责"的意味。事实上,翻看近几年土耳其选举的历次投票率会发现,土民众的政治参与度一直很高。

在公投前,我来到伊斯坦布尔最热闹的塔克西姆广场和独立大街,土耳其各政党都在密集举行造势活动,随处可见各种支持或反对修宪的广告横幅,上面都分别用土耳其语写出"是"或者"否",清楚地表明自己的观点。志愿者们向路人分发各种宣传材料,仅执政党正义与发展党就在独立大街的首尾两侧各设立了一个宣传点,专门租用场地成立这条大街的造势总部。电视节目中反复播放支持或反对公投的广告,几乎所有谈话节目的主题都离不开公投。在这样的背景下,每一个人似乎都被打了公投"兴奋剂",随口便可以侃侃而谈自己的观点。

总部设在美国华盛顿的皮尤研究中心曾公布数据称,土耳其是世界上投票率最高的国家之一,在经济合作与发展组织成员国中位列第二。翻看近几年的土耳其历次投票率,我们可以发现几乎每次都超过了80%:2011年土耳其议会大选,投票率为83.16%;2015年议会选举,投票率为86.64%;此次修宪公投投票率则高达87.45%。

公投期间,我曾在伊斯坦布尔法提赫区的奥塔欧库鲁学校、里塞斯高级中学等三个投票站进行采访。在这三个投票站,进行投票的人络绎不绝,甚至有不少老人拄着拐杖或在家人的搀扶下前来投票。无论是老少、男女、世俗派或宗教派都希望用手中的选票表达自己的意见。特别值得注意的是,很多选民身着西服、打好领带、脚穿锃亮的皮鞋,对于他们来说,这似乎并不仅仅是简单的投票,而是一场盛大的政治仪式。

伊斯梅尔是一位有高度政治参与热情的青年。在谈到为什么土耳其人热衷民主政治时,他说,叙利亚难民危机、未遂政变、恐怖袭击、经济不景气给土耳其带来了巨大的冲击,人们对于国家的发展何去何从,迷茫与困惑中又充满期待,人们愿意用选票表达自己的态度;另一个重要的原因在于埃尔多安的执政风格,他是一位充满个性的领导人,喜欢他的人会充满敬意地将他称作"父亲",而反对他的人,则将他与萨达姆、卡扎菲并列,认为他是"独裁者"。伊斯梅尔告诉我,他身边的所有朋友几乎都去投了票,虽然大家观点不尽相同,但是都愿意为了土耳其的未来拿出十几分钟的时间。"毕竟这场百年间最大的变化会影响每一个土耳其人。"伊斯梅尔说。

修宪公投期间,一名土耳其女性选民投下选票。

穿行中东十万里

在土耳其首都安卡拉一处普通的居民楼上挂着土耳其国旗和凯末尔的画像。土耳其国旗和国父凯末尔的画像是这个国家街头最为常见的元素。

一名中国学者与我谈起这个话题时说，土耳其民众的政治热情高"可能与该国的特性有关。土耳其党派比较多，其中，一些伊斯兰政党的基层动员能力比较强，加上民族主义色彩很强是该国民众的特点，因此到了国家举行重要选举之时，国民的政治热情就会高涨"。此言不虚，土耳其是一个民族主义色彩特别浓厚的国家，只要看一看街头到处悬挂的土耳其国旗和国父凯末尔的画像，就会对这个国家有一层更深的了解。

## 伊斯坦布尔的城市底色

如果用一种颜色来描述一个城市的话，伊斯坦布尔的底色一定是蓝色的，它是浪漫的。举世闻名的蓝色清真寺、蔚蓝色的大海，这是现实的铺陈；它又带有淡淡的忧郁气质，几千年来，无数的英雄在这个舞台上你方唱罢我登场，特别是"奥斯曼帝国瓦解后，时间几乎遗忘了伊斯坦布尔的存在"，正如诺贝尔文学奖获得者奥尔罕·帕慕克的作品《伊斯坦布尔：一座城市的记忆》中所称之的"呼愁"，这是历史的纵深。

穿梭在伊斯坦布尔的老城，品味着一栋栋历经风吹雨淋、洗尽铅华的仿佛童话中的老建筑，不经意间出现的郁金香更是用美丽带着人们融入这座传奇的城市，不用说住上一辈子，就单单这样走一走就已是悠然惬意。俯拾即是的美妙景色，在历史的衬托下，使得空气中的每一个分子都满载着浪漫的气息，这样的梦幻中，恐怕是景不醉人人自醉了。

走进圣索菲亚大教堂，不禁感慨它简直就是一个世界，巨大的苍穹让每一位来访者深深震撼，而我更喜欢透过圣索菲亚教堂的窗，凝望着不远处的蓝色清真寺，这样的距离数百年来也未曾改变咫尺，似乎是一对恋人对于爱情不渝的坚守。行走中东多地，蓝色清真寺是我最喜欢的地标之一，浪漫、深沉、大气、圣洁，我所喜欢的一切美好词汇似乎在这里都可以找到最佳的注解。

伊斯坦布尔始建于公元前660年，当时被称为拜占庭。跨越欧亚两大洲、紧扼黑海门户，如此重要的战略地位，必然成为兵家必争之地，赫赫有名的拜占庭帝国和奥斯曼土耳其帝国都曾在此建都。走在古罗马时期的城墙下，亲手抚摸斑驳的历史，乘船在博斯普鲁斯海峡上眺望奥斯曼帝国的鲁梅丽古堡，曾经的血雨腥风化作时间的烟云，斑驳的痕迹下，却不失风骨。

伊斯坦布尔圣索菲亚大教堂。

站在托普卡帕皇宫的露台上,看着落日的余晖洒到浩瀚的大海上,海天之间粼粼波光,被蒙上了淡淡的金色面纱,曾经的苏丹是否也曾这样俯瞰过他横跨三洲的雄伟帝国?只可惜再伟大的征服者最终也只是一抔泥土而已。如果你愿意站在历史的坐标上,做一个怀旧者,伊斯坦布尔以其历史的沧桑与忧郁气质一定会告诉你这是一个不错的选择。

大时代的每一次斗转星移,都为这座城市带来了改朝换代的阵痛,但伊斯坦布尔一次又一次得以凤凰涅槃。欧洲与亚洲、基督教文明与伊斯兰文明、东方与西方不断在此交融,虽曾有冲突与碰撞,但最终得以和谐共存。今天,我们既能感受到帕慕克时常着墨的遗址古迹和黑白影像,也能体会到这座城市所充满的欣欣向荣的活力,这就是蓝色的含义:不失忧郁、充满浪漫与梦幻,而这正是伊斯坦布尔这座城市的真正底色。

## 醉心收藏"中国蓝"

作为东罗马帝国和奥斯曼土耳其帝国的千年古都,地跨欧亚大陆的伊斯坦布尔早在唐代,便已是古老丝绸之路的终点。伊斯坦布尔老城内的奥斯曼帝国"故宫"托普卡帕宫收藏着上万件珍贵的中国瓷器。这些瓷器不仅见证着伊斯坦布尔绵延不断的"中国情缘",也见证了丝绸之路激荡千年的生机与活力。

托普卡帕宫是由征服拜占庭帝国的奥斯曼帝国苏丹穆罕默德二世在1459年下令修建的,共有20多位苏丹在此生活。在新皇宫多勒玛巴赫切宫修建前的400年,这里一直是奥斯曼帝国的统治中心。土耳其共和国成立后,这里成为该国规模最大的博物馆之一。

作为奥斯曼帝国的皇家宫殿,托普卡帕宫收藏有无数的金银珠宝和书画珍品,不过最令人惊叹的是这里收藏有10358件来自中国的瓷器,仅青花瓷就有5373件,数量堪称中国本土之外收藏中国瓷器最多的地方。

托普卡帕皇宫的中国瓷器收藏从13世纪一直延续到20世纪未曾间断,以元、明、清三朝龙泉窑和景德镇的作品为主。正因如此,托普卡帕皇宫的瓷器收藏不仅数量巨大,而且近8个世纪的收藏完整反映了中国瓷器的发展流变,在学术研究上弥足珍贵。

托普卡帕皇宫博物馆执行主任、中国与日本瓷器收藏馆馆长阿伊斯·埃尔杜德研究中国瓷器已有几十年的历史,是托普卡帕皇宫博物馆"最了解中国瓷器的人"。在接受我采访时,她戴了一条绘有中国山水画图案的丝巾,我问她是否专门为了采访而准备,埃尔杜德笑着说:"不,中国的色彩已经成为我生活中不可或缺的元素。"她对我说:"我们收藏的中国瓷器主要分为4大类:青瓷、青花瓷、单色瓷和多色瓷,其中尤以青花瓷最为珍贵。据我所知,全世界保存完整的元代青花瓷不超过200件,我们博物馆就收藏有40件,此外还有54件明代早期青花瓷,件件堪称精品。"中国历史上外销西亚的各类瓷器,几乎在这里都能找到代表作。据说,元代的外销青花瓷在中国国内都难得一见。

据记载,最早向奥斯曼皇室介绍中国瓷器的人是穆罕默德二世的宰相伊瓦兹帕夏。历任奥斯曼帝国的苏丹都是中国瓷器的"发烧友",也正因他们对于中国瓷器如此痴迷,才使得托普卡帕皇宫有了今天数量庞大的瓷器收藏。

苏莱曼一世对中国瓷器情有独钟,许多东、西方国家的统治者都了解他的这一爱好,所以在派遣使节前往伊斯坦布尔时都会特意携带上珍贵的中国瓷器,并且这渐渐成了一种传统。在托普卡帕宫的礼品簿中有大量这样的记载,例如伊朗萨非王朝的沙阿(国王)塔赫马斯普一世就曾送给苏莱曼一世5件中国瓷盘。此外,在苏丹登基、生日和结婚等喜庆事件中,"瓷器"一定是礼品簿上最吸引眼球的文字。

为何奥斯曼帝国的苏丹乃至整个上流社会对中国瓷器情有独钟?除了它美丽的纹饰和精美的做工外,当时的奥斯曼帝国统治阶层认为来自中国的瓷器,特别

伊斯坦布尔托普卡帕皇宫。

是青瓷,具有甄别毒物的特殊功能:将食物盛放在中国瓷器里,如果有毒,瓷器的颜色便会发生改变。因此,我们可以在奥斯曼帝国时代的绘画上看到,中国瓷器普遍被作为实用器来使用。虽然现在我们都知道这是"无稽之谈",但这个小故事却反映出在奥斯曼帝国的统治者眼中,中国瓷器无疑具有神奇色彩。

不仅如此,奥斯曼帝国还在伊斯坦布尔专门设立了10个瓷器修补作坊。那些因不小心而被打破的中国瓷器,苏丹也都不舍得扔掉,而是送至瓷器修补作坊,进行专业维修,苏丹对于中国瓷器的珍视由此可见一斑。

波斯旅行家赛义德·阿里·阿克巴尔曾游历中国,他用波斯文写成了《中国纪行》一书,记录在华生活的见闻,并奉送给奥斯曼帝国苏丹塞利姆一世。除了《中国纪行》一书,阿克巴尔还向塞利姆一世转交了明代正德皇帝赠送给苏丹的两只青花瓷碗,这两只伊斯兰艺术风格的瓷碗,显示了早在14世纪中国和奥斯曼帝国的统治高层就已经通过丝绸之路进行交往。

伊斯坦布尔是"丝绸之路"和"海上丝绸之路"的重要节点,来自中国的瓷器经过千里迢迢的运输抵达这里,反映了其不仅是中西方、欧亚非贸易交往的重

在托普卡帕宫,参观者正在欣赏中国瓷器。

镇,更是文化交流的桥梁。

大到青花大盘、青花瓶,小到精致的青瓷碗盏,麒麟、蝙蝠、飞龙等中国艺术元素在各色琳琅满目的中国瓷器上交相呼应,甚至有的瓷器上还绘制着"赤壁图"和苏东坡的《赤壁赋》,恍惚间让人感觉置身在国内某个专业瓷器博物馆。在伊斯坦布尔,来自中国的瓷器与当地奥斯曼文化相结合,展现出别样的色彩。特别值得一提的是,托普卡帕皇宫的中国瓷器收藏就是这种艺术融合的代表,是两国文化交流史上的佳话。很多青花瓷虽然出自中国匠人之手,但其原料是来自于伊拉克的"苏麻离青",纹样、器型完全按照奥斯曼帝国的审美习惯打造,具有浓浓的异域风情。这些杯盘器型较大,通体满绘不留白,呈现出强烈的伊斯兰装饰风格。

不仅如此,奥斯曼帝国的苏丹还专门设立了相关机构对来自中国的瓷器进行艺术再创造,例如将金属装饰物放在中国的瓷器上便是奥斯曼帝国艺术家们的大胆尝试,这些中国瓷器不仅更加符合伊斯兰世界的审美品位,也为中土两国的文化交流做了最佳注解。

在奥斯曼帝国时期,中国的瓷器普遍被王室和贵族作为实用器来使用。在托普卡帕皇宫的展厅内复原了一个当时贵族用餐时的场景,桌上可以清楚地看到来自中国的青花瓷和在中国瓷器上加入了奥斯曼时期金属装饰的瓷碗和瓷盘。

# 每一块角落都是梦幻之地

安塔利亚是土耳其地中海港口城市。2015年二十国集团领导人峰会于11月15日至16日在此举行,这座有着土耳其"旅游之都"美誉的城市再次成为全世界瞩目的焦点。

安塔利亚位于土耳其南部,北靠托罗斯山脉,南临地中海,面积1417平方公里,人口100余万,是安塔利亚省省会。安塔利亚风景秀丽,气候宜人,全年平均气温20℃左右。我在峰会期间抵达这里时,虽然已是11月中旬,但是温度非常适宜,这或许也正是安塔利亚能够脱颖而出、获得二十国集团领导人峰会举办权的重要原因之一。

安塔利亚被公认为是土耳其的旅游天堂,在这里大海、阳光、沙滩、瀑布和历史文化被完美融合起来。加之颇具特色的土耳其烤肉、冰激凌等美食,更是让许多游客对安塔利亚流连忘返。

每年冬季,不少来自世界各地的足球俱乐部纷纷将安塔利亚作为冬训的目的地。多家中超俱乐部和中国国奥队都曾在此进行冬训。这里的许多酒店、度假村都配备了优质的足球训练场,并且有着一流的配套服务,所以冬训产业现在已发展为安塔利亚旅游的另一块金字招牌。

土耳其吸引外国游客最多的地方是哪里?伊斯坦布尔?卡帕多奇亚?都不是,答案是安塔利亚。据统计,2014年,安塔利亚所接待的外国游客数量比土耳其最大城市伊斯坦布尔还多,年均接待游客人数达1300多万,是土耳其名副其实的"旅游之都"。有人曾这样评价这座城市:"属于这个城市的每一块角落都是梦幻之地。"

据记载,早在公元前2000年,就已有人类在此定居。公元前7世纪,特洛伊战争后,来自爱琴海和小亚细亚的希腊人征服了现在的安塔利亚地区。此后,波斯人、罗马人、塞尔柱人和奥斯曼人都曾控制安塔利亚。从东罗马帝国时期开始,这里就已经成为地中海东部最为重要的港口。

安塔利亚遗迹众多,仅博物馆就有4座,古迹更是不计其数。来到安塔利亚,一定不能错过的景点之一便是克雷西古城。古城位于安塔利亚市区,濒临地中海,虽然大部分城墙已经坍塌,但整个老城的格局基本保留了下来。克雷西古城的历史可以追溯到罗马时代,经历历史的变迁,现在城内已经多是传统的具有奥斯曼帝国特色的建筑。城区街道交错、狭窄,从高处俯瞰过去,木结构的红色屋顶高高低低,错落有致。老城虽然不大,但处处是古迹,罗马时期的哈德良大门、奥斯曼帝国时期的钟楼、不断在历史长河中变换身份的清真寺和教堂,为人们展示了地中海历史的侧面。虽然早已没有了血雨腥风,但老城就像一位充满智慧的长者,不发一言,却能够讲述着自己的故事。

古城内有许多售卖各种特色商品的小店,走在有着数百年历史的石子路上,历史与现实相互交织,温暖的冬日,虽然已经没有了繁花似锦,却依然绿意盎然。

安塔利亚市中心的克雷西老城。

碧海、绿树、红顶、夕阳，美好的事物仿佛在此时凝为一体，为安塔利亚涂上了迷人的色彩，让人流连在某段小巷、某处古迹、某个故事，或者仅仅是一段残破的城墙旁。现实为墨，历史为底，时空带给了我最为生动的画面。

如果希望享受自然风光，安塔利亚一定也是一个不错的选择。绿宝石海岸、美丽海滩、繁盛的棕榈树林荫大道，都会让人不虚此行，甚至在度假村中仅仅晒晒太阳都非常享受。

在安塔利亚，幽静的林间小径与庄严古堡相互辉映，喧闹的港口与密布的游艇形成一派悠闲画面。行走在如画的风景中，恐怕没有人不会油然生出惬意之感。据说，安塔利亚流传着这样一句话："安拉没有给我们石油，但给了我们比油还贵的水。"想必只有身临其境，才能真正体会安塔利亚的乐趣。

如果你愿意狩猎、游览瀑布或者潜水，一定又能够体验一个不一样的自然之中的安塔利亚。

在安塔利亚郊区的石灰岩地形中分布着几处水势盛大的瀑布，其中以杜顿瀑布最为著名。杜顿瀑布距离安塔利亚10余公里，分为上下两区，上瀑布在安塔利亚东北方切出一条14公里长的美丽峡谷，随着地势的变化，不同角度、每个转弯都呈现出了瀑布万马奔腾的气势。在瀑布区下方，瀑布汇集成水势湍急的河流，许多餐厅都沿河而建，借助瀑布的水流造出许多景观，使人仿佛置身于水中一般。

安塔利亚还有"狩猎圣地"之称。外国游客可以参加由土耳其旅行社组织的经农业和农村事务部批准的狩猎活动。安塔利亚的潜水学校数量居土耳其第一，这里有众多的潜水点。潜入水中的安塔利亚，大海又将会展示一个不同的世界。

# 伊拉克人的梦想

2014 年 8 月,盛夏。

我与同事一起去伊拉克采访,走进首都巴格达。

从开罗飞往巴格达的航程虽然只有两个半小时,但我却不自觉地感到一丝煎熬,因为机舱外或许正在进行着激烈交火,飞机能否安全降落成为我最大的牵挂。

飞机落地后,我长舒了一口气。跟随着人流步入海关大厅。伊拉克海关的工作人员友好而热情,耐心地回答完我的问题盖好入境章后冲我一笑,说:"Welcome to Iraq(欢迎来到伊拉克)。"这一句普普通通的问候语,却让身在"爆炸之都"的我稍感尴尬。第一次亲临战地,我对未来几天充满憧憬与忐忑。在这样的一个国家,了解普通百姓到底有着怎样的梦想,成为我此次伊拉克之行给自己布置的一个小小的任务。

"不想当飞行员的工程师不是一个好店员啊。"

巴格达机场有一个很小的免税店,店员阿里的英文很好,这让我非常好奇,便和他攀谈了起来。原来,38 岁的阿里曾是一名工程师,此前在一家美国人开办的公司工作了 7 年,但由于伊拉克局势持续动荡,工作越发难找,最终他失业了,无奈只能在机场免税店做起了售货员。阿里告诉我,他就住在机场附近,免去了上下班奔波之苦,一周工作 6 天,每月能有 500 美元的收入。我说:"这个收入还不错嘛。"阿里抱怨说:"但是在伊拉克,这个收入还是难以过上好的生活,现在的物价实在太高了,1500 美元左右的收入才能过上比较体面的生活。"

"你现在有梦想吗?"我直接问阿里。"当然有,"他几乎是不假思索地说,"短期看我的梦想就是找到一份更好的工作,而长期看,我希望自己将来成为一名飞行员,这是我从小的梦想,不过这对我实在已是遥不可及。我自己没有钱学习飞行,也没有机会被伊拉克航空公司派去学习飞行,所以这可能就是个梦吧,但我希望有一天能够翱翔天空。"当一个年近中年的人对我说出"梦想翱翔天空"时,很难不让人心中有些触动,特别是在伊拉克这个让外界看来几乎失去未来的国家。一时间我竟不知如何接话,只能调侃道:"阿里,不想当飞行员的工程师不是一个好店员啊。"这句话居然让阿里哈哈大笑起来,对我说道:"看来我真是一个好店员。"

"如果所有人都能够遵守法律,那伊拉克一定会非常美好。"

检查站、荷枪实弹的军警、"悍马"军车,是我从巴格达国际机场前往市区的路上印象最深刻的画面。每隔一两公里就会有一处检查站,而几乎在每一处检查站护照都会被仔细核查。

炎热的天气、高大的枣椰树是伊拉克带给我的第一印象,这与其他中东国家很像。不同的是,任何私家车都不能靠近机场,只有得到官方特殊许可的车辆才能进出载客,这似乎向所有抵达伊拉克的旅客表明,这个国家的安全状况不容乐观。

巴格达城俯瞰。底格里斯河流经城市中心。

我居住的曼苏尔酒店也由荷枪实弹的军警守卫。平时这里大门紧闭，只有载客的车辆抵达时才会开启，人员进入酒店大堂前也必须接受防暴犬、金属探测仪等一系列极为严格的安全检查。

在向导的联系下我们前往一处伊拉克难民家进行采访。21岁的穆罕默德因为家乡尼尼微省的泰勒阿费尔被"伊斯兰国"极端组织占领，不得不与家人一路逃难到巴格达，落脚在亲戚家里。回忆起在家乡所经历的一切，穆罕默德显得有些激动。

"'伊斯兰国'一天24小时不间断地向我的家乡发射迫击炮弹，只要见到什叶派人士他们就会屠杀，所有人都被恐惧笼罩。一枚炮弹就曾在我身边爆炸，虽然我没事，但它却夺走了我表哥的生命，他才只有24岁啊！"说到此处，穆罕默德的眼眶有些湿润，可以想象当他回忆这一切时内心的痛苦，"家乡实在太危险了，在外人看来巴格达或许是危险之地，但对于我们从北方逃难来此的难民，这里就是'安全绿洲'。"

穆罕默德18岁的弟弟阿里·阿克巴曾作为志愿者在家乡参加过同极端组织的战斗。"伊拉克军队并不强大，当'伊斯兰国'极端组织打来时很多士兵并未抵抗就撤出战斗，军方的武器弹药库中遗留下了许多轻武器，为了保卫家园，我自愿加入了民兵，参加了15天的战斗！"说到此处，阿里的眼神中透露出自豪的神情，"但毕竟我们从没有接受过军事训练，很多人连枪都不会打。据我所知，在同极端组织的交火中，至少有数百人牺牲。由于极端组织占领了家乡，我放下了武器，跟随家人一起来到了巴格达。"

"现在还有梦想吗？"我问道。"梦想？"穆罕默德重复了一遍这个词，说道，"梦想就是回家，和家人团聚，我的女朋友也离开了家乡前往了库尔德自治区，现在很难和她取得联系，我非常想念她。"战争的残酷不仅让人失去至亲好友，也令有情人天各一方。"对于未来有什么打算吗？"穆罕默德说："现在我正在巴格达的一所学校学习法律，我不想中断自己的学业，因为未来我想成为一名律师。我相信：如果所有人都能够遵守法律，那伊拉克一定会非常美好。"

"一定吃了我做的秋葵汤才能走。"

卡里玛女士是我们结识的一位普通伊拉克民众。我们不请自到前往她家采访。

得知我们是来自中国的记者时,她热情地将我们请进门。

走进院子,映入眼帘的是临时搭建的四五间房子。卡里玛女士介绍说,这是她丈夫之前单位分配给他们家居住的。主人非常热情地将我们迎入客厅,看得出虽然并不富裕,但是生活非常仔细,家里一尘不染。一般进入客厅都要脱鞋,卡里玛坚持让我们不用脱鞋,还拿出了冰镇的矿泉水招待我们。

家里一张中国风景的贴墙纸引起了我们的注意,卡利玛女士说:"我喜欢中国,所以选择了这样一张墙纸。"

"您的梦想是什么?"我问卡里玛女士。"我希望有一个更好的房子,就像我们家客厅墙壁上的画一样。"顺着卡里玛眼神的方向,一座西式小别墅图案的墙纸映入眼帘,"这样雨天的时候,家里就不会漏雨了;夏天也会更凉爽些。我希望我的丈夫与4个儿女能够生活得更好。"

聊着聊着,卡里玛的丈夫回来了,他是一名出租车司机,每天早上8点出车,中午12点回家吃饭休息,下午1点出门一直工作到晚上7点。对于来自中国的陌生人,他也表现出了极大的热情,一遍一遍地说着:"中国,朋友,我爱中国!"临近中午,我们计划前往下一个采访目的地,卡里玛夫妇非常热情地对我们说:"今天中午一定要在我家吃饭,一定吃了我做的秋葵汤才能走。"

## 中国是友好的标志

我们乘坐的汽车行驶在巴格达的大街上,道路中间一棵棵枣椰树装扮着这个

热情的卡里玛女士与丈夫在中国风景贴墙纸前合影。

饱经炮火打击的城市，虽然两旁的建筑很多已老旧不堪，但依稀可以分辨出这个曾经的海湾强国所拥有过的辉煌。夜晚，街边的小摊点起路灯，有名的"底格里斯河烤鱼"散发出阵阵香气，巴格达市中心的鲁瓦德商业街上车流不息，人头攒动，健身房、金店、服装店、电器商店坐落在道路两边……真可用"鳞次栉比"来形容。丝毫看不出就在十几天前，这里曾发生一起炸弹袭击事件，造成数人死伤。而就在不远处，一个名为"伊拉克购物中心"的城市综合体正在兴建，未来或将成为在这动荡国家的人们休闲的又一去处。

"中国"对于伊拉克来说是友好的标识，每每接受检查递上中国护照时，伊拉克军警总会报以微笑，有时得知我们是来自中国的记者还会直接放行。曾在一家中国公司工作了15年的伊拉克人克里木对我说："中国人像我的兄弟一样，与西方人相比，他们更容易相处，更重要的是他们和我们伊拉克人同呼吸、共患难，这就是为什么我愿意在中国公司工作并为之服务15年的原因。"

坐在巴格达街边的一家果汁店，品尝一杯色彩斑斓的果汁，静静地体会这个国家。伊拉克其实也像这杯果汁一样，有着自己的味道，其实它不像外界描绘的这样单调，这也是一个多彩的国度。

在伊拉克的几天每当遇到当地人，我都会问上一句，你有怎样的梦想？他们梦想国家稳定，他们梦想过上更好的生活，他们梦想走出国门看看外面的世界……一个个个体的梦想汇聚成了国家的梦想。伊拉克离我这么远，似乎又离我这么近。虽然我们文化不同，生活习惯迥异，但是对于梦想有着几乎相同的理解。面对着动荡不安、前途未卜的伊拉克，我衷心希望它能尽快走上稳定、繁荣的发展之路。祝愿在未来，阿里能够学会开飞机，卡里玛能够拥有大房子，穆罕默德能够继续深造法律，祝愿我的伊拉克朋友们都能够实现自己的梦想。

# 在伊拉克反思美式民主

伊拉克,这个当初由"美国民主价值观"打造的国家,时至今日仍是冲突频发。极端组织、恐怖组织还在肆虐,库尔德人、什叶派和逊尼派也没有能够实现真正的"族群和谐"。美式价值观到底造就了怎样的伊拉克?在"爆炸之都"巴格达我们反思美式民主。

在巴格达市区,各类检查站、水泥防护墙、路障将城市分割开来,正因如此,市区内车行缓慢,虽然车辆相对不多,但堵车仍然较为严重。

伊玛德是一位有着9年军龄的老兵,当我见到他时,他头戴头盔、身穿防弹衣、手持冲锋枪正在岗亭内执勤。"现在巴格达的安全形势非常严峻,对于我们这些执勤的军人来说,危险更是近在咫尺。我们这个检查点共有3名军警和1辆军车,主要负责维护路口的安全,不远处还有其他检查点,如果出现突发状况可以立即得到增援。"伊玛德说。

巴格达行动司令部(Baghdad Operations Command)新闻发言人易卜拉欣上将介绍说,伊拉克局势仍旧非常严峻,特别是极端组织的崛起给这个国家带来了极大的痛苦,不少伊拉克领土被极端组织占领,甚至巴格达也受到威胁。虽然他没有点明这一切的原因,可是谁都能想到在一个曾经稳定富饶的伊拉克,这一切不可能发生。

夜幕降临,位于巴格达市中心的鲁瓦德商业街上车流不息,人头攒动,街边的店铺鳞次栉比,首饰、衣物、食品、电子产品……一应俱全。就在十几天前,这里发生了一起炸弹袭击事件,造成数人死伤。"第二天,街区就恢复了正常。生活随时面临危险,但是不工作,怎么生存?我们已经习惯了。"街边果汁店的伙计艾米尔无奈地说。

53岁的巴格达居民穆斯塔法曾经是一名时装设计师,他的作品融伊拉克传统服饰精华与现代潮流为一体,颇有人气,甚至连前总统萨达姆之子乌代都是他的常客。然而2003年,美国入侵伊拉克,穆斯塔法的人生轨迹也随之改变。在萨达姆政权被推翻后,宗教极端势力卷土重来,保守的思潮一度在社会蔓延。时装,自然在"违禁品"之列。穆斯塔法只得投靠开服装店的姨妈,成了她店里的一名售货员。穆斯塔法的"知名设计师之梦"就此中断。

"美国毁了伊拉克,也毁了我的工作,"穆斯塔法说,"社会原有的稳定被打破,而我们的生活却并没有好转起来。美国给伊拉克带来的绝不是希望,而是厄运。"从设计师到售货员,穆斯塔法经历了长期的心理落差。现在,他已经适应并且喜欢上了售货员的工作,而对于当初的梦想,年过半百的他已经不再踌躇满志。"经历了这么长时间的危机,我只希望平安生活,赚钱养家。"

2003年,美国发动伊拉克战争,推翻萨达姆的统治,带来了美国人所标榜的"自由""民主",但这并未造就一个稳定、富足的伊拉克,相反,"爆炸""袭击"几乎成为伊拉克的国家标签。随着"伊斯兰国"极端组织崛起,伊拉克走向一个安全局势更为严峻的未来。伊拉克人民正在忍受美国所带给他们的苦果。

伊拉克政治分析人士哈迪·马里在接受采访时说:"美国并没有给伊拉克带来民主,他们只是给伊拉克人展示了一个所谓的'民主'样本。现在伊拉克混乱的局势表明美式民主并不适合伊拉克。伊斯兰世界有着完全不同于西方的文化与

巴格达室内的一处安保执勤点。

类似的隔离墙是巴格达的"标配",几乎随处可见。

价值观,照搬美式民主必然会导致水土不服。对于目前的伊拉克来说,结束动荡、恢复社会稳定是我们所最需要做的工作,它的重要性远远胜于所谓的'民主'与'自由',不仅在伊拉克是这样,在埃及、叙利亚和利比亚都是如此。我认为,美国人真正关心的只有他们自己的利益,伊拉克人民在他们眼中微不足道。"

伊拉克著名政治评论家希沙姆·哈希米这样说道:"美国发动伊拉克战争推翻萨达姆政权,伊拉克在政治上出现了新的变化,所谓'民主'也出现了,但现在看,这种变化并未带来好的结果,伊拉克政治在向坏的方向发展,目前伊拉克的局势就是这一观点的最好佐证。美式民主与伊拉克社会并不完全相适应,因此它很难被复制成功,同时我想强调的是,它给伊拉克带来了深重的灾难。解决伊拉克的问题不能依赖美式民主,而应该建立一个具有更大包容性的政府,让什叶派、逊尼派和库尔德人实现真正的权力分享。"

许多欧美航空公司的班机选择绕离伊拉克空域,在这样的背景下,我很难不让自己有一丝担心。从巴格达到开罗,飞机在飞行了1个小时后,我才多少将悬着的心放下来,而当飞机降落在开罗机场的那一刹那,心中的喜悦早已超出了一次普通的飞行。回到开罗的当晚,和朋友一起去中餐馆吃了一顿美味的中餐,虽然没有了"底格里斯河烤鱼",但也没有了提心吊胆。开罗的条件虽然也相对艰苦,但可以自由出入、物资充沛,同叙利亚、伊拉克的小伙伴相比,拥有这一切的我们,夫复何求?

# 提尔、赛达"双城记"

与北部相比，黎巴嫩南部发展相对落后些，出了贝鲁特城不久就已看不见成片的高楼，没有了城市的风光，更多的则是滩涂和农场、果园。这其实并不奇怪，黎巴嫩南部与以色列接壤，两国至今都没有完全确认边界，在理论上还处于战时状态，联合国的维和部队就驻扎在南部城市提尔附近。

我们一进入提尔城，在一处路卡，除了黎巴嫩军人，还看见了来自韩国的维和部队的装甲车辆。当然，越往南走就越是黎巴嫩真主党的势力范围，道路两边的路灯杆上都插着真主党的黄色旗帜。以色列、黎巴嫩政府、真主党游击队、联合国维和部队，多种势力相互交织，使得这个地区的局势异常复杂。

不过，天气不错，让人忘记了政治的波诡云谲。

提尔最为有名的就是巴斯遗址群了。这是一处罗马遗址群，进入遗址群，首先映入眼帘的是一片墓地，墓地区域内有许多石棺。据说，大部分石棺的历史可以追溯到 2 世纪左右，石棺上雕刻了石棺主人的名字，或是一些伊利亚特史诗里的故事场景。

继续往前走会看到一个高达 20 米的拱门，这座拱门很可能是哈德良时期建造的。巴斯遗址群最大的看点就是步入巨型拱门后的竞技场，据称这里是罗马时期建造的最大的竞技场，可以容纳近两万人。虽然竞技场周围的观众席已经并不完整，但站在其上依然能够感受到曾经的辉煌，闭目想象，似乎还能听到千年之前的呐喊与加油声。向南望去，一片绿色，那里是军事禁区，不远处就是另一个世界与天地的以色列了吧。

离提尔不远，就是赛达。与黎巴嫩的北部城市相比，赛达则显得有些"脏乱差"。但这里确实是黎巴嫩充满"灵魂力量"的城市之一。蔚蓝的地中海，残破的碉堡,穿破浓厚云层的阳光,海面上时来时去的海鸟,市井气息的老市场,一切的一切都给你带来无限的想象,也带着我了解着这个多维度城市的过去、现在与未来。

赛达的海边城堡通过一条栈桥延伸到海中。这里最早是一座腓尼基神庙,希腊人、罗马人到来之后,在原址上修建了自己的神庙。现在所看到的城堡是十字军修建的,城堡大部分已经被损毁。正门墙面上也可以看到许多罗马柱的切面,这些柱子就是原来罗马神庙上的柱子。走到城堡的最上层可以看到整个赛达港口。每当走入这样的城堡,面对着辽阔的大海,都会想象当年的"气吞万里如虎",时间像是永远转动的胶片,却在这里定格。我喜欢抚摸这些历史的遗迹,不为别的,就是想最近地感受人类文明的气息,这种气息散发着千年光彩的魅丽。

走过马路,便是赛达老城了。老市场里永远人来人往,一幅热闹的市井景象。走到老市场的尽头,伴着道路两旁盛开的花朵的视觉冲击,一股清新的气息扑面而来,我完全可以嗅到那迷人的芬芳,这里便是黎巴嫩赫赫有名的香皂博物馆。博物馆位于一座老建筑内,原来曾是一个肥皂厂。后来,在黎巴嫩奥迪银行的赞

赛达的海边城堡。

助下改造成了香皂博物馆。据说，早在17世纪，赛达就已经开始生产肥皂了。漫步在博物馆内，从古至今各种与肥皂、肥皂制作工艺有关的展品为我们打开了一扇发现另一个世界的窗户。一段肥皂制作短片，将我们拉进至历史的回忆中，在现实与时光的交汇中细细体味着传承的含义。

离开香皂博物馆，再次穿越熙熙攘攘的老市场，奥斯曼时期的客栈进入我们的视线。一层是马厩和仓库，二层是客房。这里临着大海，在过去，应该还算是海景房吧。想必几百年前这里一定也是异常繁忙。多少客商曾在这里落脚？他们从何处来？又将去向何方？是否有来自中国的商人也曾在这里歇息过？他们带来了怎样的商品？面对异域的一切，他们又有着怎样的感受？斯人已去，只留下了空荡荡的房屋讲述着过去的故事。在这里，值得停留下脚步，仔细聆听着大海带来的时光逝去的声音。

虽然没有贝鲁特的摩登，但提尔和赛达的"双城记"能让人窥视历史的奥秘与海风吹不走的故事。

作者与黎巴嫩军人合影。

## 黎巴嫩的"太阳神之城"

离开黎巴嫩首都贝鲁特,向东北方向行驶80余公里,穿越30多年前以色列与叙利亚发生激烈空战的贝卡谷地,便来到了一个名为"巴尔贝克"的小镇。这里有着全世界现存规模最为宏伟的古罗马建筑群,据说,包括意大利罗马在内,都已无法找到恢宏可与之比肩的神庙遗址了。

公元前3000年,崇拜太阳神的迦南人在这里修建起了一座祭祀太阳神"巴尔"的庙宇,称为"巴尔贝克"。"贝克"是"城"的意思,"巴尔贝克"便是"太阳神之城"。此后,腓尼基人、希腊人、罗马人不断扩建。特别是罗马帝国皇帝奥古斯都曾派遣两万名奴隶在腓尼基神庙原址上大规模扩建,历经10余年,终于在公元60年,巴尔贝克神庙基本竣工。之后的300余年内,罗马帝国的统治者对此不断修缮、扩建,使其最终成为规模宏伟的神庙群,以此来祭祀罗马主神朱庇特、酒神巴卡斯和美神维纳斯。巴尔贝克太阳神庙在1984年被联合国教科文组织评为世界文化遗产。今天的巴尔贝克神庙虽被称作"罗马神庙遗址",但它实际上是腓尼基文明与罗马文明相融合的产物。

"时间的力量,理应在大地上留下痕迹。"

虽然历经2000余年的血雨腥风,目睹了历史的分分合合,但登上高大的石阶,进入巴尔贝克神庙遗址,残存的规模与气魄仍带给每一位访客沧桑的时间美感。蓝天白云下,傲然挺立着遍地断壁残垣,时光似乎放慢了脚步,抑或是悄悄留步,等待后人前来一探究竟。

从神殿长150米、宽120米、曾经由128根花岗石大石柱组成的石廊大院一直徜徉到内廷,便可以见到气势恢宏的朱庇特神殿。曾经这里有54根巨柱,每个巨柱高达20米,直径2.3米,均由3节圆柱镶接而成。圆柱相接缝隙之间虽无

巴尔贝克的朱庇特神殿遗址。6根石柱讲述着曾经的繁华与辉煌。

任何黏合剂，却异常紧致，甚至连纸张都无法插入。当地的向导说，当时的人们如何完成这样细致的工作早已成了不解之谜。经历了数次地震，尚有6根石柱挺立，犹如守卫天际的天神，讲述着朱庇特神殿曾经的繁华与辉煌。这6根石柱也同雪松一道，成为黎巴嫩的象征与骄傲。

如果说朱庇特神庙的巨柱展现的是巴尔贝克神庙的阳刚之美，那么巴卡斯酒神庙则体现了神庙群的细腻女性之美。拾级而上便是巨大的庙门，门上雕刻着鸡蛋、箭头等，象征着古罗马人对于生与死的理解。神庙四面环绕着十数根高达15米的石柱，刻满了包括各种蔬菜、水果、花纹在内的精致图案。石柱镶接成长廊，拱顶天花板上有女神"佩特拉"的巨石浮雕，"佩特拉"旁的镂空浮雕精细得仅容一支眼镜腿穿过。虽然神庙的顶部早已坍塌，未能完整保存下来，但神庙的高墙与梁柱仍令人叹为观止，堪称世界罗马遗迹中最为精美的神庙。

从1956年开始，除去黎巴嫩内战的数年，每年夏季这里都会举行巴尔贝克国际舞蹈和音乐节。巴卡斯神庙通常会作为音乐节的会场。历史与现实便如此巧妙地结合在了一起。在神庙废墟的巨石旁边，开放着许多鲜艳的小花，为这里增添了生机与活力，更让人感受到文明生生不息的生命力。

## 在"乳香之国"重走"乳香之路"

位于阿拉伯半岛东部的阿曼,因其盛产一种名为"乳香"的植物香料,自古以来便享有"乳香之国"的美誉。公元 750 年,阿曼航海家阿布·奥贝德从古代商贸中心苏哈尔出发,驾驶着满载乳香、珠宝的帆船经"乳香之路"沿"海上丝绸之路"抵达广州,这也被认为是迄今为止阿拉伯国家通往中国的最早航行记录。苏哈尔因此赢得了"通向中国的门户"美誉。

一条贯穿阿拉伯半岛及周边地区的"乳香之路",作为沟通东西的"海上丝绸之路"的重要一环,将乳香源源不断运往中国,成为古代丝路贸易的最生动的注解。正因如此,"乳香之路"在 2012 年被联合国教科文组织评定为世界文化遗产。

位于阿曼第二大城市萨拉拉的艾尔巴厘德是"乳香之路"上的重要港口,来自中国的青花瓷以及唐宋时期的钱币在这里被广泛发现。现在,艾尔巴厘德已经成为阿曼国家考古公园,古代贸易的遗迹被完整保留下来,连同一座世界上最大的乳香博物馆一起讲述"乳香贸易"的前世今生。

乳香又名"薰陆",三国时期的《南州异物志》等古代典籍就已经对其有了非常明确的记载。乳香实际上是一种橄榄科乔木分泌的树脂。乳香树树形低矮,外形非常奇特,旱季时叶片全部掉光,只剩下光秃秃的树干。此时,香料采集者们便会在树干上切开一个小口子,一些透明的液体慢慢流出,遇到空气后迅速凝结,状如乳头,因此名为"乳香"。

由于产量稀少,古时乳香的价格等同于黄金。在古埃及和古罗马,祭司们大量使用乳香制造香烟缭绕的神秘气氛,因此在那时的神庙中常年散发着乳香的味道。据传说,罗马帝国皇帝尼禄曾在皇后博佩雅的丧礼上消耗了足够供应罗马城一年使用的乳香。据《圣经》记载,耶稣出生时,有来自东方的三位博士带着神秘礼物，前往耶路撒冷朝拜耶稣，他们所带的礼物中就包括乳香。

在博物馆内一张展示海上乳香贸易的地图上，以阿曼为中心，西去地中海，东抵中国，南至非洲，都被乳香联结在一起。在一幅中国宋朝皇帝接见阿曼使者来访的绘画上，中国皇帝正襟危坐，5位穿着不同服装的阿曼使者正在向皇帝进献礼品，这其中或许就包含着自海路而来的乳香。

据记载，宋代，随着"海上丝绸之路"的空前繁荣，中外香料贸易达到顶峰。中国古人广泛采购生产自阿拉伯半岛地区的乳香作为香料和药物，使其声名大噪。北宋科学家沈括在其著作《梦溪笔谈》中对乳香进行了大篇幅的描述与介绍。"乳香之路"也成为古时阿拉伯半岛与中国间经贸、文化交流最有力的佐证。

乳香以阿曼出产的最为出名，而阿曼的乳香又以以萨拉拉为首府的佐法尔省最为上乘。在萨拉拉城区有一处阿曼全国闻名的乳香市场，它是阿拉伯地区乳香贸易最大的集散地之一。在萨拉拉城内闲逛，即使没有人做向导，你甚至也可以顺着远处飘来的香气找到前往市场的道路。乳香市场内每一间贩售乳香的商铺都不大，但装修非常考究，老板会点上品质上乘的乳香，一来净化空气，二来招徕

乳香树。

客源，因此每走入一间店铺都仿佛走进了一个云雾缭绕的小世界。各种品质的乳香被分门别类地摆放供顾客挑选。曾经贵如黄金的乳香，现在早已放下了高贵的身段，"飞入寻常百姓家"了。根据质量的不同，乳香的价格每公斤从几十元人民币到几百元人民币不等。挑选好你所中意的乳香，老板可能还会赠送给你一个来自中国的精致的瓷器小香炉。中国制造的香炉，搭配上阿曼出产的乳香，以另一种方式演绎着一段两国友好交往的佳话。

始建于公元前3世纪的霍尔罗城，曾是阿曼乳香出口的最核心的港口之一，也是世界遗产"乳香之路"的组成部分。时光荏苒，整个古城在千年的变迁中消失殆尽，掩埋在沙土之中，后经过考古人员不断发掘，水井、储物间、生活区和城垣等遗迹再次展现在世人的眼前。站在古城遗址山坡上俯瞰整个河谷，不远处，成群的骆驼在河边悠闲地吃着草，颇有些"风吹草低见牛羊"的味道。

我们所面对的一切，在千年之前，正是霍尔罗城港口。在古城的一座城门外，是仿建的码头，码头上陈列着一艘重建的古老帆船。虽然早已没有千帆云集的场面，但是凭借考古学家所绘制的复原图，我们仍然可以感受到这座城市曾经的辉

霍尔罗城及港口遗址。

煌与荣耀。虽然没有了乳香商人云集的场景，也没有了乳香那沁人心脾的芳香，但远眺大海，抚摸断壁残垣，一段人类发展的历史还是真实地呈现在面前。

在阿曼首都马斯喀特的布斯坦宫附近，一艘长22米、高3米的仿古双桅木帆船格外引人注目。这艘被命名为"苏哈尔"的纪念舰正是根据奥贝德远航中国时的古船仿制而成。1980年，为了纪念阿曼与中国历史交往的友好情谊，阿曼政府决定派"苏哈尔"号在当年11月重走"乳香之路"，再赴中国。经过8个月、近6000海里的航行，"苏哈尔"号终于抵达广州。

重走"乳香之路"，背后厚重的历史和中阿人民的友好情谊，让人感佩和景仰。

站在霍尔罗城及港口遗址的山坡上俯瞰整个河谷，不远处，成群的骆驼在河边悠闲地吃着草，颇有些"风吹草低见牛羊"的味道。

## 阿拉伯剑舞的魅力

阿拉伯人是歌善舞的民族,苏菲舞、肚皮舞都是享誉世界的艺术精品,而阿拉伯剑舞则是其最具英雄气概的舞蹈,显示了阿拉伯人骁勇善战的"尚武"精神。英国的哈里王子在前往阿曼旅游期间,就曾在阿曼著名的尼兹瓦堡垒与当地民众一起挥舞宝剑,表演起极富阿拉伯特色的"剑舞"。剑舞究竟源自何处?又有着怎样的魅力?

剑是阿拉伯人钟爱的宝物。在古代,上层人士均佩带宝剑,时至今日,宝剑也仍旧是阿拉伯人珍藏及馈赠的佳品,甚至许多孩子被命名为"宝剑",寓意着"勇敢"和"英武"。据不完全统计,阿拉伯地区有多达 25 种的宝剑。此外,在沙特、阿曼等国的国旗、国徽上,也都有剑,象征信仰与力量。而剑舞的起源正是与宝剑有关。据说,剑舞起源自埃及与土耳其地区武士们之间的决斗,也有传说称,剑舞伴随着阿拉伯军队的四处征战而产生:武士们在战斗之余,为了放松精神,就手持宝剑,即兴或随意地舞蹈。但是,由于统治者担心舞者借此收集宝剑反抗军队,此种舞蹈曾一度在奥斯曼帝国时期被禁止。后来,剑舞以其所饱含的"尚武"精神逐渐成了一种强化斗志与无畏精神的仪式。

今天的剑舞已经成了阿拉伯文化及传统的一种展示,吸引着世界各地的人们来一探其瑰丽。我曾在苏丹、卡塔尔多次欣赏过这种舞蹈。舞者们一般身着白色的阿拉伯长袍,5 至 10 人手持宝剑在露天翩翩起舞。鼓手们首先敲击出富有节奏的鼓声,打破舞蹈开始前的宁静,一名舞者高声诵读出一首阿拉伯传统诗歌,拉开了整个舞蹈的序幕。舞者时而将宝剑高高举起奋力砍杀,时而独自弯腰向前拼刺,时而数剑集于一人鼻梁之上,展现高超的平衡绝技。在一些并非特别正式的场合,剑舞更多的是舞者即兴的发挥与展示,可能没有过于花哨的动作,但其质

苏丹的舞者正在表演剑舞。

朴的表演往往会带给观众与众不同的感受。有时还会有乐手站在舞者身后,演奏着或慷慨激昂,或低回婉转的乐曲,为整个舞蹈画龙点睛。

有意思的是,在阿曼、阿联酋等海湾国家,剑舞通常会同女子的"头发舞"一道上演。随着剑舞开场,不一会儿,一群女子用舌头发出独具特色的阿拉伯"嘟嘟嘟"的颤音走上台来,她们手牵着手,舞动着柔软的腰肢,摆动着飘逸的长发,随后在剑舞的队列当中穿插,与持剑的舞者一同为观众奉献上一场美妙的视觉盛宴,阿拉伯民族的阴柔之美与阳刚之气也在这舞蹈中体现得淋漓尽致。

从战争中产生的剑舞早已远离了往日的硝烟,而成为阿拉伯民族独具魅力的文化基因,它动人的舞姿同它所折射的文化精髓一道成为全世界人民的精神瑰宝。

## 气候大会感受中国力量

"请问中国如何继续加强南南合作以应对气候变化？""特朗普当选后，中国如何看待美国退出《巴黎协定》的可能性？""如果美国退出《巴黎协定》，中国会成为全球应对气候变化的领导者吗？"这是 2016 年 11 月在摩洛哥马拉喀什召开的气候大会上"中国角"新闻发布会上普通的一幕。中外媒体对于中国在气候大会上的主张和作用频频发问，有不少外国记者甚至专门关注中国代表团的记者会。一位来自《金融时报》的记者每次都不会缺席。"马拉喀什气候大会是《巴黎协定》生效后的第一次缔约国大会，是一次落实行动的大会，中国的声音和态度对于会议进展非常重要，所以我特别关注中国代表团的发布会，希望能从中国视角洞悉会议进程。"他说。

受到美国大选的影响，马拉喀什气候谈判一度出现变数，不少国家选择了观望。当时在会场内采访，能够真切感受到无论是各国政府、国际组织还是非政府组织都把更多的目光投向了中国。"中国如何应对气候变化谈判中可能出现的变化？""中国对于世界的承诺是否能够继续坚持？"作为最大的发展中国家，此刻中国成了整个大会的焦点。在这一背景下，中国代表团频频发声，为整个谈判奉上了一颗"定心丸"。中国应对气候变化事务特别代表解振华对媒体表示，《巴黎协定》代表了全球的发展趋势和各国的共同愿景，即绿色、低碳转型，不管可能发生什么变化，这个潮流不会改变。中国应对气候变化的目标、措施、行动不会改变，中国所做的承诺不会改变。他特别强调："中国主张多做事，少作秀！"

2011 年至今，中国政府累计安排 5.8 亿元人民币，通过开展低碳节能、提高能效、能力建设活动等以项目方式帮助其他发展中国家应对气候变化。本着"平等互信、包容互鉴、合作共赢"的精神，中国与 27 个发展中国家签署了应对气候变化物资赠送谅解备忘录,向有关国家赠送了节能和太阳能灯120余万盏、路灯9000套、节能空调2万余台、太阳能光伏发电设备1万余套,并通过赠送卫星监测设备帮助它们提高极端气候事件的预警预测能力。同时,还为发展中国家培训了千余名应对气候变化领域的官员和技术人员,范围覆盖5大洲的120多个国家。在2015年的巴黎气候大会上,中国国家主席习近平再次重申设立200亿元人民币的中国气候变化南南合作基金。

本次气候大会的观察员、法国学者林晨力近期的研究课题是"在国际舞台上越来越积极的中国",她的一席话能够从另一个方面展现中国的变化。她说:"中国的一举一动在推动《巴黎协定》的落实上都发挥着重要作用。在应对气候变化的议题上,中国变得日益积极。我从2009年参加气候大会起就开始对中国进行跟踪研究,那时中国的代表更多的是以沉默回应各方关切,现在则完全不一样,'中国角'成为最热闹的会场,中国代表团频频组织记者会,对外发声。毫无疑问,

马拉喀什气候大会的接驳车司机穆罕默德和艾哈迈德为中国造电动车"点赞"。

中国正在成为国际社会应对气候变化的领导者。"

"感谢中国！感谢中国！"联合国秘书长2030年可持续发展议程与气候变化特别顾问大卫·纳巴罗不吝惜对中国的赞美，不断重复着他对中国的感谢之情。他积极评价中国为应对气候变化所做的努力，并对中国在南南合作中所展现的领导力点赞。大卫·纳巴罗说："感谢中国慷慨地支持南南合作，以及在这一过程中所表现出的领导力。今天我们相聚在这里，携手应对气候变化，实现可持续发展。"

毛里塔尼亚环境和可持续发展部部长阿麦迪·卡马拉在正式演讲前，大声说道："感谢中国！请中国政府接受我最为真诚的感谢与祝贺。"阿麦迪·卡马拉表示，中国在可持续发展领域，如可再生能源应用、"绿色长城"项目等给予了毛里塔尼亚非常宝贵的支持，在促进毛里塔尼亚环境保护、渔业开发等发挥了重要作用，"中国是南南合作应对气候变化的重要支柱国家，我们期待未来在专业知识转移转让上中国能够一如既往地给予发展中国家巨大的支持，这不仅有利于应对气候变化，还会进一步促进中非友谊和中非伙伴关系的提升"。

马尔代夫环境与能源部长陶瑞克·易卜拉欣用生动的例子讲述了中国在应对气候变化上对马尔代夫进行的无私援助。他说："中国向马尔代夫提供了25万个节能灯，这使得我们能够将资源、成本节约下来用于其他更为迫切的发展需求。25万个节能灯对于我们这样的小国家来说，作用非常巨大。感谢中国的慷慨帮助。在南南合作框架下，中国的领袖作用是其他发展中国家应对气候变化的驱动力！"

无论是来自中国的新能源"零排放"公交车，还是可以计算碳排放量的中国智能机器人"艾娃"，在马拉喀什两周的采访中，我最为深刻的印象就是在全球应对气候变化的过程中，"中国因素"成为越来越绚丽的色彩，中国不仅用语言，更用行动赢得了世界的认可与尊重。

# 马拉喀什"三城记"

摩洛哥古城马拉喀什被誉为"南方珍珠"。第一次知道"马拉喀什"这个地方,还是源自英国文学家乔治·奥威尔的散文《马拉喀什》。虽然文章的具体内容早已忘记,但是这个充满异域色彩的名字被永远记在了我的心里。曾两次驻足这座古城,阿特拉斯山脚下的马拉喀什以它的美永远镌刻在了我的心里。

## 褚色之城

马拉喀什位于摩洛哥南部,坐落在贯穿摩洛哥的阿特拉斯山脚下,在市区就可以见到阿特拉斯山顶的皑皑白雪。积雪为马拉喀什带来了宝贵的水源,也为这座沙漠之中的城市带来旺盛的生命力。马拉喀什曾是历代统治者争夺的要地,中世纪时期就两度成为摩洛哥不同王朝的都城,马拉喀什也因此与菲斯、梅克内斯和拉巴特一道被列为"摩洛哥的四大古都"。

在当地的柏柏尔语中,"马拉喀什"意为"上帝的故乡"。自公元1062年建城以来,这里犹如一块巨大的磁石,吸引着阿拉伯人、柏柏尔人、犹太人和法国人纷纷到此居住、生活。时至今日,马拉喀什也绝对算是世界各地的旅行者最为钟爱的目的地之一。

马拉喀什附近都是富含铁元素的红色土地,因此从古至今这里完全是一座红色的城市。褚红色泥土筑成的老城诉说着千百年来的时光流逝,让人不禁体会到隐藏其中的神秘北非风情。现代化的穆罕默德六世大街两旁的高级旅馆、银行大楼、购物中心等建筑也都以红色为主调,从古至今,老城以这样的方式,延续着自己的生命与辉煌。

在老城城墙下漫行,伸手便可触摸到近千年的历史。装饰精美的阿格诺城门自公元 12 世纪起便屹立在此,见证过太多的厮杀与阴谋,经历了太多的风雨,现在更像一位安静的老者,静静俯瞰世事变迁。如果不是手中地图的提醒,你极有可能错过这个精美绝伦的建筑精品。如果懂得阿拉伯语,不妨诵读一下城门上雕刻的《古兰经》经文,这应该会是一种穿越千年的对话的感觉吧。

## 庶民之城

德吉马艾芬娜广场位于老城的中心,被称作"马拉喀什的心脏"。据说在古代,这里是行刑之所,是死亡的象征。不过现在的德吉马艾芬娜广场是北非最热闹的阿拉伯夜市和最繁忙的广场,是真正的"庶民天堂"。

来自摩洛哥各地甚至整个非洲大陆的民间艺人说书、跳舞、耍蛇和表演杂技,使出浑身解数,吸引着路人和游客的目光。人群围成的一个个小圈,就是一个个精彩的艺术小世界,别有一番风情。拍掌、嬉笑甚至惊呼,观众们把演出的气氛推向一个又一个小高潮。不过,千万不要随便给耍蛇艺人和他们的"宝贝儿"照相,否则你可能会被索取一笔价值不菲的"小费"。在德吉马艾芬娜广场,请一定记住这样一句话"蛇的主人也是蛇"。

太阳西斜,广场开始真正热闹起来。摩洛哥当地的美食,主要以烧烤为主。此时的广场上,小吃摊纷纷开始营业,伴着烤肉香味的白烟弥散在整个广场上空。

马拉喀什老城广场上的摩洛哥年轻人。

与当地人围坐在小吃摊旁，点上一盘最具特色的羊脸肉，即使没有任何其他佐料，也能品出羊肉中的淡淡奶香。或者来上一锅塔吉锅。这也是独具当地特色的美食，牛肉、羊肉、鸡肉、鱼虾和蔬菜都可以放进陶瓷器皿，配上香料一起煮炖，香味诱人。如果觉得油腻，没有关系，随便走到一个果汁摊，花上相当于3元人民币的价格来上一杯橙汁，便足以让人领略到这个古老国度的甜蜜。

广场上的人越聚越多，伴着烤肉的香气，将马拉喀什古城带入了一个庶民的世界，一个延亘数百年的世界。这种"市井"的马拉喀什充满活力，让人激动，虽然夜幕已经降临，但我想马拉喀什的生活在此刻才真正开始。

### 文化之城

老城的巷道，弯弯曲曲，相互贯通。离开广场向城市的最深处走去，去感受一个在洗尽铅华之后，充满文化气息、更加真实的马拉喀什。

大门紧闭的小楼内，传出家长呵斥孩子的声音和孩子的哭闹声，一下拉近了我与这座城市的距离。不禁感慨，出生在这座老城的孩子一定得到了上天的眷顾，

马拉喀什老城街景。

融合了伊斯兰和摩洛哥建筑风格的巴伊亚宫。

他们不经意的举手投足间总能接触到最令摩洛哥人引以为豪的文明。路过一家理发店,不大,却非常精致,橱窗中还摆放着颇有历史感的理发器具和充满时代感的发型海报,让人对这个不起眼的理发店多了些对于往事的敬意。它不见得有多么辉煌,但是能让人嗅出浓浓的文化气息。

巴伊亚宫坐落在老城的一隅,如果从大门上看,你是绝对不会对这座宫殿高看一眼的,因为它的确太过普通,甚至有些破落。不过内里却真的是别有洞天。巴伊亚宫建于19世纪末,是当时摩洛哥最大、最宏伟的宫殿建筑。与同时期摩洛哥的其他建筑相比,巴伊亚宫旨在营造融合有伊斯兰和摩洛哥的建筑风格。整个建筑让人最为惊叹的是宫殿内对于天花板的艺术处理,每一间房间内的天花板都堪称伟大的艺术精品,通过伊斯兰艺术的独具特色的对称连续和无限延伸等几何图案的运用,展现了一百多年前摩洛哥人对于美的理解。宫殿内彩色玻璃的运用也堪称一绝。不少宫殿的房间都安装有红、黄、蓝等色彩的玻璃,经过阳光照射,会在墙壁上呈现出玻璃五彩缤纷的色彩,真可谓"美轮美奂"。

优素福经学院、库图比亚清真寺、萨第安墓……不大的马拉喀什老城凝聚了这片土地上千年来的文化精华。1985年,马拉喀什老城被列入了联合国世界文化遗产,更是成了属于整个人类的宝贵财富。

# 中国建设者，让摩洛哥从能源匮乏走向富足

"北非花园"摩洛哥，阿特拉斯山脉阻挡了来自大西洋的水汽，使得该国内陆地区极为炎热，光照也异常强烈。虽然光热充足，摩洛哥却是一个能源相当匮乏的国度，每年从邻国西班牙进口的电力就要花掉60多亿美元。

这一局面正在大幅改观。在被称为撒哈拉"沙漠之门"的摩洛哥腹地城市瓦尔扎扎特，一座世界上最大规模的太阳能聚热电站（光热电站）项目正在如火如荼的建设中。待规划的4期项目完全建成后，摩洛哥有望摆脱能源困境：该项目不仅提供摩洛哥近50%的电力供应，超过100万的家庭将用上清洁能源，而且摩洛哥还可以把富余的电能出口到欧洲。

在这个炎热的沙漠边缘地带，为把摩洛哥从能源进口国变为能源出口国，来自中国的建设者们正挥汗如雨，为的是让这个"一带一路"建设的重要项目尽快开花结果。

摩洛哥国王穆罕默德六世曾多次走访光热电站建设现场，他对中国建设者的辛勤工作表示感谢，点赞中国企业建设的质量和效率，对这一项目给予高度评价。

## 中摩员工披荆斩棘，"世界之最"正在从图纸变为现实

施工现场是1430公顷的荒漠地带，65万块光伏镜面装置整齐铺设，巨大的熔盐罐和集热塔分布其间。

努奥光热电站项目"不仅是目前摩洛哥境内最大的工程项目，也是全球装机容量最大的在建光热电站"，山东电建三公司努奥二、三期项目部综合部经理王光春告诉我。

2015年5月，中国电建集团签订了项目金额20亿美元的摩洛哥努奥二期和

三期光热电站项目总承包合同。该项目由摩洛哥太阳能管理局和沙特电力工程公司等共同出资，中国电建集团、山东电建三公司作为联合体的责任方，负责土建施工、常规岛供货、储热系统以及外围系统的设备供货和安装。

这样一个大单，为什么会选择中国公司参与承建？山东电建三公司努奥二期项目部项目经理赵广建谈道，近些年，中国企业"走出去"开拓国际市场，在行业内的影响力受到广泛认可，技术能力显著提高，"拿这个项目采用的镜面光伏板来说，就比传统光伏板好很多，它能够通过镜面聚集阳光，加热导热液体，与水混合后产生蒸汽，从而带动发电机发电，而传统光伏板的吸收太阳光能力会随着时间的流逝下降，且不能回收"。

王光春拥有10年的海外项目工作经验，对这个项目更是倾注了心血和热情，谈起来自然是如数家珍："努奥二期装机容量是200兆瓦，采用槽式光热发电技术，

努奥光热电站项目为当地创造了4000多个就业岗位。这是来自中国和摩洛哥两国的建设者在施工现场工作。

三期的装机容量 150 兆瓦，采用塔式光热发电技术。三期项目中 200 多米高的集热塔，不仅是世界上首次采用混凝土和钢混合式结构的光塔，同时也是迄今最高的光热发电集热塔。"

"世界之最"正在从图纸变为现实，每个里程碑式的进步，都是中国建设者青春与汗水凝结的硕果。

努奥二期共有 4 个熔盐罐，每个罐都是 2.5 万多立方米的庞然大物，容积和壁厚"绝无仅有"，4 个熔盐罐同时开工，难度可想而知。面对业主工期进度的严格要求及分包商机械设备和人力组织不力的情况，努奥二期"熔盐罐施工专题小组"连续奋斗十多天，午饭和晚饭在项目现场简单解决。"专题小组"组长许春喜积极与分包商协调，每天 16 个小时工作在施工现场。

许春喜说："未来即使有再多的荆棘，我们也要蹚出一条'血路'，不仅仅是为了证明自己，更是为了证明中国人可以做得更好。"凭借这样的拼搏精神，中国的建设者创造了一个又一个在当地人看来根本不可能完成的奇迹。目前，2 号熔盐罐已经率先完成主体施工，比原定工期缩短了近一个月。每当看到一道道精美的焊缝时，无论是摩方的工程师还是施工人员都敬佩地伸出大拇指，业主更把许春喜亲切地称为"熔盐罐经理"。

时任摩洛哥外交与国际合作大臣萨拉赫丁·迈祖阿尔表示，中摩能源合作的前景广阔，摩洛哥计划新建 5 个太阳能电站，欢迎中国企业参与其中，这不仅为摩洛哥也为非洲工业化进程提供了加速助力。

## 中企实现"组团式"发展，在国际工程合作上做大文章

政治风险咨询公司欧亚集团北非政治咨询高级顾问理查德·法比阿尼分析认为，努奥光热电站项目之所以是一个伟大的项目，最主要的原因是它能够联结起一条更长的经济链，不仅为瓦尔扎扎特提供关键的基础设施和就业，成为当地社会经济成长的助推器，更为摩洛哥的发展带来机遇。

英国《卫报》的评论称，这一项目"为非洲点亮清洁能源发展之路"。摩洛哥世界新闻网认为，努奥光热电站项目让摩洛哥成为全球应用可再生能源的榜样。

努奥二期和三期建设项目为当地提供了近 4000 个就业岗位。摩洛哥工业基础相对薄弱，缺乏专业的电力建设产业工人，通过与中国公司的合作，摩洛哥的

电建工人队伍也快速成长,努奥光热电站项目为摩洛哥的电建发展储备了大量优质人才。

在建设现场,我碰到20多岁的电焊工穆斯塔法。他正在俯身焊接地面上钢材的一道接口,脸上流着汗珠。

穆斯塔法来自瓦尔扎扎特的一个小村庄,"我在努奥工作已经有一年多,之前只是做过一些简单的电焊工作。在努奥,我们建设的可是世界上最大的光热电站,我那两下子怎么能行?多亏了我的中国师傅,手把手指导我焊接和打磨要领,现在我能掌握五六种焊接方法。"说着,穆斯塔法演示了起来。穆斯塔法说,现在一个月有3000多迪拉姆(1美元约合10迪拉姆)的收入,"跟着中国公司干活,不仅学到了技术,收入也更高、更有保障了"。

努奥光热电站项目还成功带动了中国国内相关机电企业海外发展及设备出口,真正实现了中摩两国合作的互利双赢。赵广建说,仅仅通过努奥项目,就能

努奥三期项目建设现场正在进行塔吊施工。

采用塔式光热发电技术的努奥三期项目已经初具规模。

够带动包括电器厂、电缆厂、钢结构厂、阀门厂、管道厂等在内的下游企业200多家,有利于输出中国的装备与技术,通过电力建设项目实现"组团式"发展,在国际工程合作上做大文章。

时任中国驻摩洛哥大使孙树忠在接受我采访时说,中摩经济互补性强,合作前景广,发展战略契合度高。面对"一带一路"倡议所带来的巨大合作潜力,摩洛哥在2014年制定的"2014—2020工业化加速发展战略"中,专门明确提出以中国为主要合作伙伴。包括努奥二期和三期光热电站等一批互利共赢的务实合作项目很快落地生根,开花结果,为中国太阳能产业在北非立足打下重要基础。

*打破欧美设备垄断,成为当地最大钻井服务商——*

# 中国钻井企业助力科威特实现石油"增产梦"

科威特南部的艾哈麦迪省,夏季气温近 50 摄氏度,地表温度更是高达 70 摄氏度,无垠的沙漠中翻滚的热浪挑战着人类生命的极限,除了零星的几匹骆驼,这里很少见到其他动植物。裸露的地表下埋藏着世界最大的砂岩油田——布尔干油田。中石化国际石油工程公司中标的石油钻井项目就遍布于此。从"单枪匹马"进入科威特市场,到成为当地最大的钻井承包商、打破欧美公司的垄断,中国石油工人在沙漠中挥洒汗水,书写"一带一路"倡议下中国与科威特合作共赢的新篇章。

## "中国制造"打破欧美设备的海外垄断

科威特国土面积虽然仅大致相当于北京市,却占据着全世界 10% 的石油储量,早已成为世界各大石油生产商逐鹿的舞台。2008 年全球金融危机爆发,国内石油工程队伍大量停待。中石化国际石油工程公司科威特分公司总经理张从邦临危受命,带领 3 人团队开辟科威特市场。在接受我采访时,张从邦坦言:"初到科威特,科方对我们并不热情,对中国人能否高质高量地完成项目表示怀疑,这更激起了我内心的干劲,一定要闯出一番天地,为中国石油企业正名!"

张从邦和他的团队去沙漠实地暗访竞争对手的施工队伍,为了有策略地摸清对方的成本,几乎是白天黑夜连轴转,因为没有时间做饭,大多数时候只能简单下点面条,那段时间被张从邦戏称为"与面条相伴的日子"。通过分析,张从邦发现中国公司与国际知名钻井公司相比,有价格优势;与当地钻井公司相比,有技术优势。同时在相邻的沙特市场打拼多年,对科威特市场的安全和技术要求也了如指掌。2009 年 4 月,经过充分准备和缜密测算,在激烈的投标竞争中,凭借

0.2%的报价优势,拿下15部钻机的8.6亿美元的钻井合同,一举进入科威特市场。

此前,中东钻井市场一直是欧美装备的天下,包括科威特国家石油公司在内的业主都要求钻井承包商统一配备欧美设备,对顶驱、封井器等关键设备的要求更加严格。为了装备配套、设备动迁更加高效便捷,降低后期的保养和维修成本,也为了积极推动中国设备走出去,技术专家出身的张从邦一方面主动与国内厂家联系,通过了解国内设备的技术优势,帮助国内厂家建立和完善与国际接轨的质量控制体系;另一方面,带着国产设备的技术参数和数据同科威特国家石油公司各个管理层级进行技术交流与推介,并邀请科方前往中国多家设备制造厂,实地了解"中国制造"的实力与水平。张从邦说:"最初科威特国家石油公司同意先以'试用'的名义引入封井器等中国设备,质优价廉的中国设备最终得到科方认可。当地的钻井承包商现在大量使用中国设备。"

据介绍,目前科威特市场引入国产设备超过43亿元,设备配套国产化接近100%,不仅支持了中国石油装备制造企业的发展,带动中国石油装备走向世界,更一举打破了欧美设备在中东地区的垄断。提起"中国制造",科威特石油公司

科威特沙漠中屹立的中石化钻井平台。

副总裁阿亚德·阿坎达理赞不绝口,"中国制造业已经具备相当高的现代行业标准,尤其是在石油领域帮助我们及时获得发展必需的机械和设备,这才使我们得以加速生产。"

"中国人的敬业精神和奉献精神令人敬佩!"

持续的高温工作,恶劣的生活环境,考验着每一位在钻井现场的中国工人。为了安全需要,在钻井现场的所有人都必须戴上安全帽和墨镜,全身披上厚工服,脚上穿着厚工鞋,在风沙天气里还要戴上面部护巾,不用说工作了,我在现场走了10分钟,爬上钻井平台,全身已经基本湿透,脸上更是有着火辣辣的灼热感。

在科威特与伊拉克边境附近的282井队,井队长徐建雄正在指挥工人们进行钻井作业,我测试了一下当时的气温,高达47摄氏度。徐建雄说:"这算是凉快的天气,未来两个月,气温会突破55摄氏度以上。"徐建雄2015年1月来到科威特,由于长时间在户外工作,这位1982年出生的湖南汉子与同龄人相比显得苍老许多。

拿出身上随身携带的一瓶330毫升的矿泉水,徐建雄说:"这样的水,我们每天至少需要喝上20瓶,不过由于出汗太多,几乎都不需要上厕所。"徐建雄坦言,这样的工作环境对于人体的健康非常不利,上次回国休假,他就查出了肾结石。不过,徐建雄对此毫无怨言,"既然选择成为一名石油工人,既然选择来到科威特,我就一定要把工作做好!"

除了炎热的天气,沙尘暴也是对施工的严峻考验。科威特的绝大部分国土都被沙漠覆盖,进入沙尘暴季节后,几乎每天大风都卷席着遮天蔽日的黄沙,令人感到窒息和恶心。通常即使在白天开启了钻井现场的全部照明灯,二十米之外甚至连高达数十米的钻井平台都根本看不见。在极端的风沙天气下,大部分作业都暂时停止,但是在一些关键的生产岗位,还是有部分工人坚持工作。282井队的工人谭橙说:"每天从钻井现场回到生活区,就像出土文物一样,全身都是一层厚厚的沙土。虽然有防护,但鼻孔里、耳朵里还到处都是沙子,抖抖衣服,掉落的沙子足有二三两。"

在这样极端的环境下,中国石油工人创造了最快的打井速度、最快的搬家速度、最出色的安全纪录。阿亚德·阿坎达理评价说:"中国人的敬业精神和奉献精神令人敬佩!"

恶劣的自然条件让中国钻井工人不得不在40摄氏度以上的高温下"全副武装"作业。

### 最大钻井服务商支撑科威特国家战略

2014年国际油价断崖式下跌,全球石油工程服务市场遭遇严酷寒冬。中石化国际石油工程公司科威特分公司选择逆势而上,在白热化的国际竞争中再次拿到了11.5亿美元钻井合同,创中石化海外钻井最大年度新签纪录,并一跃成为科威特当地最大的钻井承包商。目前科威特分公司拥有钻机53部,占据了科威特钻井市场45%以上的份额。张从邦说:"在我们来到科威特之前,西方的威德福公司是最大的钻井服务商,经过9年的努力,我们在和世界级油田服务公司的竞争中取得了胜利,现在威德福公司只占当地不到10%的市场份额。"

虽然科威特石油储量丰富,但其基础工业薄弱,缺乏专业的技术人才,科威特国家石油公司一直想提升石油产量却力不从心。为了将石油财富转化为工业资本,促进经济发展,科威特政府专门制定了2020年石油日产400万桶并稳产到2030年的战略目标。中国石化队伍的到来,为科威特实现国家战略提供了巨大的现实支撑。

数字是最有说服力的证据:钻机启动累计提前4249个钻机日,相当于为科威特国家石油公司额外作业100多口生产井,每日增产原油20万桶;至2016年年底,累计完成钻井737口,修井2742口,平均每口井比设计建井周期提前3至5天,这意味着每天增产原油30万桶;为科威特额外作业200口生产井,又相当于每日增产原油30万桶。

从当初的3人团队到如今当地最大的钻井服务商,中石化旗下胜利、中原、华北、西南和华东共5家地区公司的53支队伍,中外3000名员工辛勤工作。至2017年第一季度,累计新签合同额30.11亿美元,成为中科合作的标志性项目。

中国驻科威特大使王镝在接受我专访时表示,科威特位于丝绸之路上连通东西的重要战略节点,是最早响应"一带一路"倡议并签署相关合作文件的国家,是中国在地区共建"一带一路"的重要伙伴。"未来中科两国将以共建'一带一路'和产能合作为契机,不断培育经贸合作新的增长点,进一步加强双方在油气、能源、金融投资、科技等领域的合作,让合作成果更好地惠及两国人民。"王镝说。

本书作者(左一)正在钻井平台采访。

## "海湾明珠"有座中国"龙城"

巴林是波斯湾中一个美丽的国家,因其秀丽的景色,素有"海湾明珠"之称。虽是海湾地区的小国,但作为海湾阿拉伯国家合作委员会(海合会)成员国,巴林积极推动产业多元化,打造地区贸易与金融服务中心。中国驻巴林大使戚振宏在接受我采访时说:"巴林地处波斯湾核心位置,辐射整个海湾地区,是通往中东地区的重要门户。"

巴林与海湾地区最大的经济体沙特阿拉伯通过法赫德国王大桥相连,距离仅数十公里,每年有大约400万沙特人来到巴林休闲、旅游,这部分人收入较高,因此是一个非常巨大的市场目标人群。同时巴林与海湾地区的伊朗、伊拉克、阿联酋、科威特、卡塔尔等主要经济体都只有不到1小时航程,区位优势明显。加之便捷的交通运输网络、完善的物流基础设施以及较稳定的政治环境,使许多世界级企业都选择巴林作为其区域运营中心和物流基地。

2015年12月,一座由中国和巴林两国企业共同开发的巴林龙城在巴林首都麦纳麦东北方的穆哈拉克区正式开业。这座龙城总占地面积超过10万平方米,包括5万平方米可容纳787个铺位的市场、4500平方米的配套周转仓库、6000多平方米的美食街以及为入驻商户准备的300套公寓。龙城内窗明地净,按照商品类别所划分的九大区域装修一新,许多巴林民众在开业当天便前往龙城"尝鲜"。

迈哈穆德是地道的巴林人,他早已得知了龙城将要开业的消息。由于家中刚刚修建了别墅,他要为儿童游乐区铺设人工草坪,所以专程来龙城看一看,"淘点"中国商品。在一家专门销售儿童设备的商店前,迈哈穆德向来自中国温州的店主陈耀仔细询问人工草坪的情况。安全性、是否容易清理、厚度和价格都是迈哈穆德关注的要素,他说:"我是'中国制造'的忠实粉丝,中国产品物美价廉。

巴林妇女在龙城内选购化妆品。

过去我选购大宗的中国商品都会去阿联酋,既费时还要搭上不少运输费用,现在在家门口就能够买到称心如意的中国商品,实在太方便了,而且价格更实惠!"最后,迈哈穆德与陈耀互相留下了联系方式,达成了初步的购买意向。"没想到开业第一天不到两个小时就基本达成了一笔生意,这真令人惊喜不已。"陈耀说。开业当天,许多巴林人都是一家老幼一起逛龙城,不少人都提着大包小包,在龙城选购到了自己中意的中国产品。

巴林外交大臣哈立德对我说,巴林希望通过龙城项目提高与中国及周边国家的贸易额,打造海湾乃至中东地区新的贸易中心,从而实现巴林经济发展的多元化。

为了能够吸引更多的中国商户入驻龙城,巴林政府提供了非常优惠的政策,如:入驻公司不需要担保人,享受100%的公司所有权;在税收方面,也只有5%的关税,没有营业税、所得税、增值税等。这些利好措施都显示了巴林努力打造中东贸易新中心的决心与气魄。

过去中国中小型民营企业缺乏"走出去"的平台与经验,巴林龙城是继迪拜龙城之后，由中国民营企业开发的又一个海外贸易平台。通过这个平台，民营企业能够"抱团出海"，而不再单打独斗，以项目整体的名义在海外贸易领域寻求所在国的利益最大化。

戚振宏大使说，中国提出的"一带一路"战略构想契合了巴林经济发展需要，随着龙城的开业，会有更多、更好的"中国制造"进入巴林，巴林民众也将因此受益。

其实，从整个地区发展的角度看，巴林龙城不仅会极大地促进中国与巴林、巴林与周边国家的贸易，更主要的是通过这一平台会吸引更多外国人士来巴林投资，龙城所在的迪亚新城未来将建设成一个旅游岛，龙城开业将带动这一地区地产、旅游等方方面面的发展。"海湾明珠"会因此更加璀璨。

巴林龙城外景。

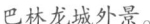

## 小国也有大梦:卡塔尔打造国际航空枢纽

卡塔尔面积不过 1.1 万平方公里,人口也只有 210 余万,但这个依赖石油而富裕起来的小国却有着"野心勃勃的"梦想——打造国际航空枢纽。2014 年 6 月,我前往多哈参加第 70 届国际航空运输协会年会,见证了随着多哈新机场哈马德国际机场的启用,卡塔尔航空不断布局更多海外航点、壮大机队,并日益完善航空服务。卡塔尔正在用自己的努力将梦想照进现实。

打造一流国际航空枢纽机场一直是卡塔尔航空梦想的重要一步。多哈处于联结东西方的地理"节点"上。据统计,全世界有近 20 亿人生活在距离海湾地区 4 小时的飞行距离内,40 亿人生活在距离海湾地区 7 个小时的航程内。越来越多的旅客不再从欧洲转机,而是选择从多哈飞往世界各地,而多哈原有机场无法满足乘客的巨大需求。2005 年,哈马德国际机场正式破土动工,经过近 10 年的建设,2014 年 5 月 27 日全面投入运营,成为卡塔尔新的地标建筑。

哈马德国际机场位于多哈东部,总占地面积达到 29 平方公里,相当于整个多哈面积的三分之一,该机场 60% 的用地是通过在阿拉伯湾填海造陆实现。它是世界上第一座可以起降任何商用机型的机场,新机场配有两条 24 小时运营的跑道,支持飞机同时起降,预计每年可起降客机 36 万架次。

2014 年,哈马德机场年旅客吞吐量为 2400 万人次,而在未来这一数字将达到 5000 万,这意味着该机场每小时就将接待 8700 名乘客,其中绝大多数为中转旅客。有人用"未来的跑道,世界的门户"来形容哈马德国际机场,现在它正逐步将卡塔尔带入国际航空枢纽的角色之中,并已经成为联结亚洲、欧洲与非洲的中心。国际航空运输协会高级官员保罗·斯蒂勒说:"哈马德国际机场将成为一流的世界航空枢纽,卡塔尔在航空业发展中走在了前面。"

除了优越的地理位置，卡塔尔航空所提供的完善服务是卡塔尔打造国际航空枢纽不可或缺的一环。从2011年起，多哈机场已经连续4年荣膺"全球商务最佳服务机场"称号，而卡塔尔航空更是自2000年航空公司星级认证开始以来，多年获得"五星级航空公司"的称号，并成为2013年唯一获此称号的海湾地区航空公司。

优质的服务无疑在航空运输业发展中扮演重要的角色。在接受我采访时，卡塔尔航空多哈机场公关经理克劳斯表示："如果用一个词形容我对多哈新机场的印象，我会选择'便捷'。同一航站楼内，乘客可以轻松完成所有转机手续，而且我们还有电子感应通道，通过指纹和虹膜识别，10秒钟即可完成通关。"为了提升乘客换乘的效率，卡塔尔航空及多哈机场设计了色彩编码管理系统。直达多哈、转机及头等舱和商务舱旅客将会获得不同颜色登机牌套封与行李标签，在航班抵达多哈机场后，乘客可以根据相对应颜色的路线，顺利而快捷地找到自己所要前往的航站楼。

2014年3月3日，卡塔尔航空宣布，将启动"中转多哈、城市之旅"活动。在多哈机场中转符合条件的旅客，将可享受免费的多哈一日游。同时，机场内还有健身房、游泳池、桑拿中心、水疗中心，甚至还有200间客房，这些都足以让来自全球的旅客充分放松身心，精力充沛地开启下一段空中旅程。

在第70届国际航空运输协会年会上，卡塔尔航空公司首席执行官阿克巴·阿尔·巴克表示，卡塔尔航空公司将新购入150架各种型号客机以更换原有旧飞机，并在全球范围内，继续开通更多新航线，不断拓展业务。作为全世界机龄最为年轻的航空公司之一，这一表态的背后无疑显示了卡塔尔航空公司的雄心壮志。

卡塔尔航空是全世界发展最快的航空公司之一。随着对于改善经济结构愿望的深入以及丰厚的"石油美元"的支撑，卡塔尔正在打造属于自己的航空帝国。

阿克巴·阿尔·巴克说："不仅在购入新飞机、开辟新航线上卡塔尔航空公司投入巨大，同时，我们还积极与其他航空公司合作。2013年我们已经加入了航空联盟——寰宇一家，这大大促进了卡塔尔航空的发展；在品牌建设上，卡塔尔航空与巴塞罗那俱乐部签署了战略合作协议，这意味着我们将会更多地登上世界的舞台。"

## "回家之日遥遥无期"

自 2011 年 3 月叙利亚冲突爆发以来,已经过去了 7 年多的时间。联合国难民署发布的数据显示,在联合国难民署正式注册的叙利亚难民超过 500 万人,占叙利亚总人口的近 25%。他们中有 300 万人逃到了土耳其,100 万人逃到了黎巴嫩,在约旦也有超过 65 万的叙利亚难民。

埃及与叙利亚并不接壤,局势也不是非常稳定,但仍有不少叙利亚难民通过各种途径来到这里。在首都开罗附近的十月六日城,有一个特殊的叙利亚人聚居区,这个区域的居民多是在 2011 年叙利亚冲突发生后逃离到此的叙利亚难民,这里因此被开罗当地人称作"叙利亚人街"。

联合国难民署统计称,共有超过 12 万叙利亚难民居住在埃及,不过实际数字可能远比这个要多得多,很多叙利亚难民因为各种原因并没有在难民署的相关机构中进行注册。

55 岁的穆罕默德来自叙利亚阿勒颇,见到我时,他正坐在树荫下和几位朋友乘凉、聊天。冲突爆发前,他在叙利亚老家经营一家小百货店,虽谈不上富有,但日子过得也还平和、殷实,不过战争夺取了他赖以为生的一切,小百货店被炮火摧毁。"没有办法,在叙利亚实在太危险了,谁愿意离开家乡呢?但我们不得不离开",说起这些,穆罕默德的眼中带着无限伤感。2012 年,穆罕默德带着妻子和两个孩子,从叙利亚先前往利比亚,从利比亚穿越茫茫沙漠,抵达开罗。"原本以为冲突会很快结束,所以我们选择了距叙利亚近,文化、语言又相似的埃及,一旦局势稳定我们就能返回家园,可是这么多年过去了,叙利亚的前途依然看不到什么转机,回家之日遥遥无期。"

在穆罕默德的邀请下,我来到了他的家。这是一座并不起眼的街边小楼,外墙像埃及很多贫民区的住宅楼一样并未粉刷。楼道狭窄，身材高大的穆罕默德上下楼梯并不十分方便。走进家门，两个房间一个是孩子住，一个是穆罕默德夫妇居住，屋内只有一些非常简单的陈设，由于生活拮据，除了电风扇，这个位于整栋建筑最高层的房间没有安装空调。开罗的夏天最高气温达40摄氏度以上，难以想象穆罕默德一家如何度过难熬的夏季。"我现在只能在叙利亚朋友开的餐厅打点零工，我原本想开一个小商店，但因为种种原因始终无法实现。两个孩子还要上学，虽然离开叙利亚时带了些钱，但几年来吃、住等一系列的开销让我们的生活的确非常困难，没有钱去买空调，即使买了空调，我们也难以支付电费。"穆罕默德说。

"虽然生活比过去在战争前的叙利亚时要困难很多，但是能够在一个相对稳定的环境中生活就已经是最大的幸福了。在这条街上，我们经常能够听到不幸的消息从叙利亚传来，某某某的朋友被炸死了，某某某的亲戚失去了联系，真主保佑，希望所有的叙利亚人都能够渡过目前的难关，希望我们的国家能快点好起来！"说到这里，穆罕默德眼神中更多的是对未来的期待，而这种期待或许就是支持他在异国他乡坚持生活下去的动力。

谈起自己的生活，穆罕默德的脸上充满无奈。

## 危难时刻，祖国带你回家

2016 年 3 月 26 日，沙特阿拉伯、埃及和约旦等国组成的国际联军发动对也门胡塞武装的军事打击行动。一时间，也门国内炮火密布，硝烟四起，局势骤然紧张。

"26 日凌晨我刚刚写完报告入睡，2 点半空袭开始，在得知相关情况后，我马上请经商参赞与中资企业取得联系，通知企业员工到地下室等安全地点躲避。同时，通知全馆到地下室躲避。当时第一想到的是在也门的中资机构人员、留学生的安全。由于地下室没有手机信号，我们没有进入地下室躲避，而是一直待在地面上完成联络与沟通工作。'以人为本''外交为民'的理念已经深深融入我们驻也门大使馆外交官的血液中，成为我们的本能。"中国驻也门大使田琦在接受我电话专访时如是说。

从 26 日凌晨空袭开始到 30 日中午，一共不到 5 天的时间，也门撤侨工作便基本结束，在"中国速度"的背后是中国外交官的辛勤努力与奉献。

3 月 27 日，位于也门首都萨那的中国驻也门大使馆内忙碌异常。电话声此起彼伏，所有工作人员都是跑步行动。早已经没有了与国内时差的概念，从凌晨到次日凌晨，很多人 30 多个小时没合眼。此时，使馆里的工作人员都在炮火的威胁之下，田琦大使要求所有人在院子里活动时都要戴上头盔。"我们能够看见满街都是扛着 AK47 步枪的军人。"田琦说。

中国驻也门大使馆根据也门逐渐恶化的国内形势，与当地驻也中资机构及人员早就建立了日常联络机制，始终与在也门的中国公民保持密切联系，能够保证在局势发生变化后的第一时间联系在也中国公民。随后，为了能够保证中国公民迅速撤离危险地区，中国驻也门大使馆根据实际情况设计了具体且相对安全的路线，统一集结时间，组成车队，并为每一辆车都进行了编号。通过摸索双方交火的规律，抓住双方停火的宝贵窗口期来进行撤侨。

此次也门撤侨成功的一个重要条件，是也门当局对中方的大力支持。回忆起当时撤侨的经历，田琦感慨地说："第二批从萨那至荷台达撤离过程最为艰险。萨那至荷台达公路长230公里，且多为险峻山路，安全风险较大。为了保障撤离人员的安全，我们特别要求也门政府派出军人及警察跟随车队保护。就这样，42辆中方车辆在也门两辆军车和4辆警车的护送下，一路行驶，安全有序，仅用了4个半小时就顺利抵达荷台达。""从发放军舰进港许可到中方车队顺利及时通过检查站，也方对中方撤侨给予了巨大配合，办事效率非常之高。这体现了使馆平时工作的效果，广交、深交、善交朋友。关键时刻能够找得到人、说得上话、办得成事。"田琦说。

抵达港口后，最担心的状况是"人等舰"或者"舰等人"。"这都是最危险的。要确保撤离人员和军舰同步。军舰靠港，我们的人员集结完毕，这是最完美的状态。为此，使馆在这方面做的沟通协调工作最多。"田琦大使介绍说。

正是由于使馆所做的协调工作充分，海军与使馆的对接可谓达到了"天衣无缝"。据介绍，第一批124名撤离人员，只用了39分钟便登上了"临沂"舰，平均每人仅用时18秒，这其中还要完成大量的人员甄别、行李检查等工作。第二批撤离455人只用了81分钟，平均每人用时不到2秒。

田琦大使对我表示，此次撤侨行动的特点可以用6个字概括：安全、高效、有序。中央果断、高效、科学的决策对撤离行动践行"以人为本""外交为民"的理念提供了根本保障。

谈起此次也门撤侨最大的感慨，时任外交部领事司司长的黄屏说，经历了大大小小十几趟中国在海外公民撤离行动，这一次也门撤侨是最扬眉吐气的一次，"中国护照的含金量不仅在于能让你免签去多少国家，也在于碰到麻烦和危险的时候，祖国能带你回家"。

## "保障每一位同胞的安全"

土耳其当地时间2016年7月15日夜间,战斗机巨大的轰鸣声划破了首都安卡拉和最大城市伊斯坦布尔的夜空,激烈交火所发出的枪声让所有人的神经都紧绷起来:土耳其突发政变!回忆起当日的情形,中国驻土耳其大使馆领事部专门负责领事保护的官员金奇仍心有余悸,"当时枪声近在咫尺,使馆的玻璃因为巨大的爆炸冲击而被震碎,但所有外交官没有慌张,在使馆领导的统一部署下迅速启动应急机制,各部门分工,开展应急处置。我们首先对土耳其局势进行了研判,在第一时间通过微信群向在土华人华侨发出信息,提醒大家保持冷静,注意人身安全,出现问题及时与使领馆联系。"金奇是负责接听24小时领保电话的领事人员,"从15日晚上9点多到16日14点,领保电话完全被打爆了,我一共接听了500多个电话,有的是游客,有的是家属,还有一些在土耳其留学生打来的,听得出,他们当时都非常恐慌,我在电话里不停与他们沟通,舒缓他们的紧张情绪。"连续20多个小时的工作,让金奇几乎无法说话,但他还是不断坚持,尽量多接听几个领保电话。"保障同胞的安全,是我的职责所在。"他说。

在伊斯坦布尔,情形更加危急!近600名中国公民被滞留在伊斯坦布尔国际机场。巨大的战斗机轰鸣声、特警与叛军激战的枪炮声、游客的惊呼声几乎要把候机楼的天花板掀翻,机场大厅一片混乱。中国驻伊斯坦布尔副总领事陈苏在接受我专访时说:"政变发生后,伊斯坦布尔市区的道路被完全封锁,在这种情况下我们一方面积极调拨总领馆储备的水和食物等物资,并发动当地侨领进行食品、饮用水的准备;另一方面,积极与被困人员沟通,提醒他们选择安全地点躲避,千万不要离开候机大厅。第二天清晨,局势开始好转,部分道路解除封锁,但发生零星交火的危险仍然存在,总领馆的工作人员不顾个人安危赶往机场。当时,我们是驻伊斯坦布尔70多家领团中第一个赶到机场的，是第一个也是唯一一个进入候机大厅的。这与总领馆平时的工作密不可分，能够进入候机大厅得到了机场警察局局长的帮助，关键时刻我们能够找得到人、说得上话！"陈苏说："当我们第一个进入机场候机楼时，我们大声说道：'中国人可以来领取水和食物！'在当时各国游客都被困在机场的情况下，这句简单的话语体现了中国外交的真正实力，在场许多中国人热泪盈眶，说实话，当时我自己都差点流下泪水。"

中国驻伊斯坦布尔总领馆领事部主任章彦说："陈苏代总领事、钟洪糯副总领事等轮流率小组来机场24小时护侨。当时我们一进入候机厅，中国游客就把我们紧紧围住。我们携带了500多瓶矿泉水和饼干，很多同胞在经历了一夜的恐惧后，见到祖国的领事官员，就像见到亲人一样激动。虽然只有一瓶水和饼干，但在当时那种危险的情况下意义绝对不同。"总领馆工作人员一连三天轮流赶往伊斯坦布尔机场，安抚中国游客，为他们提供必要帮助。

中国驻伊斯坦布尔总领馆政治处主任李春亮是一位土耳其语干部，在协助被困中国游客时，他利用语言上的优势积极与土耳其方面沟通，协调航班安排、办理登机手续等事宜，保障了中国同胞迅速、安全地离开土耳其。

微博网友"loveyierlove"在土耳其政变发生时正在伊斯坦布尔机场准备转机回国。她在微博中写道："我们在危难里坚定相信的祖国正是我们所有被滞人员的希望啊……正是因为我们身为中国人，因为中国强，我们可以自豪地说，我有家，想回家。"短短几天内，这条微博便被转发3万余次、收获3万多网友点赞。

中国驻伊斯坦布尔现任总领事钱波对我说："在此次领事保护事件中，总领事馆党委高度重视，在外交部有关领导和部门的直接关心和指导下，临危不乱，处变不惊，积极协调各方力量，为我中国公民提供帮助，保障每一位同胞的安全，很好地维护了华人华侨的利益。没有一位中国公民在此次未遂政变中伤亡。"

# 第二章 "一千零一夜"的思考

「小金人」与「政治」

埃及大饼的「政治经济学」

「电力危机」的政治发酵

穆巴拉克被判无罪令埃及革命重回原点?

中埃关系迎来历史上最好发展时期

穆尔西判刑背后的政治博弈

528个死刑,为穆兄会陪斩

埃及在困境中寻求经济振兴

历史的魔力

埃尔多安的反恐盘算

未遂政变折射埃尔多安困局

西方积极寻求与土耳其关系转圜

谋求建立安全区凸显土耳其地区政治野心

西方「破而不立」加剧中东动荡

「黄金国」的安全困境

中东「安全绿洲」不再安全

利比亚政治重建进程路途漫漫

大国角力,叙利亚局势更加复杂

从阿萨德的感激说起

美国中东政策转向难见成效

「死亡之城」何时能够重现生机?

## "小金人"与"政治"

横扫金球奖等多项大奖后,《逃离德黑兰》夺得2013年奥斯卡最佳影片奖,导演兼主演本·阿弗莱克和他的这部作品赚足了人们的眼球。

影片的情节并不复杂,如果用一句话概括,就是"再现了中情局如何依靠一部假冒电影将美国人质带离德黑兰的故事"。观影过程中,尽管观众普遍预测到6名美国外交人员一定会安全离开德黑兰,但还是会随着剧情的发展为6人的命运捏一把汗。艺术的表现手法,紧张刺激的情节,演员的出色表演,自然是这部电影勇夺"小金人"的原因,但"政治"永远不会在奥斯卡奖评选中缺席。

《逃离德黑兰》很好地迎合了人们对于伊朗和中东的关注。几十年来,美国与中东矛盾重重。随着美国在"全球巴尔干"的不断介入,奥斯卡奖也越来越关注这一地区,从《拆弹部队》到《一次别离》,再到现在的《逃离德黑兰》,美国人一次又一次通过电影聚焦大中东。从这一点来说,最开始的内容选择就奠定了《逃离德黑兰》强烈的公共关注度与广泛的观众基础。

《逃离德黑兰》是一部展现美式个人英雄主义的"教育片"。由于担心任务失败使美国政府蒙羞,华盛顿突然中止了营救计划。关键时刻,男主角托尼·门德斯决定违反命令,凭一己之力带6位同胞回家,逼迫美国政府按原计划行动,美国个人英雄主义价值观由此表现得淋漓尽致。据统计,奥斯卡奖评委一半多年龄超过60岁,90%以上是白人,70%以上是男性,他们是美国主流文化的代言人。《逃离德黑兰》高擎个人英雄主义大旗,获得评委会青睐并不令人意外。

《逃离德黑兰》电影中,6名美国外交人员得以安全返回,可谓是"大团圆"结局。但在片末,电影有这样一句台词:"历史总以闹剧开场,以悲剧收尾。"有分析认为,这一耐人寻味的感叹是影片的另一亮点,体现了电影对美国大中东政策的反思。回首过去的 10 多年,西亚北非局势可谓一个"乱"字,从阿富汗战争到伊拉克战争,再到"阿拉伯之春"和叙利亚内战,数万平民失去生命,上百万人流离失所,美式民主制度的推广没有结出丰硕果实,却令许多国家饱尝动荡苦果。同时,美国也付出了数千士兵阵亡的代价。

《逃离德黑兰》的获奖并非偶然,在"小金人"的光芒下,电影与政治再度联姻。

# 埃及大饼的"政治经济学"

在埃及生活，有一种食物是一定会接触到的，那就是"大饼"。埃及大饼的品种很多，最常见的是一种比手掌稍微大一些的"黑大饼"。这种大饼用混合面制成，价格十分低廉，通常1埃及镑（约合人民币0.8元）可以购买到8到10张这样的大饼。吃饭时间在开罗街头漫步，时常能够见到人们三五成群地聚在一起咀嚼着大饼。大饼已经成为埃及的一种"饮食文化"，另外，大饼的作用可不只如此，它有着自己的"政治经济学"。

据统计，埃及是世界上最大的小麦进口国，每年进口小麦达到1000万吨。在这样的背景下，埃及大饼售价如此便宜且数十年来价格几乎不变的秘诀在于政府对此给予了大量补贴。仅此一项补贴，埃及政府每年就要花费30亿美元的外汇储备。其实，从穆巴拉克时代起，埃及政府每年都花费巨资补贴粮食、水、电和汽油。

埃及40%的人口每天收入不到2美元，大饼是他们主要依赖的食物，正是这种补贴制度保证了埃及贫民的基本生活和生存需要，维护了埃及社会的基本稳定。但正如英国著名政治经济学家大卫·哈维所说："这并不能解决它的危机趋势，而只能把这些危机转移出去。"随着人口毫无节制地增长，这一政策在现实中日益面临尴尬的境地。

1981年穆巴拉克刚刚上台时，埃及人口只有3000多万，到2017年这一数字已接近1亿，同时学者们普遍认为尚有很多人未进行出生登记，实际人口已是30年前的3倍。从本质上来说，埃及现在面临的矛盾是社会的基本生存总需求与社会可分配的财富之间的矛盾。以大饼为代表的补贴制度，在这种矛盾尚未完全激化时，尚可以起到社会稳定器的作用，但随着人口的不断增长，生存的基本需求不断扩张，而社会可用于分配的财富并未明显增加，这时的大饼扮演的可能是动荡助推器的角色了，任何一点"风吹草动"便会造成社会的大波动。

有人曾做过粗略的统计，每年埃及政府支出的四分之一被用来进行生活必需品的补贴，这不仅导致埃及外汇的大幅流失，而且对经济发展无益，另一方面，任何试图削减这种补贴的做法都会遭到埃及民众的极大反对：为了获得国际货币基金组织一笔48亿美元的贷款，埃及政府曾应国际货币基金组织的要求，着手减少对大饼、液化气和汽油的补贴，但此举一出，埃及全国发生大规模抗议，不少人在冲突中丧生，最终，政府只得向民众低头，收回成命。我曾与不止一位埃及朋友交流他们对食物、汽油涨价的看法，他们总是说："一旦这成为现实，更多的人会走上街头，无数的汽车会直接停在马路中间，即使是为了国家，人们也不愿放弃那一点属于自己的利益。"看来，以大饼为代表的补贴制度真正进入了进退维谷的境地。

有人说，埃及的革命就是一场"大饼引发的血案"，穆巴拉克之所以从曾经的民族英雄变为阶下囚就是因为没有将埃及的经济搞好，同样，这种难以自拔的"大饼困境"也困住了踌躇满志的穆尔西，他的下台除了意识形态的因素外，大饼补贴政策的失误也无疑是重要原因之一。苏联著名作家高尔基曾说："政治是经济的女儿。"没有将"经济"照顾好，她怎会生出漂亮的女儿？

稳定器还是催化剂？埃及大饼在这两者不太清晰的分野中存在着，等待着埃及经济的复苏抑或是下一场革命的到来，这或许就是埃及大饼的"政治经济学"吧。

一名埃及妇人正在制作大饼。

## "电力危机"的政治发酵

每天停电五六次,这在2014年的开罗是常事。埃及人的生活由此不时呈现种种尴尬:炎炎夏日,人们在餐馆里大快朵颐,空调突然停机,房间很快变得闷热不堪;大楼内,电梯突然停运,乘客困在其中,奈何不得……尽管埃及人似乎对停电习以为常,但长期积压下来的民怨一旦爆发,结果就是致命的。

埃及媒体分析称,穆尔西下台与埃及停电有一定关联。2013年夏天,开罗的居民遇到了一次停电高峰,漫漫长夜里没有照明和制冷,难免让人抓狂。有心理学家称,停电不只造成生活不便,更会对人的心理产生潜移默化的影响,不满、悲观情绪在黑暗中不断被放大,成为"街头政治"的发酵剂。埃及民众终因无法忍受停电走上街头抗议,游行者举着"我不交电费"的牌子挡在路中央。在夹杂着多种因素的抗议浪潮中,穆尔西这位曾为停电道歉、自己家里也停电的总统被罢免。

我的埃及好友穆罕默德是埃及现任总统塞西的粉丝,他曾胸有成竹地说:"支持塞西的理由千千万,至少塞西当选,停电会减少吧。"可遗憾的是,埃及的停电问题并非更换一位领导人便可解决,它背后牵扯的实际上是一项综合性的国家治理工程,其中涉及经济发展、补贴制度、基础设施建设、社会稳定、市政管理等方方面面的因素。一个环节出现问题,停电就会继续。

经济困难,是埃及治理停电力不从心的主要原因。埃及《每日新闻》分析,2014年夏开罗的大规模停电与埃及能源紧张、电力设备得不到维护更新、政府开支不足有直接关系,归根到底还是"差钱"。埃及发电严重依赖天然气,一方面要进口相当一部分天然气,另一方面又要对电价实施补贴。统计显示,若埃及希望在夏季实现全天不停电,政府需要每天投入2.3亿埃镑(约合2亿元人民币),这对自2011年起就深处动荡、经济停滞不前的埃及来说几乎是一笔无法支付的开销，而且埃及国内的电力设施还受到极端组织破坏 300 余次，因此"电力危机"已是冰冻三尺的事情。

经济基础决定上层建筑，切断社会动荡的"电源"须在经济发展上下功夫。塞西就任总统以来，在提速埃及经济方面举措频频：首先，改革补贴政策，减轻政府的财政负担，使政府支出更合理，例如将能源补贴从 1040 亿埃镑减少为 1002 亿埃镑，将电力补贴从 330 亿埃镑减少至 272 亿埃镑；其次，增加对高收入人群的税收，通过调整财产分配方式增加财政收入；最后，通过重点工程拉动内需与就业，开展具有战略意义的长期建设，如苏伊士运河项目、上埃及金三角项目等，都是为埃及未来发展奠基。

发展需要稳定。埃及已经忍受了多年的混乱与无序，人心在思变与思定之间不断徘徊。虽然依旧面临重重困难，但弥漫在埃及社会浓厚的反思情绪与对发展的渴望，或许恰恰是这个国家的希望所在。

# 穆巴拉克被判无罪令埃及革命重回原点？

2014年11月29日，埃及开罗刑事法院裁定，86岁的埃及前总统穆巴拉克2011年下令枪杀示威者的谋杀罪名不成立，当庭宣布驳回对穆巴拉克的指控，至此，这场"世纪审判"基本柳暗花明。这一"惊人的大逆转"令不少媒体高呼埃及"革命"重回原点。那问题便来了，穆巴拉克被判无罪真的令埃及"革命"重回原点了吗？

首先，从近代埃及的政治发展史说，60余年来，埃及政治的"原点"其实从未发生过根本改变，一方是以军方为代表的处于权力中心的世俗统治精英，而另一方则是处于政治边缘地带的伊斯兰反对派，两者间的折冲构成了埃及的基本政治逻辑，也形成了世俗威权与政治伊斯兰势力非此即彼的二元政治结构。埃及的6位正式总统中，有5位具有军方背景，虽然"革命"后民选的穆尔西总统出身平民，表面看穆斯林兄弟会走入了政权的核心，但整个军方在统治集团内部一直占据绝对优势，"枪杆子"从未大权旁落。所谓的"革命"只是革掉了一位统治者的命，而国家的治理方式并未发生根本的变化。逻辑还是那个逻辑，结构也依然是原来的结构。根本未从原点起步，何谈回到原点？

其次，虽有零星冲突，但"穆巴拉克无罪"并未如"阿拉伯之春"般激起民众的"革命热情"：解放广场也仅有千余人聚集，不复曾经百万人大游行的盛况。退一步说，如果"革命"真的给埃及的政治设定了一个新的"原点"的话，以政治发展的眼光看，整个埃及的政治进程在经历了2014年宪法公投及总统选举后，不仅没有回到"原点"，反而不断向前推进。我的好友、埃及《共和国报》资深记者法乌兹的观点代表了大多数埃及人的想法："目前的埃及已经经不起大的折腾，整个国家的主流民意是希望稳定，只有极少数人还热衷参加街头运动，而且

虽然"革命"已经过去多年，但穆巴拉克仍潜移默化地影响着埃及。在开罗街头，一辆布满灰尘的汽车上放置着一张穆巴拉克的肖像。

军方也表现出较强硬的姿态，埃及未来的局势基本不会发生大的动荡，现在国家的重点应该是如何建设一个新的埃及，而不是发泄自己的不满，这对整个国家的发展无益。"虽然埃及人现在可能尚未找到建设一个"新国家"的方法，但他们也不会如几年前那样轻易地砸掉一个"旧国家"。对于现任总统塞西，人们更多地抱有的是对他重振埃及大国地位的希望，而不是抱怨与牢骚。

"穆巴拉克无罪"只是埃及发展进程中一个非常微小的插曲，媒体刻意放大了它的意义。虽然对于此次审判"合法性"及关于穆巴拉克是非功过的争论一定还会继续，但其实他有罪无罪都并不重要，重要的是更多的埃及人愿意活在当下、活在未来，而不仅仅沉迷过去。政局逐渐稳定、经济增长加快，这些都令我们对这个古老国度的未来有着更多的期待与憧憬。

# 中埃关系迎来历史上最好发展时期

1956年，中国与埃及建交，埃及成为首个承认新中国的非洲和阿拉伯国家。2016年，中埃建交迎来60周年，中国国家主席2016年的首次出访便造访埃及，中埃关系迎来历史上最好的发展时期。

在埃及苏伊士省广袤的沙漠里，一座现代化产业新城在拔地而起，这座新城就是2008年启动建设的中埃苏伊士经贸合作区，2015年，时任埃及总理易卜拉欣·马赫莱卜称赞这里为"中埃合作之城"。

埃及在铁路、航空、新能源领域积极谋求与中国的合作，并希望借助"一带一路"的实施，为埃及创造更多的合作机会，实现中埃两国产业的优势互补与对接。特别值得注意的是，"一带一路"战略与埃及正在推进的"苏伊士运河走廊"规划有着战略目标和发展理念的诸多契合之处。"一带一路"战略正在成为中埃经济合作的重要纽带。

根据埃及政府规划，2015年新苏伊士运河正式开通后，将在苏伊士运河地区推进港口的升级改造，进行桥梁、道路等一系列基础设施建设，兴建一批产业带和工业园。未来，新苏伊士运河不仅将在全球航运发展中占据一席之地，还将在吸引外国投资，推进地区产业升级方面发挥积极影响，这对于中国来说将是重要机遇。

负责中埃苏伊士经贸区运营管理的埃及泰达投资公司执行董事魏建青认为，中埃苏伊士经贸合作区紧邻世界航运枢纽苏伊士运河，距离埃及第三大港口苏哈那港仅两公里。因此这里不仅是"丝绸之路经济带"和"21世纪海上丝绸之路"的交会点，也是中埃双方所分别提出的"一带一路"倡议与"苏伊士运河走廊"规划的黄金契合点，是真正的中埃经贸合作的"桥头堡"。

魏建青的观点并不夸张。截至2014年年底，起步区1.34平方公里已全部建成，吸引入驻企业62家，累计投资超过9亿美元。扩展区6平方公里也全面启动，广州大运摩托、中国玻璃、英利太阳能、渤海石油等大型企业已经签署了入驻协议，未来经贸区将全力打造"中埃产能合作第一城"！

埃及苏伊士省省长艾哈迈德·哈勒米认为，中埃苏伊士经贸区是促进埃中合作的代表，体现了埃中人民谋求发展与合作的共同意志。在埃中两国政府和企业家的努力下，苏伊士经贸区的未来一定更加美好！

苏伊士经贸区6平方公里扩展区建设项目埃方监理穆罕默德·哈桑说："中国是埃及的第一合作伙伴！中国企业带来的先进技术和管理经验将有力推动埃及经济发展，埃及愿意向中国学习发展经验，分享合作成果！"

来自中国海关的数据显示，2015年，中埃两国双边贸易额达到129亿美元，再创历史新高，中国继续为埃及第一大贸易伙伴。

中埃经贸关系的飞速发展离不开双方政治关系的稳固提升。自1956年5月30日中埃建交以来，双边政治关系密切，高层互动频繁。2014年6月，塞西就任埃及总统后，高度重视发展对华关系，他首次访问阿拉伯世界以外的第一个亚洲国家便是中国。塞西在2014年12月访华期间与习近平主席共同签署了《中埃关于建立全面战略伙伴关系的联合声明》，使得中埃合作的政治基础更加坚实。有媒体分析称，塞西总统首次访华"开启中埃关系新时代"，而习近平主席访问埃及更是"中埃关系发展史上新的里程碑"。

在文化领域，埃及兴起"中国热"，文化交流方兴未艾。虽然中国与埃及远隔万里，但埃及处处涌动着对于了解中国的渴望。早在1957年，艾因·夏姆斯大学语言学院开设中文班，首开埃及汉语教学先河。此后，埃及爱资哈尔大学、开罗大学、苏伊士运河大学等10所大学相继开设了中文系。2008年，开罗大学和苏伊士运河大学孔子学院成立。2015年，海外第一座通过卫星电视形式教授汉语的孔子课堂正式落户埃及，它面向22个阿拉伯国家的亿万观众，受众群之庞大，前所未有。

行走在开罗街头，几乎随时都能够听到"你好"的问候声，"国之交，在民相亲"，"中国热""汉语热"让中埃两个文明古国的距离不再遥远。2016年，中埃互办文化年，中国在开罗、卢克索、阿斯旺等地陆续举办了近40项文化活动，

虽然中国与埃及远隔万里,但埃及处处涌动着"中国热"。在埃及首都开罗的中国图书展销会上,两位当地学生合影留念。

这些活动贯穿全年,向埃及人民介绍中国传统文化的传承与发展,以及当代文化建设成就。

　　正如时任埃及文化部部长赫尔米·纳木纳所说,2016中埃文化年对中埃两国深化全面战略伙伴关系、进一步增进两国人民间了解与友谊、促进两大文明交流互鉴具有重要意义。

## 穆尔西判刑背后的政治博弈

2016年10月22日，埃及最高法院做出终审判决，前总统穆尔西因在2012年总统府外的抗议示威活动中"非法拘禁并暴力镇压示威者"，被判20年有期徒刑。这是埃及最高法院首次对穆尔西所涉案件做出终审判决。2012年12月4日，数万名埃及民众在总统府外示威游行，要求穆尔西撤销当年11月下旬发布的新宪法声明并推迟新宪法草案公投，还有人要求穆尔西下台。随后，穆尔西支持者与反对者爆发大规模冲突，造成10人死亡，超过700人受伤。

此前，穆尔西还因越狱、间谍行为等三项指控被判处死刑和无期徒刑，不过目前穆尔西对这些判决都进行了上诉。埃及最高法院未来也将对这些上诉做出终审裁定。

2012年6月30日，穆尔西在埃及最高宪法法院宣誓就职，借助"阿拉伯之春"的东风成了埃及历史上首位真正的民选总统。然而好景不长，担任总统刚刚满一年的穆尔西在2013年7月3日遭到埃及军方罢黜，从"堂上郎"一夜之间沦为"阶下囚"，此后3年多的时间里，围绕在这位前总统身边的就是不断的审判、裁决、上诉，穆尔西案陷入了永无尽头的循环之中。对舆论来说，早已对审判穆尔西麻木。我还记得2014年初到埃及时，穆尔西审判期间开罗主要街道上如临大敌的气氛，现在又有谁真正关心这位顶着"民选"光环的前总统的命运？其实，穆尔西的最后归宿，早已跳脱了法律范畴，而是取决于埃及政府、军方和穆斯林兄弟会（穆兄会）等各方力量政治博弈的结果。对于埃及官方来说，穆尔西目前的意义可能最多的就是集中在"政治消费"这个层面上，在需要他露面的时候让他再次聚焦在镁光灯下，或是为了震慑，或是为了安抚，抑或是两者兼而有之。曾经也算是叱咤风云的政治人物，现在却沦为别人手中的一枚棋子，不禁让人唏嘘不已。

  对于此次终审判决，《纽约时报》的分析认为，这表明了埃及现任总统塞西及其领导的埃及政府打击穆兄会的决心。受到全球经济增长放缓的影响，埃及经济正在经受前所未有的压力，侨汇、旅游和苏伊士运河通行收入等几大经济支柱都已风光不再，外汇短缺、失业率高企、经济增长乏力、物价飞涨已经成为社会的不稳定因素。虽然穆兄会在2013年就已经被埃及政府列为恐怖组织，其组织网络和主要领导人都被破坏和逮捕殆尽，但是作为一个有着80多年历史、影响力遍布整个中东甚至全球穆斯林世界的组织来说，其能量仍然不容小觑。在历史上，穆兄会也曾多次遭到打压，但依然具有顽强的生命力。另一方面，埃及社会对于穆兄会也始终有同情的声音，加之目前塞西政府在处理经济问题上束手无策，使得人民对其质疑声音也开始逐渐放大。因此，此次判决的意义更多是政治层面，而非一次单纯的法律判决，"敲山震虎"的意味非常明显。借助法律的"威力"来震慑穆兄会势力，埃及政府试图用这种方式让穆兄会彻底打消与政府或军方对抗的念头，以便更好地腾出手，处理更加棘手的经济发展与反恐等议题。

  与其说此时审判穆尔西，不如说埃及官方在消费穆兄会的负面形象。自从军方掌权以来，一直将穆兄会塑造成"腐败无能"和"与外国敌对势力串联勾结"的反动形象。在一定程度上说，埃及政府希望通过"革命""爱国"等话题来转移民众对政府的不满。

  同时值得注意的是，此次"非法拘禁并暴力镇压示威者"的终审判决在量刑上并没有采取更为极端的"死刑"。也在一定程度上反映出，埃及政府希望传达出的安抚之意。虽然埃及政府暂时没有打算将穆兄会重新纳入现有的政治轨道，但是目前的埃及政治局势最需要的，是团结一致渡过可能再次引发政治危机的经济困境，而不是再次人为地撕裂社会，造成政治立场上更大的分裂。

  穆尔西审判案只是埃及政治博弈中的一个小环节，但它却又是一个关键部分，如何在"后穆尔西时代"处理穆尔西，考验着涉事各方的政治智慧，其中的重要意义不言而喻。

# 528个死刑,为穆兄会陪斩

2014年3月24日,埃及明亚省刑事法院判处528名穆斯林兄弟会(穆兄会)成员及其支持者死刑,他们被控在2013年夏天的暴力示威中杀害警察局一名副局长并企图杀死另外两名警察、攻击公共设施、抢夺武器、破坏公共秩序等。

被判死刑的这528人,只是此次遭起诉的1200多名穆兄会成员及其支持者中的一部分,还有683名穆兄会成员及其支持者仍在审理进程中,其中包括穆兄会一号人物、最高决策机构指导局主席穆罕默德·巴迪亚。不论还有多少人被判死刑,此次审判都称得上是埃及历史上死刑人数最多的一起案件,可谓一次"空前大审判"。

## "没有交锋"的审判

埃及是全世界尚未废除死刑的40个国家之一。从2010年至2012年,埃及共判处342人死刑。那些被执行死刑的罪犯,罪名主要是从事暴力活动。

这一次判处几百人死刑,如此的"空前大审判"自然也引起了埃及国内外的广泛关注和巨大争议。

穆兄会新闻发言人阿卜杜拉·哈达德表示,此次判决表明"埃及现在已经是一个独裁政权"。3月25日,联合国秘书长副发言人哈克表示,联合国人权事务高级专员办事处对埃及500多人被判处死刑表示震惊,认为这违反了国际人权法。美国国务院副发言人玛丽·哈夫对此发表评论称"这一判决缺乏逻辑"。欧盟外交和安全政策高级代表凯瑟琳·阿什顿呼吁埃及当局给予被告"接受公平和及时审判的权利"。

有国际媒体认为,从3月22日开审到24日做出判决,仅仅用了两天时间。

在如此短暂的时间内判处 500 余人死刑,这是引起争议的原因之一。

一位参与为被告辩护的律师抱怨说,两天内就做出了判决,这让他们"根本没有机会进行辩护"。一名被告的亲属表示:"这场审判仅仅是走个过场,法官没有听取任何律师或者目击者的证词,甚至被告都没有出现在法庭上。"

据悉,法庭在审理此案期间,就曾遭到辩护律师们的抗议。律师团要求更换法官和陪审团,希望由"没有偏见"的法官主持此次庭审,但他们的要求遭到法院的拒绝。

有被告家属指出,在审判过程中,公诉人与辩护律师及被告之间几乎没有任何交锋。但埃及司法部新闻办公室主任阿什里强调,此次审判完全符合埃及法律。他表示,"埃及坚持分权与司法独立原则,在这一案件中行政机关并未进行干涉,完全符合法律程序"。他还说,这只是初审而并非最终判决,被告有权对此判决进行申诉。

面对各方的质疑,埃及外交部表示:"埃及司法完全独立,并不受到行政部门的任何干预,此次判决是由法庭深思熟虑后独立做出的判决。"

## 穆兄会最高领导人缺席审判

在这次 1200 余名受审者中,穆兄会领导人巴迪亚最受瞩目。此前,他一直被相关媒体称为"穆尔西背后的人",意指其可以"操控"埃及前总统穆尔西,有人甚至大胆猜测,他或许曾经是埃及国家大事的真正决策者。

1943 年,巴迪亚出生于埃及工业城市马哈拉。他 22 岁大学毕业,获得兽医学学位。同年,巴迪亚因参与穆兄会的活动而第一次被捕,并被埃及军事法庭判处 15 年监禁。1974 年,埃及政治强人萨达特当选总统,巴迪亚与其他穆兄会成员一起被假释出狱。随后,他继续自己的兽医学研究,并在埃及多所高校任教。

其间,巴迪亚先后在马哈拉、贝尼苏韦夫等城市的穆兄会分支机构参与活动。1993 年,在积累了 20 年基层经验之后,巴迪亚进入了穆兄会的核心权力机构——指导局。2010 年,巴迪亚当选穆兄会指导局主席,成为埃及穆兄会历史中的第 8 位领导者。有人这样评价巴迪亚:"他走的是一条典型的穆兄会高级领导人成长之路:大学时被招募,坐过多年监狱,在地方历练数年,然后进入核心权力层。"

2013 年 7 月,穆尔西被解除总统职务后,穆兄会及其支持者不断发起抗议示威活动，并造成多次流血事件。作为穆兄会头号人物的巴迪亚，自然成为埃及当局的"眼中钉"。2013年7月10日，埃及检方对巴迪亚发出逮捕令，指控其涉嫌煽动谋杀反穆尔西的示威者、扰乱公共秩序。

此后，巴迪亚多次号召穆兄会支持者"用鲜血捍卫穆尔西总统的合法性"。2013年8月16日，巴迪亚38岁的儿子阿玛尔在开罗拉美西斯广场附近的冲突中中弹身亡。8月20日，埃及当局宣布，巴迪亚被警方逮捕。

但在2014年3月25日的庭审中，巴迪亚并没有出现在法庭现场，埃及官方给出的原因是"出于安全考虑"。

## 死刑或为敲山震虎

3月30日，即528个穆兄会成员及其支持者被判处死刑后的第六天，埃及总统选举工作正式拉开了帷幕。

埃及政治分析人士塔里克认为，穆兄会在去年12月被埃及政府定性为"恐怖组织"并遭取缔，此次审判又恰在埃及大选开始前，这表明埃及政府希望通过这次审判发出一个强烈信号，即"任何企图破坏埃及稳定的行为和个人都将受到严惩"，以此来保障总统大选的顺利进行。

开罗美国大学政治社会学教授赛义德·萨迪克表示，这一判决的"威力"

以穆尔西为代表的穆兄会势力在埃及早已风光不再。一张穆尔西曾经的总统竞选海报被人涂刻得面目全非，这从一个侧面反映了埃及民众的态度。

在于震慑穆兄会势力，而非法律效力。当局试图用这种方式让穆兄会彻底打消与政府或军方对抗的念头。穆兄会的领导成员之一，同时也是此次辩护律师团成员的穆罕默德·图森也表示，"被告中只有22名穆兄会成员"，"判决的结果只是为了恐吓穆兄会"。

528名"死刑犯"已被告知，此次判决为初审判决，明亚省刑事法院允许他们就此判决进行上诉。同时，根据埃及法律规定，死刑被告人的卷宗及宣判书将会转交到埃及大穆夫提办公室，由穆夫提进行核准，最终决定批准或拒绝。"穆夫提"是伊斯兰教的一种教职，即教法说明官，主要负责咨询与告诫，在法官审理案件时，遇到各种重大问题都需要向穆夫提通报案情，征询意见，虽然穆夫提所提意见并无强制性，但将作为最终判决的依据。

有观察人士分析指出，考虑到这些法律程序以及来自埃及国内、国际社会的压力与质疑，法院很可能对此案进行重审并修改判决，最终裁决或许与此次初审结果相去甚远。此次大审判敲山震虎的意味可能大于判决本身。

另一方面，埃及当局如果处理不好这场"空前大审判"，极有可能引发穆兄会成员及其支持者新一波抗议浪潮，使埃及的动荡局势雪上加霜，不仅无法弥合分歧反而使社会和解进程停滞，甚至倒退。

# 埃及在困境中寻求经济振兴

作为中东地区大国,埃及经济自 2011 年政局动荡以来大幅下挫,增速一度降至 2%。近几年,在全球经济一片低迷的大背景下,埃及也面临失业率高涨、外汇储备紧张、经济增长乏力等困难。不过,此间分析人士认为,虽然埃及经济面临重重挑战,但较为稳定的社会秩序为经济前景持续向好提供了基础。目前,埃及政府正在通过调整汇率、促进旅游业恢复和加强国际经贸合作等途径提振经济,重拾外界对埃及的信心。

## 稳信心促发展,实行更灵活的汇率政策

2016 年 3 月中旬,埃及中央银行宣布实行更为灵活的汇率政策,埃镑对美元汇率随后大幅下跌 13%,从 7.73∶1 跌至 8.85∶1。埃及央行在声明中表示,此次调整将"力争解决汇率体系的扭曲局面,恢复埃及国内汇率体系平衡和外汇在银行体系内的流通秩序"。

埃及央行的这一举措受到埃及股市的积极回应。埃及证券交易所基准股指收盘一度上涨超过 6%。

埃及央行此举有利于重新平衡外汇市场。自 2011 年以来,政局动荡和经济不景气导致埃镑持续贬值,非官方市场价格与官方汇率间差距明显。埃镑贬值使得埃及物价出现显著上涨,造成新的社会不稳定因素。为此,埃及政府动用大量外汇储备力图支撑埃镑与美元的汇率,但这一做法不仅收效甚微,还消耗了大量外汇储备。数据显示,埃及外汇储备从 2011 年年初的约 360 亿美元下降至 2016 年 3 月的约 165 亿美元,降幅超过 50%。这种状况使得埃及官方决定减小埃镑对美元官方汇率与非官方市场价格间的差距。

埃及世界商会总经理哈立德·穆斯塔法认为，通过埃镑贬值减少官方汇率与非官方市场价格差距，对于缓解当前埃及面临的外汇短缺等经济压力能够发挥积极作用。同时，埃及央行通过调节汇率增强银行系统的平衡与稳定，避免未来埃镑出现不可控的局面，从一定程度上也会增强投资者的信心，有利于经济发展。哈立德·穆斯塔法同时指出，通过金融手段进行汇率干预，在一定时期内会对经济产生积极影响，但"造血"才是经济发展的根本，未来埃及还应该采取多重手段提升外汇储备，避免一再陷入外汇紧张窘境。

### 低迷中再发力，重塑旅游业"金字招牌"

埃及悠久的历史与独特的自然环境造就了丰富的旅游资源。旅游业也成为埃及国民经济的支柱产业之一，对国内生产总值的贡献率超过10%。从事旅游业的埃及人占全国劳动人口的12.6%。但在经历"阿拉伯之春"带来的持续低迷后，多发的恐怖袭击令埃及旅游业雪上加霜。目前，埃及政府正致力于重振旅游业，希望将其恢复到在国民经济中应有的地位，到2020年使旅游收入达到260亿美元。为此，埃及采取多种具体措施，打造旅游业这一"金字招牌"。

首先，针对重点旅游景点加强安保工作，让游客玩得放心。为防止可能出现的极端事态，埃及政府在主要景点部署荷枪实弹的旅游警察。在去往埃及南部旅游城市阿斯旺与卢克索的途中，甚至有警察车队护送游客。

其次，埃及官方在多个国家举办旅游推介会，宣传旅游特色，帮助更多游客了解埃及。特别值得注意的是，目前，中国已经成为埃及的主要游客来源地之一。时任埃及旅游部长希沙姆·扎祖表示，由于2015年埃及与中国开通旅游包机，中国前往埃及的游客数量大幅增长，达到13.5万人次，比2014年增加了一倍以上。俄罗斯也是赴埃旅游重要客源地。为吸引俄罗斯游客，埃及积极宣介埃俄航空线路，并大力发展旅游包机，打造便捷、舒适的旅游体验。因俄罗斯客机坠机事件受影响的埃俄航空线路也将重开。

### 加强中埃贸易，从"一带一路"中觅先机

自2014年6月就任以来，埃及总统塞西足迹遍布欧洲、美洲和亚洲。除了寻求加深与沙特、卡塔尔等海湾国家传统的经济合作外，也将目光投向更为遥远

的中国。埃及与中国建立了"全面战略伙伴关系",并依托其"一带一路"重要支点的优势,积极参与"一带一路"建设和产能合作。

2016年1月,中国国家主席习近平访问埃及更是将中埃合作提升到了一个新的层次。此次访问期间,中埃共签署涉及经贸、能源、金融、通信、航空航天、气候变化等诸多领域的21项合作文件,大大拓展了务实合作的广度和深度。

中国驻埃及使馆经商参处公使衔商务参赞韩兵在接受我采访时表示,埃及近年推出的一系列国家战略大项目,与中国"一带一路"倡议能形成有效对接,埃及苏伊士运河走廊开发、新首都建设以及卢克索向西到红海的"金三角"矿产项目等都蕴藏着巨大的投资机会,中埃在经贸合作领域充满机遇。

中埃苏伊士经贸合作区一期1.34平方公里已经完成建设,数十家入驻企业为当地创造2000多个就业岗位。中埃两国领导人共同揭牌的合作区二期项目,将会见证更多的中埃合作,预计未来合作区将吸引100家中国公司,吸收投资25亿美元,成为以出口加工、先进制造、现代仓储物流为主导的综合性自由型经济区,吸引各国企业集群发展。埃及正通过与中国发展紧密的经贸合作关系,挖掘经济增长新潜力。

中埃苏伊士经贸合作区外景。

# 历史的魔力

2014年4月，时任土耳其总理埃尔多安发表声明，历史上首次就奥斯曼帝国统治时期的"亚美尼亚事件"，向亚美尼亚人民表示哀悼。所谓"亚美尼亚事件"是指第一次世界大战期间，奥斯曼帝国因担心其统治下的亚美尼亚人叛乱，遂大量屠杀亚美尼亚人。据统计，在1915年至1917年之间，共有150万亚美尼亚人被奥斯曼帝国杀害，另有数十万人被迫逃离土耳其。早在1978年联合国就已将此事定性为"种族灭绝"。

虽然当年奥斯曼帝国是否有预谋地大规模屠杀亚美尼亚人，国际社会与学术界都有不同争论，但是在那个年代亚美尼亚人集中死亡的确是不争的事实，作为当年帝国"强势民族"的土耳其人自然负有不可推卸的历史责任。

埃尔多安在声明中说："土耳其政府希望，在20世纪初奥斯曼帝国统治时期死亡的亚美尼亚人能获得安息。我们对他们的子孙后代表示深切的哀悼。"他呼吁采取"公正、人道和负责任的态度，来纪念和评价这段历史"。

当然，土耳其态度的转变并非心血来潮，而是有着深层的政治原因。

在近30年中，"亚美尼亚事件"屡次被欧洲议会提及，2004年10月欧洲议会再次希望土耳其政府就此问题与亚美尼亚达成协议，试图以此作为土耳其"入盟"的条件，由于土耳其一直拒绝承认"亚美尼亚大屠杀"，法国等欧盟国家一直反对土耳其加入欧盟。土耳其始终重视加强与欧洲国家的关系，并将加入欧盟作为既定战略目标。因此，对土耳其来说，在历史问题上"示好"最现实的好处是增加了土耳其加入欧盟的胜算。

另外，对于一直寻求增强地区影响力的土耳其来说，解决与亚美尼亚之间的百年恩怨，缓和对立的民族情绪有助于扩大其地区影响。作为一个"雄心勃勃"

的国家，历史问题的解决对土耳其在外高加索地区扮演区域性大国的角色有重要意义。

当然，最不能忽视的是亚美尼亚人对为"屠杀"正名所做出的努力。每年4月23日，亚美尼亚人都会通过集会游行纪念发生在20世纪初的那场历史惨剧，历史记忆就这样被一代一代不断传递。同时，利用海外移民的影响来争取更多国家政府承认"大屠杀"是亚美尼亚所采取的一个策略。由于历史原因，生活在海外的亚美尼亚人远远超过目前其在本国生活的人口总数，他们不但经商有道还不断向所在国政界渗透自己的主张，建立学术研究机构让更多的人了解亚美尼亚曾经苦难的历史。例如，1997年在美国华盛顿成立的"亚美尼亚国家研究所"就是一家由旅美的亚美尼亚人所建立的致力于"亚美尼亚大屠杀"研究的专门机构。正是凭借全球亚美尼亚人的努力，据不完全统计，已有21个国家正式承认"亚美尼亚大屠杀"，美国联邦政府虽未承认，但已有39个州予以认可。

从历史阴影中走出的土耳其与亚美尼亚在未来应该会看到他们共同编织的光明与希望。

虽然埃尔多安的声明中并没有明确承认"大屠杀"，虽然土耳其也有着自己的战略考量，但这依然是历史的进步。李克强总理曾说："历史是客观存在，也是一面镜子。只有正视历史，才能开创未来。"

历史有时是现实的累赘，但是只要勇于面对历史就能摒弃历史所带来的沉重负担，它就能够成为时代发展的强劲动力。这或许就是历史的魔力吧。

## 埃尔多安的反恐盘算

2015年7月,土耳其总统埃尔多安对中国进行了为期两天的访问。这虽然不是他首次造访中国,却是在中土关系因涉恐问题产生分歧的背景下进行的国事访问,其重要性及象征性尤其引人关注。

在会见中国国家主席习近平时,埃尔多安明确表示"反对'东伊运'等针对中国的恐怖主义组织,土耳其政府坚定支持中国的主权和领土完整,愿就此加强同中方的合作,绝不允许土中战略合作关系受到破坏势力的干扰"。而此前,土耳其的说法是,"不允许任何组织在土耳其从事反华行动",表述明显抽象些。这一次用如此高调和明确的姿态表明反对"东伊运"的立场,是前所未有的。媒体一方面积极评价埃尔多安的表态,一方面又不禁要问,埃尔多安表态的背后,究竟有什么深层原因?

其实,这与土耳其国内形势及中土关系的大背景密不可分。埃尔多安反恐承诺背后,有三个盘算。

首先,在2015年6月7日土耳其大选之后,埃尔多安领导的正义与发展党虽然继续保持议会第一大党地位,但席位没有过半,结束了长达12年的单独执政局面。埃尔多安希望通过修宪扩大总统权力的奢望,也会因此而受挫。他希望以外交上的得分来挽回声势,因而更加看重中国的支持。2015年11月,二十国集团领导人峰会在土耳其举行,成功举办这次峰会,无疑会给埃尔多安及他的政党加分。因此,在埃尔多安来华前,土耳其媒体普遍认为,埃尔多安将当面向习近平发出参加二十国集团领导人峰会的邀请。明确表达反对"东伊运"的立场,无疑对加强两国的互信有重大意义。

其次,从土耳其与中国的经贸关系来看,双方存在极大的改善空间。超过百名经济代表陪同埃尔多安访问中国，足见其对中国市场的重视。虽然中土贸易额实现三连增，接近240亿美元，但占2014年土耳其外贸总额的比例仅为6%。这一比例，与中东地区其他国家相比，也明显分量不足。2014年中国与阿拉伯国家贸易总额达到2511亿美元，与伊朗贸易总额为520亿美元。作为世界第十六大经济体的土耳其，对华贸易甚至不足伊朗的一半，而且存在严重贸易逆差。埃尔多安希望通过修复与中国关系，搭乘中国经济便车。

最后，土耳其国内也面临恐怖主义的威胁，需要在反恐领域加强与中国的合作。2015年7月20日，土耳其东南部城镇苏鲁克发生恐怖袭击事件，造成30多人死亡，百人受伤。土耳其政府认定，"伊斯兰国"极端组织制造了这起自杀性炸弹袭击，开始主动打击"伊斯兰国"。此前，国际舆论一直指责土耳其没有认真对付"伊斯兰国"，导致大批西方极端分子借道该国投奔这个极端组织。甚至有消息称，土耳其一直是"伊斯兰国"走私石油的主要买家。埃尔多安对"伊斯兰国"摊牌，也是希望缓解国际压力。此外，埃尔多安一直以"同情库尔德人"的姿态得到库尔德人支持。他也希望和平解决库尔德冲突。但最近库尔德工人党以土政府与"伊斯兰国"相勾结为理由，多次发动对土政府军以及警察的袭击。土耳其政府也中断了与库尔德工人党的和谈，对其展开打击。反恐形势和政策的变化，预示着土耳其与中国在反恐合作上有不少加强的空间。

埃尔多安的政治保证，让外界对于未来的中土关系有了更多的期待。土耳其媒体称："自2003年埃尔多安当选总理以来，土中双方高层互访频繁。埃尔多安此行希望能促进双方关系向前发展。"但是，埃尔多安的一番话，肯定不会"一劳永逸"地解决中土双方在一些敏感问题上的分歧。对埃尔多安我们不能仅仅关注其做了哪些政治表态，更重要的还要看他的实际行动，是否真正维护中土可能因某些敏感问题而变得脆弱的关系。希望他能言行一致，用他的政治智慧与中国一道呵护两国关系。

## 未遂政变折射埃尔多安困局

当地时间2016年7月15日夜间，土耳其军方部分人士发表声明称，土军方已接管国家，并表示这一行动是为了维护民主制度和捍卫人权。首都安卡拉和最大城市伊斯坦布尔局势骤然紧张。安卡拉传出枪声和巨大爆炸声，伊斯坦布尔阿塔图尔克国际机场外出现坦克，战斗机和武装直升机在城市上空低空飞行。伊斯坦布尔的博斯普鲁斯跨海大桥和穆罕默德二世跨海大桥被军方关闭，交通中断。

正在地中海沿岸港口城市马尔马里斯度假的土耳其总统埃尔多安在政变发生后第一时间以手机视频连线的方式接受了美国有线电视新闻网采访，他称政变是军队内部一小撮人所为，"我们将战胜这一危机"。

政变发生数小时后，埃尔多安乘专机于16日晨抵达伊斯坦布尔阿塔图尔克国际机场。他说，目前他仍在掌权，政变已经结束，土局势"基本上得到控制"。

一场未遂政变闹剧就此基本收场。但其背后所折射出的土耳其发展困局却依旧难解，埃尔多安也面临着其执政以来的最大危机。

土武装力量一直被看作土耳其世俗力量的守护者。在40年内共策划过4次政变。捍卫了土耳其的世俗化成果。这次政变的原因恐怕还要归结到世俗力量与伊斯兰势力之间的交锋上来。长期以来，土耳其的世俗精英阶层与传统的穆斯林大众之间一直存在着矛盾，世俗政治体制无法完全摒除宗教对社会的全方位影响。自埃尔多安2003年担任总理执政后，采取了一些不利于世俗化的措施，导致土国内日益伊斯兰化。美国《时代》周刊曾这样评价埃尔多安：他表面上是个世俗派，骨子里是个伊斯兰保守派。"主张世俗化的军队"与"推动伊斯兰化的埃尔多安"之间的矛盾不断升级，成为这次政变的主要原因之一。另外，埃尔多安的周边外交政策失败也是此次政变的诱因之一。埃尔多安上台后，曾积极推动"零问题"外交,同周边国家关系有所改善,经济高速发展,地区影响力提升。近年来,土耳其欲重振大国雄风,不断插手周边事务,导致与周边国家交恶。土耳其的"零问题"外交也变成"零朋友"外交。第三,在打击"伊斯兰国"极端组织方面,土耳其先是放任不管,后又惹火烧身,导致国内安全形势恶化,受此影响,经济支柱之一的旅游业大受影响,加之库尔德问题和叙利亚难民危机令土耳其不堪重负,加剧了社会裂痕。第四,不少人反对埃尔多安集大权于一身。2014年,埃尔多安在卸任总理后,成功当选土耳其第一任直选总统。土实行议会制,总统属礼仪性职位。但埃尔多安并不甘心做一个无实权的总统,他试图使土成为一个总统制国家,并已采取多项步骤。

这次政变遵循了土耳其以往政变的模式,即利用土耳其总统在外休假的时机趁势展开。此次政变非常突然,埃尔多安在政变开始之时的采访显得非常仓促,但随着时间的推移埃尔多安重新掌控了局势,这显示了在目前土耳其国内埃尔多安对于局势的控制依旧非常有力。这源于两个原因,第一,埃尔多安毕竟是民选总统,在选民间的确有着较高的支持率,特别是在对外政策上不断展现强硬姿态,更是聚拢了不少人气。第二,土耳其军队内部支持埃尔多安的势力占了上风。虽然此次政变过程中出现了交火,但是有消息显示,土耳其精锐部队并没有参与其中,这表明政变并没有得到军方的普遍支持。第三,缺乏政治力量支持。在此次军事政变中没有任何政治力量表态支持军方,在土耳其大国民议会7月16日举行的特别会议上,包括执政党正义与发展党、反对党共和人民党、民族行动党和人民民主党在内的土耳其四大主要政党展现了"罕见的团结",联合发表声明谴责此次未遂政变。最后,埃尔多安通过新媒体对支持者进行了快速动员,在他的鼓动下,民众走上街头,直接表达出自己的政治意愿,令军方措手不及。

此次政变虽已基本平息,但对于政变参与者的"清洗"或才刚刚开始。毫无疑问,土现政府的执政基础受到了强烈冲击。为巩固政权,埃尔多安将实施更加严厉的政策"铁腕维稳"。

此次政变之后,埃尔多安必然会加强其对国家的控制,打压反对派。首先,加强对军队的控制,继续清洗有"居伦运动"背景的军方人士或其同情者;第二,严格对反对党加以控制,以巩固政府自身的执政能力;第三,对包括网络在内的各类媒体进行严格控制;第四则是对土耳其内部的分离主义势力库尔德人进行监控，防止其异动。

从短期看，在目前整个土耳其的政治环境偏向伊斯兰化的背景下，埃尔多安的宗教主义倾向将更加聚拢人气，政变也将为其集中权力创造条件，政治制度转向总统制的脚步或将加快；但从长远看，持续高压或令更多矛盾向深层次转移，加之土耳其国内有着非常强大的支持世俗力量的民意基础，如果埃尔多安无法在"世俗化"与"伊斯兰化"间巧妙取得平衡的话，可能会激化这部分人的不满，这样反对集权与反对"伊斯兰化"的力量将再次爆发，对未来土耳其政局产生重要影响。

未来的土耳其政局将更加考验埃尔多安的执政智慧。

# 西方积极寻求与土耳其关系转圜

2016年9月8日,在结束了对格鲁吉亚的访问之后,北约秘书长延斯·斯托尔滕伯格抵达安卡拉,开始对土耳其进行为期两天的访问。据"土耳其之声"报道,斯托尔滕伯格与土耳其总统埃尔多安、总理耶尔德勒姆以及外交部长和国防部长举行了会谈。8日至9日,欧盟外交和安全政策高级代表费代丽卡·莫盖里尼也访问了土耳其。此前,欧洲议会议长马丁·舒尔茨于1日访问土耳其。短短数天之内,多位北约、欧盟高官到访土耳其,显示西方国家频频向土耳其示好,试图寻求与土耳其关系实现转圜。

8日,北约秘书长斯托尔滕伯格在同土耳其总统埃尔多安会面时肯定了土耳其为北约在阿富汗反恐、打击"伊斯兰国"极端组织等方面所做的帮助,他同时表示,北约将继续坚定地站在土耳其一边,并在与叙利亚接壤地区增加更多的海上、空中力量存在,扩大防御导弹系统部署。对于发生在7月的土耳其未遂政变,斯托尔滕伯格再次重申了对土耳其的支持态度,他说:"任何对我们盟友民主制度的攻击,就是对北约根基的攻击,一个强大和民主的土耳其对于欧洲和本地区的稳定与安全至关重要。"

同一天,欧盟外交和安全政策高级代表费代丽卡·莫盖里尼也抵达土耳其首都安卡拉,她与欧盟委员会邻国政策和扩大事务谈判委员约翰内斯·哈恩共同主持了欧盟与土耳其高级别政治对话会。莫盖里尼表示,土耳其是欧盟候选国和重要合作伙伴,"欧盟将致力于与土耳其共同努力,解决我们所面临的问题"。

1日,欧洲议会议长马丁·舒尔茨访问土耳其,这是7月15日土耳其发生未遂政变以来首位访问土耳其的欧盟最高级别官员。对于此次土耳其之行,舒尔茨对媒体表示:"我希望让双方的政治对话重新回到正常轨道。我们需要彼此对话而非喊话，以更有成果地应对我们所面临的重大挑战。"土耳其当地媒体认为，舒尔茨的这次"安抚之行"意在向土方示好，修复因未遂政变受影响的双边关系。

土耳其经济与外交政策研究中心主任锡南·于尔根在英国《金融时报》撰文称："西方阵营需要安抚土耳其人，让他们相信西方的持久友谊以及西方对于土耳其作为这个阵营一分子的承诺。土耳其日益成为西方不可或缺的战略伙伴，因此，华盛顿和布鲁塞尔的任务是重建信任。"

土耳其未遂政变引发的争论，令西方与土耳其的关系急转直下。据安纳多卢通讯社报道，土耳其外长恰武什奥卢甚至曾表示，若北约不再提供必要支持，土耳其或"考虑退出北约"。欧盟领导层也一再重申，如果土耳其恢复死刑，欧盟将立刻停止该国的入欧进程。目前，双方都表现出愿意改善关系的态度，其背后有着各自的政治考量。

首先，土耳其不仅拥有北约第二大常备军，而且横跨欧亚大陆，在地缘政治上占据重要位置，英国《每日新闻》更是将其称为"西方面临中东地区前所未有的冲突与混乱时的重要盟友"。作为以美国为首的国际联盟打击"伊斯兰国"极端组织的前线阵地，土耳其对西方有着不可替代的作用，因此西方试图改善同土耳其的关系，与此密不可分。

其次，在难民问题上，西方国家尤其是欧盟同样迫切需要土耳其的合作。土耳其总理耶尔德勒姆9月1日在会见联合国难民署高级专员菲利普·格兰迪时称，土耳其接纳的叙利亚难民人数已超过270万。德国总理默克尔曾表示，土耳其对解决叙利亚冲突及其引发的难民问题都发挥了重要作用。

最后，土耳其与俄罗斯关系走近也加剧了西方国家紧绷的神经。分析人士认为，土俄关系改善，并在较短的时间内实现元首会晤，这样的外交举措起到了四两拨千斤的作用，促使西方国家主动和土耳其接触，改善双边关系。

对于土耳其方面来说，缓和与西方国家的紧张关系也有着重要的现实意义。随着对叙利亚冲突军事介入的不断加深，土方对于北约所能提供的军事援助也有着越来越多的渴望，而难民问题凭借土耳其一己之力也难回春，需要欧盟给予援手。

无论是做出姿态，还是仅仅试图缓和关系，西方国家寻求与土耳其关系转圜对双方都是最优选项，但真正握手言和，重归于好，恐怕并不容易。

从2005年开始，土耳其着手与欧盟进行入盟谈判，但过程一直困难重重，多个谈判项目被冻结。巨大的政治、经济和文化差距使得双方都难以做出彻底的妥协。目前看,土耳其入盟完全无望,更有悲观分析称,是时候放弃土耳其在可预见的未来把加入欧盟仍然视作一种切实可行选择的自欺欺人的心态了。

在土耳其未遂政变发生后,西方世界普遍认为土耳其与西方的价值观存在巨大分歧,从长期看,双方关系转暖尚无法彻底弥补这一差异。

评估西方与土耳其的关系,需要多个维度,一方面,无论是土耳其还是西方都意识到了双方积极有效互动对于地区稳定和安全状况的重要价值与意义,适当保持与对方的联系,是双方在利益基础之上所做出的合理选择;另一方面,埃尔多安在土耳其未遂政变之后所采取的一系列加强自身权力的举措与西方国家所鼓吹的"自由""民主"等价值观相差甚远,土耳其国内也一直存在试图脱离西方的社会力量与思想基础,这种价值观的不同所造成的基本矛盾,将在土耳其与西方的关系中持续存在,并有可能在一定条件下出现激化。

# 谋求建立安全区凸显土耳其地区政治野心

2017年2月12日,土耳其总统埃尔多安前往巴林,开启其为期四天的对巴林、沙特阿拉伯和卡塔尔等海湾三国的正式访问。在当天启程前,埃尔多安在机场对媒体说,土耳其军事行动的最终目标是在叙利亚北部建立一个5000平方公里的"无恐怖区域",同时在此区域内建立"安全区",以便被土耳其收容的叙利亚难民返回家园。埃尔多安说:"我已与美国总统特朗普分享了这一想法,并同德国等北约盟国就该问题展开了磋商。土耳其已经准备在该地区进行相关基础设施的建设工作。"

## "安全区":土耳其"一石二鸟"的战略缓冲带

据悉,"安全区"将从土耳其与叙利亚边境城镇杰拉布卢斯向南延伸,覆盖战略要地曼比季,一直推进至距离叙利亚重镇阿勒颇约50公里的巴卜。

土耳其目前的安全形势非常严峻,恐怖袭击频发,特别是针对伊斯坦布尔等大城市的恐怖袭击事件更是凸显不断增加的安全风险。目前,土耳其的安全威胁主要来自两个方面:一个是如"库尔德自由之鹰"这样的库尔德恐怖主义组织;另一个就是"伊斯兰国"极端组织。

在叙利亚和伊拉克北部的库尔德武装一直是土耳其的心腹大患,他们与土耳其国内的库尔德工人党相互联系,谋求建立独立的库尔德人国家,被视为土耳其国家安全最为重要的威胁。根据土耳其方面的设想,"安全区"的建立不仅能够防止"伊斯兰国"极端组织向土耳其国内的渗透,减少发生恐怖袭击的可能性,还能够从空间上彻底阻断库尔德势力在叙利亚北部汇合的可能性,为未来土耳其在叙利亚局势中进一步积累政治筹码、控制库尔德人创造条件。

### 两大因素令"安全区"设想再次提上日程

对于目前叙利亚局势的发展,埃尔多安在 2 月 12 日出访前表示:"目前巴卜已被土耳其武装部队和叙利亚反对派武装四面包围。土耳其武装部队和自由叙利亚军已经一起攻入了巴卜市中心。重要据点巴卜医院数日前就已经完全得到控制。在占领巴卜医院后,局势迅速朝着有利于土耳其的方向发展。现在,'伊斯兰国'极端组织正在撤离巴卜,我认为重新解放巴卜是一个迟早的过程。"

自 2016 年 8 月 24 日土耳其开展"幼发拉底河之盾"军事行动。分析人士认为,提出设立"安全区"有着深刻的地缘政治背景。埃及金字塔政治与战略研究中心研究员穆阿泰兹·萨拉玛表示,在叙利亚建立"安全区"的建议已经不是土耳其第一次提出了,但是埃尔多安在此时重提,有着两个深刻的背景。第一,目前,在叙利亚战场上,经过各方力量的持续打击,"伊斯兰国"极端组织力量式微,战略空间被大幅压缩,使得建立"安全区"从不切实际正在变为具有建立的条件;第二,则是美国的态度在发生变化,在奥巴马政府时期,美国对于土耳其方面提出的建立"安全区""禁飞区"等都持有反对意见,因为一旦这些区域建立,是需要提供安全保障的,美方不想承担更多的军事责任,不过,随着特朗普的上台,美方的态度也正在发生改变,正在对"安全区"进行评估,这也为埃尔多安此时再打出这张牌提供了新的条件,值得注意的是,埃尔多安在提到这个事情的时候,特意强调了和美方、和北约进行了沟通,意在显示在建立"安全区"上土耳其并不是孤立的。

### "幼发拉底河之盾"后土耳其恐难离开叙利亚

埃尔多安 2 月 12 日表示,土耳其的"幼发拉底河之盾"军事行动的目的是在巴卜的战斗之后,最终解放曼比季和拉卡,随后,土耳其军队将离开叙利亚,把土地归还给"真正的主人"。

不过,分析人士认为,由于叙利亚问题的复杂性,未来土耳其恐怕难以迅速从叙利亚抽身。

土耳其政治评论人士叶海亚·博斯坦在土耳其《每日晨报》发表题为《巴卜之后:幼发拉底河之盾 2.0》的文章称,对于土耳其来说,巴卜意味着"安全区"

的南部边界,"幼发拉底河之盾"行动将到此为止,但这并不意味着土耳其军队将离开叙利亚,一种更可能的情况是,土耳其会以一个新的名称来开始新的军事行动,以作为对"幼发拉底河之盾"行动的延伸。

穆阿泰兹·萨拉玛说:"无论是主观还是客观因素都决定了土耳其未来不会轻易从叙利亚离开,它仍然是左右叙利亚局势的一支重要力量。库尔德人的力量不会随着'伊斯兰国'被消灭而减弱,相反,他们的力量有可能在对手覆灭后而大幅提升,这对于土耳其的国家安全来说并非有利因素。现在提到'安全区',大家更关注的是它在应对叙利亚局势外溢效应上的作用,但对于在土耳其与库尔德分裂势力之间的作用也同样不能忽视,有理由相信,在未来较长一段时间,土耳其的军事力量会在动荡的叙利亚继续存在,'安全区'的'安全'一定是来自军事实力的保障,否则将是幻影。"

# 西方"破而不立"加剧中东动荡

卡扎菲倒台后,利比亚国内各派政治势力围绕着议会议员选举、总理职位、组阁等争斗不息,安全、政治局势乱象频出,整个国家政权运转完全失序。

自 2014 年 7 月 13 日,支持宗教势力的米苏拉塔民兵武装对支持世俗势力的津坦民兵武装及的黎波里国际机场发起攻击,武装冲突规模不断扩大,持续时间也不断超出人们的想象。有研究报告显示,利比亚总共有民兵和各种武装分子 20 万至 25 万人,民兵组织达到 1700 余个,甚至还有极端原教旨派的"安萨尔旅"等,虽然他们自己矢口否认,但普遍认为,其与"基地"组织及"伊斯兰国"极端组织都有着千丝万缕的联系。从的黎波里到班加西,军事割据正将利比亚一步一步推向内战。

根据利比亚战后政治过渡安排,由"利比亚全国委员会"发展而来的国民议会负责制定新宪法并选举产生总统。但由于战后安全局势不稳、政治形势混乱,国民议会未能完成上述任务。2014 年 6 月 25 日,利比亚举行议会选举,国民代表大会取代国民议会成为最高权力机构。宗教势力主导的国民议会本应于 8 月 4 日向国民代表大会交权,然而国民议会议长努里·阿布·萨赫明却以国民代表大会在图卜鲁格召开会议"违宪"为由,拒绝向世俗势力主导的国民代表大会交权。

8 月 25 日,国民议会在首都的黎波里通过投票决定解除阿卜杜拉·萨尼的临时政府总理职务,并任命来自班加西、拥有政治学系教授头衔的奥马尔·哈西为"救国政府"总理。至此,利比亚出现了两个议会、两个总理对立的局面,国内局势可谓"乱上加乱"。

利比亚的局势动荡也给埃及、阿尔及利亚、突尼斯等国带来了负面影响,使得这些国家近一段时间以来大都处于动荡之中。如果我们将观察的视角放到整个西亚北非来看，不难发现，在以美国为首的西方频频干涉背后，留下的是一个个混乱不堪的局面。

2003年，美国以"在伊拉克发现大规模杀伤性武器"为借口，发动伊拉克战争，推翻了萨达姆政权，原有的派别、民族平衡被打破，恐怖组织、极端势力趁机不断在伊拉克发展，特别是"伊拉克和黎凡特伊斯兰国"的迅速崛起，使得包括第三大城市摩苏尔在内的伊北部、西部和东部地区被占领，甚至一度威胁首都巴格达，更是使伊拉克原本就脆弱的安全局势进一步恶化。

2011年3月叙利亚危机爆发后，美国要求叙总统巴沙尔下台，并对反对派大力支持，在叙利亚内战中起到推波助澜的作用。叙利亚问题与伊拉克局势"相互感染"，极端组织得以利用混乱在伊叙边境大行其道，甚至在叙利亚城市拉卡建立"伊斯兰国"极端组织的首都。

在巴以问题上，以色列与巴勒斯坦伊斯兰抵抗运动（哈马斯）冲突不断，仅在2014年的冲突中就造成2000余名巴勒斯坦人丧生。美国对以色列的偏袒加剧了一再爆发的冲突，一方面美国宣称"以色列有权维护自身安全"，对以提供军援，并要求哈马斯放弃武力，另一方面，却对军事行动造成数以万计的巴勒斯坦平民伤亡视而不见。美国的偏见难以真正消解巴以间的仇恨。

有分析认为，由于地区局势普遍混乱，目前的中东地区国与国之间形成的边界正在坍塌，各国应对本国事务捉襟见肘，以美国为首的西方国家也疲于应对。

2010年年底开始，西方介入背景下的"阿拉伯之春"迅速令埃及、利比亚、也门等数个国家发生政权更迭，然而，这场变局之后，中东地区没有出现人们所希望的"民主"与"发展"，而是陷入了一次又一次动荡的循环。西方国家对该地区的干预种下种种恶果，使"阿拉伯之春"完全成了笑话。

首先，整个中东地区面临地缘版图碎片化的挑战。分析人士认为，在中东，部落和派系的分歧深深刻在彼此的脑子里，导致任何社会、政治转型都有可能带来灾难。外界力量的简单干预将打破原有的力量平衡，潜在的部落、民族矛盾公开化，促使分离主义抬头。在也门，南部地区重新出现分离呼声，北部胡塞武装拥兵自重，威胁中央政府；在利比亚，的黎波里塔尼亚、昔兰尼加和费赞三部分分立主义倾向增加，使利比亚分裂的危险加剧；在伊拉克，什叶派、逊尼派、库尔德人之间的矛盾升温，或使未来伊拉克一分为三。

其次，极端恐怖主义势力抬头。"只破不立"使地区权力真空增多，以美国为首的西方国家始终只在军事打击上下功夫，使得该地区常年战乱，忽视地区国家经济发展诉求，中东不少国家经济发展长期裹足不前、人民生活困苦，成为滋生伊斯兰极端思潮的温床。一方面，过去几乎不存在恐怖主义问题的叙利亚成为恐怖分子的"新天堂"；另一方面，利比亚、也门、埃及西奈半岛等地恐怖活动加剧。

最后，加剧了地区内部国家间的冲突。西方对利比亚目前的乱局不管不问，使得区域内国家出于自身利益不得不进行干涉，这也加剧了该地区本已紧张的局势。有美国媒体曾经爆出"埃及和阿联酋对利比亚伊斯兰武装发动秘密空袭"，卡塔尔半岛电视台网站分析称："沙特阿拉伯、埃及和阿联酋在限制政治伊斯兰方面有着共同目标，而卡塔尔和土耳其对伊斯兰化抱有同情心。"难怪有西方媒体认为，中东地区恐陷入"代理人战争"。埃及地区战略研究中心研究员伊曼认为："由于本地区内国家对未来利比亚的国家道路走向有不同认识，所以他们会对各派力量进行选择与支持。"

以美国为首的西方国家"只破不立"，对中东乱局负有不可推卸的责任。美国一厢情愿地对中东地区推行其"民主模式"，而忽略了伊斯兰文明、中东地区与众不同的社会发展特点与现实。以埃及为例，自从穆巴拉克下台之后，埃及经历了持续的动荡，也按照"西方标准"进行了数次选举，但最后又回到了有军人背景的总统当政。西方人一直想对中东进行改造，但却又缺乏有效办法，以为移植来西式民主就万事大吉，可更大的挑战在于如何使一种制度与这个国家的现实匹配，这一点西方人可能从没有考虑过。

## "黄金国"的安全困境

瑞典斯德哥尔摩国际和平研究所发布报告显示，与 2006 年至 2010 年相比，过去 5 年间，中东地区的武器进口量增加了 61%。其中，卡塔尔军火进口猛增 279%，沙特阿拉伯军火进口也增加了 275%，成为中东地区最大军火买家，采购额约占全球军火市场的 7%，不仅成为美国和英国军火的最大购买商，在全球范围内，也仅次于印度，为全球第二大军火购买商。阿联酋和土耳其也分别以占全球军火市场 4.6% 和 3.4% 的采购额，占据进口商排行的第四位和第六位。这些数据显示，中东地区已经成为世界上增长速度最快的防务市场。

美国罗格斯大学中东研究主任托比·琼斯曾将海湾国家比作传说中的"黄金国"(*El Dorado*)，因为对于西方军火商和政府来说，世界上没有其他国家比海湾国家更有金钱和热情去购买这些昂贵的武器。但现实是，价格高昂的武器不仅没有让"黄金国"高枕无忧，相反，中东地区的安全局势却有着越来越恶化的趋势。

斯德哥尔摩国际和平研究所报告称，中东国家采购新装备的目的在于支持其军事行动。该研究所资深研究员彼得·威兹曼表示，尽管面临国际油价下跌所造成的财政紧张，根据过去五年签署的合同，中东国家仍将接受大量武器装备，由沙特为首的阿拉伯国家武装联盟主要将自美国和欧洲进口的军火用于打击也门的胡塞武装。2015 年 3 月，沙特牵头多个阿拉伯国家，对也门胡塞武装组织发动空袭行动。在周边海面，沙特也派出海军实施封锁，辅助空中打击。在叙利亚，叙政府军同反对派的武装冲突持续不断，有报道曾指出，沙特、阿联酋和卡塔尔等国以非正式或秘密方式提供武器装备给其支持的叙反对派武装组织。在反恐问题上，"伊斯兰国"极端组织带来新的挑战，在地区或者国内层面上，中东各国更不敢稍有怠慢，频繁购置侦察机、无人机和精确制导武器，以便跟踪和打击分布非常广泛的激进组织。

值得注意的是,与欧洲不同,中东地区国家间普遍缺乏互信,也尚未有真正意义上的军备控制机制和裁军政策,因此分析人士认为,由叙利亚冲突、"伊斯兰国"极端组织肆虐、也门局势持续紧张所构成的中东战略态势凸显了地区国家安全焦虑,军火进口量猛增更是折射中东所面临的安全困境,未来中东地区恐怕将深陷持续动荡的恶性循环之中。

从目前的中东地区局势分析,域内重要国家扩充军备的趋势还将继续,这一点在海湾国家尤为明显。首先,伊朗核问题协议达成,在逊尼派占主体的海湾国家出于可能面临的"安全威胁"的考量,会因伊朗解除制裁而提高自身防卫能力。其次,中东地区武装冲突此起彼伏,打击"伊斯兰国"极端组织、叙利亚冲突、也门危机、埃及在西奈半岛的恐怖分子清剿行动,各国都或多或少地介入地区武装冲突,部分国家内部也面临一定的安全威胁,因此价格高昂、先进的装备更受青睐。

## 中东"安全绿洲"不再安全

据约旦佩特拉通讯社报道，约旦南部城市卡拉克2016年12月18日下午发生系列恐怖袭击事件，造成6名警察、3名约旦平民以及1名加拿大游客丧生，另有27人受伤。枪手在发动袭击后，躲进了约旦著名的旅游胜地卡拉克城堡，随后安全部队包围城堡并发起进攻，经过持续数小时的交火，4名武装分子被击毙，城堡内被劫持的游客安全获救。约旦安全部门当天还在城堡附近的一处武装人员藏匿点发现了包括自杀式爆炸装置在内的大量武器。

此次系列恐怖袭击始于一起火灾报警。当时，警方接到来自卡拉克以北的卡特拉恩镇的报警，称有一处房屋起火。随后警方赶到事发现场，突然有人从屋内朝警察射击，造成2名警察在事件中受伤，袭击者驾车逃跑。在第二起案件中，枪手朝卡拉克的一名治安巡逻警察开枪，但未造成人员伤亡。恐怖分子还发动了第三次袭击，数名武装人员向卡拉克城堡内的警察局开枪，多名警察遇难。据《约旦时报》报道，在与袭击者的对峙过程中，约旦安全部队撤离了居住在城堡附近的民众，并封锁了所有前往该地的交通出入口。

虽然尚无组织或个人宣称对此次袭击事件负责，不过有分析认为，袭击者或许与极端组织"伊斯兰国"或其他恐怖组织有牵连。加拿大外交部证实，1名加拿大公民在袭击事件中死亡，另有1人受伤。加拿大外交部表示，加拿大政府准备协助约旦方面，将此次袭击的策划者绳之以法。

叙利亚和伊拉克局势持续动荡，对地区内其他国家的影响已经逐步显现。埃及、土耳其等中东国家接连出现针对军警的爆炸袭击，凸显地区内各国面临较大的反恐压力。过去相对稳定的约旦在本次系列恐袭之后，也变得不再安全。预计本次恐袭将对约旦旅游业造成较大冲击，经济难免会受到损失。另外，约旦境内接收有上百万叙利亚和巴勒斯坦难民,若约旦局势出现动荡,或将使得本已就恶劣的难民生存环境雪上加霜,引发新一轮人道主义危机。

约旦紧邻叙利亚、伊拉克等局势动荡国家,但其国内政治、安全局势相对稳定,享有中东"安全绿洲"之称。不过,由于叙利亚危机迟迟不决,其外溢效应不断对约旦产生冲击。卡塔尔半岛电视台援引接近"伊斯兰国"极端组织的消息人士的话称,有大约4000名约旦人加入了该组织,自2011年以来已有420人阵亡。随着叙利亚和伊拉克反恐形势的好转,未来约旦面临恐怖分子回流的巨大风险。同时,约旦是美国在中东地区的重要盟国,是为数不多的参与美国领导的"国际联盟"打击极端组织的阿拉伯国家之一。对此,不少约旦民众颇有微词,认为参与这一行动不仅没有对打击极端组织产生效果,反而将约旦拖入了地区冲突之中,中东的"安全绿洲"正面临安全挑战。

在约旦首都安曼,约旦儿童面对镜头露出纯真的笑容,希望这样的笑容永远留在这片中东"安全绿洲"上。

# 利比亚政治重建进程路途漫漫

2016年12月14日,为期两天的开罗利比亚问题会议闭幕。本次会议由埃及政府组织,埃及总统塞西出席了开幕式,外长舒凯里担任会议主席。来自利比亚各政治派别代表、利比亚邻国政府代表等参加了会议。会议通过了一项声明,提出了包括维持利比亚领土完整、支持国家机构、禁止外国干涉和维持公民国家在内的四项原则,并对2015年在联合国斡旋下利比亚对立双方签署的《利比亚政治协议》提出了五项修改意见,以结束该国目前持续的政治、经济与安全不稳定状态。《利比亚先驱报》称,这是《利比亚政治协议》达成以来首次出现被修改的可能。

会议呼吁利比亚全国对话筹备委员会和联合国利比亚支助团在两周内组织会议,讨论相关提案以解决利比亚国内的危机状况。全国对话筹备委员会从2014年正式开始运作,包括13位正式委员,他们负责联系利比亚各个政治派别,致力于建立全国共识和团结,推动利比亚各政治派别的对话与合作。

12月5日,利比亚政府军肃清了"伊斯兰国"极端组织在该国港口城市苏尔特的最后一个据点,完全控制了该城。至此,"伊斯兰国"极端组织在利比亚境内已不再拥有实际控制区。12日,国际社会承认的利民族团结政府在首都的黎波里任命穆赫塔尔·迈达尼为苏尔特市市长。利比亚国内反恐局势迎来转机,国际社会期待利比亚各政治派别能够摒弃前嫌,弥合分歧,达成和解,并为此积极进行协调磋商。不过分析人士认为,要完全恢复利比亚的稳定,彻底铲除滋生恐怖主义的土壤,仍存在诸多困难,利比亚和平进程恐怕仍"遥遥无期"。

卡扎菲政权被推翻后,利比亚国家机器运转完全失序,各政治势力围绕议会议员选举、总理职位、组阁等争斗不息,安全、政治局势乱象频出,并曾一度出现了"四个政府"并存的荒唐局面：位于东部城市图卜鲁格、由国民代表大会支持的"东部政府"，位于首都的黎波里、由宗教势力支持的"救国政府"，在联合国主导下成立的民族团结政府，位于德尔纳、由"伊斯兰国"极端组织建立的"政府"。各方互不承认，使得利比亚民族团结政府根本没有施政基础，有名无实。

  利比亚在打击"伊斯兰国"极端组织等恐怖主义势力上取得了阶段性胜利，虽然极端组织在利比亚境内已经不再实际占有领土，但恐怖分子化整为零，仍存在不断扩散的风险。要彻底铲除恐怖主义，恢复国家秩序，还有赖于利比亚国内各政治派别的妥协与合作。特别是代表世俗势力的"东部政府"和代表宗教势力的"救国政府"及其背后的民兵武装能够承认民族团结政府的合法性，避免国家出现分裂甚至发生内战的状况。不过，在当前各方仍坚持自身利益诉求不妥协的状态下，利比亚的政治和解进程仍然路途漫漫，前景不容乐观。

# 大国角力，叙利亚局势更加复杂

2016年9月22日，土耳其军方发表声明称，土将继续"幼发拉底河之盾"军事行动。此前一天，土国防部长称，土将对叙利亚反对派武装提供支持，并重申在叙利亚继续军事行动的决心。土耳其军事介入叙利亚冲突，为大国地区角力增添了新的变数，未来地区局势或更加复杂。

随着叙利亚问题久拖不决，叙利亚政府、"伊斯兰国"以及包括库尔德人武装组织在内的各种反政府武装缠斗不断，地区安全局势日益恶化。与叙利亚接壤的土耳其，首当其冲受到影响：国内安全局势日益恶化，频繁遭到恐怖袭击。长期以来，土耳其依赖经济发展、社会稳定所积攒的"地区红利"逐渐丧失。

与此同时，在叙利亚和伊拉克北部的库尔德武装一直是土耳其的心腹大患，他们与土耳其国内的库尔德工人党相互联系，谋求建立库尔德人国家。2016年3月，叙利亚库尔德民主联盟党在叙北部主导建立"罗贾瓦—北叙利亚民主联邦"，虽然国际社会未予承认，但库尔德人的势力明显扩大。7月，叙利亚库尔德民兵组织"人民保卫军"不断向包括战略重镇曼比季等在内的地区挺进。

土耳其国际战略研究组织副主席塞尔丘克教授认为，库尔德人寻求独立建国一直被土耳其视为最为严重的国家安全隐患，随着叙利亚各方角力的胶着，叙利亚的库尔德人不断扩大势力范围，已经在叙利亚北部构成事实性自治，这令土耳其政府切实感受到了威胁，如果他们与土耳其境内库尔德人合作，很可能带来令土耳其难以接受的后果。

土耳其外交部长恰武什奥卢在回答媒体关于"幼发拉底河之盾"军事行动的目的时表示，"土耳其的目标是把'伊斯兰国'赶出边境地区"，同时他也直言不讳地称，"（叙利亚库尔德民兵组织）必须转移到幼发拉底河以东。如果他们不这样做，我们将采取必要行动"。

"幼发拉底河之盾"行动囊括了空军、炮兵、坦克、特种部队等在内的土耳其诸多军兵种，直接跨越土叙边境进入叙利亚作战，支援亲土耳其的叙利亚反对派武装。法新社评论称，此次越界打击是土耳其在叙利亚冲突中"最有野心的"一次行动。

分析人士认为，土耳其选择在这一时机出兵叙利亚，除了打击极端组织"伊斯兰国"和库尔德武装外，更深远的考量或是寻求建立"安全区"，从空间上彻底阻断库尔德势力在叙利亚北部汇合的可能性，为未来进一步控制库尔德人势力和介入叙利亚事务，积累必要的政治筹码。有评论称，在国际支持下建立一个由土耳其负责的"安全区"，将使土成为叙利亚冲突的主导力量。

根据土耳其方面的设想，这一"安全区"将被用于重新安置自叙利亚冲突爆发以来逃往土耳其的难民，并成为土耳其与叙利亚之间的战略缓冲地带。不过对于建立"安全区"，美国方面始终持保留态度，美方担心"安全区"的建立将使美国主导的国际联盟承担比单纯提供空中掩护更多的军事责任。

土耳其军事介入叙利亚，引发各国担忧。

伊朗外交部发言人巴赫拉姆·卡西米批评土耳其在叙利亚北部的地面军事行动，要求土耳其军队尽快停火并退出叙利亚领土。他说，土耳其的越境行动侵犯了叙利亚主权，"完全不可接受"。

9月7日，俄罗斯外交部发表声明称，俄方对土耳其军队及其支持的叙利亚反对派武装组织进入叙利亚领土进行军事行动感到不安，这些行动并未得到叙利亚合法政府的同意，也未获得联合国安理会的授权，损害了叙利亚的主权与领土完整，使叙利亚局势复杂化。

美国在土耳其介入叙利亚的军事行动中颇显尴尬。一方面，土耳其发动"幼发拉底河之盾"行动之时正是美国副总统拜登访问土耳其之日，这次军事行动也得到了美方的空中支持；另一方面，土耳其军事打击的目标也包括颇受美国看重的库尔德武装"人民保卫军"，虽然美方对此心生不快与质疑，但为了缓和与土耳其的关系，协调反恐立场，还是对"人民保卫军"做出了符合土耳其利益的安排。这也折射出目前叙利亚危机错综复杂的局势。

塞尔丘克教授认为，叙利亚问题牵一发而动全身，在叙利亚外部，来自美国、俄罗斯、伊朗以及欧洲的力量都在试图将局势推向有利于自身的方向，在叙利亚国内，巴沙尔政府、"伊斯兰国"极端组织、各类反对派武装也存在利益纠葛，反对派自身难以形成统一立场。土耳其的军事介入为叙利亚局势发展增添了新的变量，令其更加复杂。如何尽快结束军事冲突，重回政治谈判的轨道，考验各方智慧。

# 从阿萨德的感激说起

2016年12月16日,俄罗斯国防部正式对外宣布,叙利亚政府军已完全解放叙第二大城市阿勒颇东部地区。经过4年半的苦战,阿勒颇地区的局势终于迎来转机,惨遭恐怖分子荼毒的古城初现和平曙光。叙利亚总统巴沙尔·阿萨德在接受"今日俄罗斯"电视台专访时,就目前欧美及中俄在叙利亚问题上所扮演的角色进行了分析。阿萨德认为,世界格局越平衡,对小国越有利,苏联解体后,美国一直处于独霸地位,"他们把自己的意愿强加于所有人,让所有人都服从他们的政策,在这种情况下效果更加艰难","俄罗斯越强大,中国越崛起,我们越有安全感",阿萨德补充道:"我不仅指叙利亚,还有世界上其他的小国。"

自2011年叙利亚陷入冲突以来,叙利亚问题便迅速成了强权政治和霸权主义的风暴眼,阿萨德和他的政府也面临着何去何从的重要选择。叙利亚现政府在西方的重压下没有重蹈利比亚等国的覆辙,这得益于中国和俄罗斯在整个地缘政治博弈中所起到的重要作用。假如中国或俄罗斯在叙利亚问题上袖手旁观,无视美国一家独霸的力量,那目前的阿萨德本人、叙利亚甚至整个中东地区局势恐怕经历的会是另外一种结局,正所谓:"殷鉴不远,在夏后之世"。因此,多年冲突的锤炼让阿萨德对于"世界越平衡,小国越安全"的理念有着任何人都无法超越的深刻体会。

从伊拉克战争到"阿拉伯之春",中东地区的局势与过去相比是转好了还是恶化了,想必任何观察家心中都自有公断。稍微了解一点中东历史的人都会清楚,伊拉克陷入持续混乱、利比亚四分五裂、"伊斯兰国"极端组织崛起,这些诸多地区热点问题的背后始作俑者究竟是谁,又是如何发展到今天这个地步的。理解中东问题的一个不可或缺的维度便是大国在该地区发挥的作用,从《赛克斯-皮科协定》到个别国家的单边主义干预政策,中东从分裂走向混乱。小国因大国的政策而遭受损害的悲剧在这一地区一而再、再而三地上演。但随着俄罗斯和中国作用的加强,世界格局正在变得更加平衡,叙利亚等小国的安全感在不断改善。

2016年12月5日,俄罗斯和中国在安理会投票中否决了关于叙利亚阿勒颇人道主义局势的决议草案。这一草案由埃及、西班牙和新西兰发起,敦促各方在阿勒颇停火,甚至包括暂停打击恐怖组织"支持阵线"和"伊斯兰国"。这是中国和俄罗斯第五次联手否决有关叙利亚的安理会决议草案。随后,叙利亚外交部发布声明称,感谢中国和俄罗斯在联合国安理会就叙利亚问题进行表决时投否决票,反对停火协议。有分析认为,部分国家炒作阿勒颇局势,打着"人道主义"的幌子,暗地里却是政治算计。因为在目前的叙利亚局势中,阿勒颇的地位非比寻常,谁能控制阿勒颇,谁就能够掌握未来推动叙利亚问题走向的主动权。就在叙利亚政府军在阿勒颇战斗中占有优势时,西方国家一再炒作"人道主义"问题,其背后的目的显而易见。

当西方国家指责中俄为"人道主义救援"制造障碍时,我们看到的是反对派武装在阿勒颇仓库中那堆积如山的粮食和数量众多的武器,如此多的物资怎么就

叙利亚深陷冲突泥潭,国家重建遥遥无期。在2015年举行的阿拉伯国家联盟(阿盟)沙姆沙伊赫峰会上,被中止阿盟成员国资格的叙利亚代表席上空空如也。

不能分配给在死亡线上挣扎的难民呢?戴着有色眼镜的西方,在面对事实时总会出于"私心"而非"公义"刻意浓墨重彩或者避重就轻。公平、公正的国际环境显然不应该是一家或者一个集团说了算。

从阿萨德的感激说起,其实我们想说的是,在叙利亚问题上,中俄的作用使得整个局势避免了走之前的老路,虽然带给了叙利亚阵痛,但在未来对比一下其他叙利亚的阿拉伯兄弟国家时,相信更多人会对"世界越平衡,小国越安全"有着更加深刻和切身的体会。

## 美国中东政策转向难见成效

2017年2月,美国国防部长马蒂斯接连对阿联酋和伊拉克进行了访问。这是美国新一届政府上台以来,美国防长首次出访中东。

分析认为,马蒂斯此访意在加强美国与中东国家在打击恐怖主义方面的合作,同时安抚盟友,美国新政府的中东政策也初见端倪。然而,当地舆论认为,美国新政府在中东反恐方面很难拿出新鲜招数,也难以立见成效。

2月20日,马蒂斯在事先并无预告的情况下对伊拉克首都巴格达进行了访问。由于伊拉克政府在19日宣布发起夺取极端组织"伊斯兰国"在该国最后据点摩苏尔西部城区的战斗,媒体普遍认为马蒂斯此访主要为协调双方联合反恐的军事行动。当天,美国五角大楼发布声明称,马蒂斯与伊拉克总理阿巴迪以及伊拉克国防部长哈亚里举行了会谈,他此行的主要目的是"评估打击极端组织'伊斯兰国'行动的进展",以及"讨论美国与伊拉克之间牢固的防务伙伴关系"。

马蒂斯与伊拉克有着极深的渊源:在海湾战争和伊拉克战争期间,他曾担任指挥官,多次参与在伊拉克的军事行动,2004年曾指挥伊拉克费卢杰战役。

五角大楼在声明中称,马蒂斯在与阿巴迪和哈亚里的会谈中讨论了解放摩苏尔的行动。这已经是一个月内马蒂斯第二次与伊拉克领导人就此问题进行讨论,8日,他曾同哈亚里通电话,讨论有关收复摩苏尔的军事计划。美联社报道称,虽然马蒂斯拒绝透露美国对于摩苏尔之战的具体安排,不过他强调美国领导的国际联盟正在并且未来也将一直支持对极端组织的打击行动。

在19日对阿联酋的访问中,马蒂斯与阿布扎比王储穆罕默德·本·扎耶德·阿勒纳哈扬举行了会晤,双方讨论了地区所面临的一系列威胁,特别是也门持续的不稳定局势以及极端组织"伊斯兰国"的影响。马蒂斯向穆罕默德王储表示，美方将与阿联酋合作打击恐怖主义，并捍卫在阿拉伯半岛的航行自由。

对于马蒂斯此行的另一重目的，《纽约时报》明确指出，马蒂斯此次访问伊拉克的工作是安抚伊拉克，修复由于特朗普上台而遭破坏的两国关系。

1月27日，特朗普政府出台了一项针对伊拉克在内等7个中东国家的移民禁令。禁令发出后，引起了美国盟友伊拉克的忧虑，伊拉克议会甚至投票批准了"报复性措施"，要求政府禁止美国公民申请进入伊拉克，两国关系陷入僵局。

据《纽约时报》报道，伊拉克前驻美国大使法伊利表示，特朗普包括移民禁令在内的一系列举动让伊拉克感到很不安，他对美国是否想要与伊拉克保持长久合作关系表示怀疑。

此外，特朗普在伊拉克石油问题上的表态也引来不满。他曾表示，美国"应该占有伊拉克的石油资源……战利品属于获胜者"。对于外界质疑美国介入伊拉克事务的动机，马蒂斯在此次中东之行的记者会上并未直接回应，只是强调"美国无意抢夺伊拉克的石油"。

为了修补与伊拉克的盟友关系，也为了美国在打击极端组织"伊斯兰国"的现实考量，马蒂斯表示，将继续开展美伊合作，并巩固美伊之间的"伙伴关系"，只有这样才能够使伊拉克最终击败"伊斯兰国"。

上任一个月，特朗普就已经与埃及、以色列、沙特、土耳其、阿富汗、伊拉克等国领导人通了电话，并与约旦国王以及以色列总理举行了双边会谈，同中东国家进行了广泛接触。在地区热点问题上，特朗普显得更加主动，在叙利亚和也门问题上，寻求设立"安全区"，制止恐怖势力蔓延；在巴以问题上，不再坚持"两国方案"；在阿富汗问题上，正在考虑增兵计划，与伊拉克、土耳其等国高调强调联合反恐；在针对极端组织"伊斯兰国"方面，特朗普要求美国军方制订击败"伊斯兰国"的具体计划。五角大楼相关人士认为，与奥巴马相比，特朗普更愿意让美军"接近战场"。

埃及金字塔政治与战略研究中心研究员穆阿泰兹·萨拉玛表示，认为特朗普已经形成了系统的中东政策还为时尚早，但其中东政策已经初见端倪，特别值得注意的是美国在一些中东事务上的政策正在转向，这表现在更加主动介入地区局势，"反恐是个很好的例子，'伊斯兰国'的势力不断衰弱，美国的举动对于反恐联盟来说意义重大，而另一方面，美国也需要它的盟国在这一问题上持续支持，所以不难看到土耳其和美国的关系在缓和，美国也不断试图修复同伊拉克的关系"。

随着时间推移，新一届美国政府的中东政策将更加具体、更加系统，但不论未来如何发展，世界希望美国能够在中东地区扮演一个更加正面的角色。正如美国《外交》杂志所提出的：使中东走上更加积极的轨道需要停止战争，通过公平包容的政治谈判解决争端，建立有助于减轻冲突和增进合作的区域组织，为了实现这一目标也离不开美国与中东地区内外利益相关方的有效合作。

中东当地舆论认为，尽管美国新政府将把反恐作为中东政策的重中之重，但是要想在反恐方面迅速取得成果并不容易。除了战术层面的问题外，阻碍美国在中东反恐方面加大投入以便速战速决的物质和心理障碍也早就存在，并不会因为特朗普就任美国总统而改变和自动消失。美国在该地区的行动很难立竿见影。

# "死亡之城"何时能够重现生机？

据伊拉克国家电视台2017年7月9日报道，伊拉克总理阿巴迪当天抵达摩苏尔。伊拉克总理办公室发表声明称，"伊拉克武装部队总司令阿巴迪祝贺英勇的战士和伊拉克人民取得的重大胜利！"这标志着摩苏尔已经从"伊斯兰国"极端组织的控制下"完全解放"。伊拉克反恐战争取得了重大进展。不过长达8个月的军事冲突让摩苏尔的人道主义危机日益严重。未来，摩苏尔重建、彻底消除恐怖主义仍是摆在伊拉克政府和国际社会面前的严峻挑战。

## "'伊斯兰国'极端组织在摩苏尔的统治已经落幕"

据伊拉克库尔德自治区媒体"Rudaw"网站报道，截至7月9日凌晨，在摩苏尔老城仍有零星恐怖分子负隅顽抗，他们叫嚣将"战至最后一颗子弹"。当日，伊拉政府军将"伊斯兰国"极端组织武装人员围困在靠近底格里斯河的小范围区域内，经过激战，最终占领了极端分子在摩苏尔老城最后的一片区域，全面控制摩苏尔。伊拉克当地电视台援引伊拉克反恐部队指挥官泰尔·柯亚尼的话说，"'伊斯兰国'极端组织在摩苏尔的统治已经落幕。武装分子已经全部投降或被消灭，那些试图逃窜的武装分子全都失败了。"

伊拉克巴格达、摩苏尔等城市的居民和战士庆祝摩苏尔的彻底解放。伊拉克国防部发表声明称，在8日的战斗中，政府军共击毙了35名武装分子，打伤6人，这些武装分子当时试图从摩苏尔西部城区逃向东部城区。

摩苏尔是伊拉克第二大城市，尼尼微省省会，有150万人口，2014年6月被"伊斯兰国"极端组织占领，是其在伊拉克的最后一个主要据点。2016年10月，伊拉克政府军开启了解放摩苏尔的军事行动。在解放东部城区后，2017年2月，政府军开始向西部城区推进,并逐步缩小对摩苏尔老城区内"伊斯兰国"极端组织的包围。6月29日,伊拉克军方联合行动指挥部发言人阿卜杜勒—阿米尔·亚拉拉表示,政府军当天上午收复了摩苏尔努里清真寺所在的地区。同一天,阿巴迪称,收复努里清真寺标志着"伊斯兰国"极端组织的终结。伊拉克军方称,自解放摩苏尔的军事行动开展以来,共有1.45万名极端组织的武装人员被消灭。

### 战争让摩苏尔成为"绝对的死亡之城"

美国全国广播公司的报道称:"对于过去几个月深陷摩苏尔交火中的人来说,那里就是人间地狱。"美联社援引一名逃离摩苏尔老城的男子的话说,战争让摩苏尔成了"绝对的死亡之城","我们永远不可能和其他人一样,因为恐惧一旦根植于内心,它将永远无法被抹去"。

据伊拉克政府统计,超过85万人试图逃离摩苏尔,成了无家可归的难民。但仍有很多人无法离开"死亡之城",他们面临着藏在隐秘地方的"伊斯兰国"极端组织狙击手的恐吓,一旦试图逃跑则有可能丧命。这部分人缺乏食物和必要的药品,经常面临断水和断电,生存状况堪忧。国际红十字会曾警告称,被困在摩苏尔城内的平民大约有10万人以上,这些人面临着严重的人道主义危机。联合国基于卫星图片的调查显示,摩苏尔老城有5536栋建筑遭到损毁,其中有490栋被完全破坏。未来的摩苏尔重建将是重大挑战。

"伊斯兰国"武装分子还将被困在城内的居民作为人体盾牌,以延滞伊拉克安全部队的推进速度。极端分子还利用外逃的平民对伊拉克政府军进行自杀式炸弹袭击,其中不乏一些无辜的女性,他们在靠近政府军士兵后引爆了绑在身上的炸弹。联合国人权事务高级专员扎伊德·侯赛因表示:"任何语言都已无法谴责极端组织所犯下的暴行。"

伊拉克政府在摩苏尔东部城区搭建营地,专门安置从西部城区逃亡的平民,还专门设立"安全走廊",疏散被困平民。联合国难民署也设置了数个救援点,为从摩苏尔逃出的难民提供救治,并提供必要的水和食物。

### "未来伊拉克政府仍然面临着如何防止恐怖主义死灰复燃的严峻挑战"

随着摩苏尔的收复,未来伊拉克的反恐形势和政治局势成为国际社会关注的焦点。分析人士认为,恐怖主义的温床暂未完全铲除,地区各政治势力急于填补"伊斯兰国"极端组织失势后的政治真空,未来的伊拉克局势恐怕仍难言乐观。

美国华盛顿中东政策研究中心资深研究员哈桑·哈桑认为,虽然"伊斯兰国"极端组织遭受到了严重的打击,但是其组织机构还在,未来仍有卷土重来的能力,"不同于'基地'组织,'伊斯兰国'极端组织不仅曾经拥有领土,而且长期经营,其管理人员、武器技术人员、宣传人员都有丰富的经验,他们有可能将这些经验用于复苏该组织中来。"

《华尔街日报》的分析认为,伊拉克的反恐形势并不会随着摩苏尔的解放而得到立即好转,"虽然'伊斯兰国'已经失去了过去几年占领的大部分领土,但仍控制着多个较小的伊拉克城镇,在叙利亚控制着大片领土","仍然可以在巴格达和西方国家发动恐怖主义袭击"。未来,伊拉克政府军和国际社会仍需要大量时间来清除"伊斯兰国"极端组织的残存势力。

埃及开罗大学政治系教授哈桑·纳法认为,贫困是极端主义和恐怖主义滋生的温床,解放摩苏尔是对"伊斯兰国"极端组织的重要打击,但仅仅依靠军事力量,而忽视了社会、文化和宗教等各方面的综合措施,很难彻底根除极端组织发展的土壤,因此,从这个角度看,未来伊拉克政府仍然面临着如何防止恐怖主义死灰复燃的严峻挑战。另外,伴随着摩苏尔的解放,恐怖分子势必化整为零,一部分蛰伏在伊拉克,伺机发动恐怖袭击,另一部分则可能向周边国家渗透,对整个中东地区的反恐造成压力。

# 第三章 人物风云再回首

埃尔多安,想当「土耳其普京」

土耳其末代总理 一切为了自己「下岗」

「幸福沙漠」里的百年王室

沙特国王的三张面孔

新王储上位,沙特王位回归「父传子」

马克图姆家族:迪拜传奇的制造者

简洁之处见本真 光影摇曳皆成诗

别了,「和平老人」佩雷斯

利夫尼,带刺的以色列玫瑰

阿联酋王储,是个「环保控」

伊拉克总理,玩命搞改革

从「恐怖皇太子」到「基地」组织新领袖

# 埃尔多安，想当"土耳其普京"

2014年8月11日，土耳其最高选举委员会宣布，时任总理、执政的正义与发展党（正发党）主席埃尔多安凭借51.79%的得票率，在土耳其首次总统直选中获胜，成为土耳其新总统。

埃尔多安此次最引人关注的，是他在竞选中曾多次表示，若当选总统，将会强化总统权力，绝不仅仅当一个"礼仪性"总统，而他领导的正发党也表示，要通过修宪扩大总统职权。如今，有人对新总统充满期待，认为埃尔多安是实现土耳其强国梦的不二人选，但也有人认为他在总统任期内将会加剧土耳其的分裂，使土耳其背离"民主"。

## 一代人的励志楷模

埃尔多安是土耳其极具传奇色彩的人物。他白手起家，从一个街边摊贩奋斗成为最具权势的国家领导人，成为土耳其一代人的励志楷模。

埃尔多安出生于伊斯坦布尔一个贫困的穆斯林家庭。高中毕业后，他进入马尔马拉大学经贸学院读书，在这期间，他还在当地一家足球俱乐部当球员。他甚至一度将加入国家队作为人生目标。

由于家贫，埃尔多安少时常穿梭在大街小巷卖柠檬或小食品，以补贴家用。他曾说，这些苦难经历培养了自己的意志和品质，对日后成长起到很大作用。

在大学期间，他追随土耳其前总理吉梅丁·埃尔巴坎，加入了土耳其的伊斯兰运动。1980年，土耳其发生军事政变后，埃尔多安加入土耳其福利党，并成为该党的重要领导人之一，但此后他的政治生涯一直没有起色。直到1994年，埃尔多安的命运出现转机，他成功当选土耳其最大城市伊斯坦布尔市市长。

在市长任上，埃尔多安励精图治，改善公共服务，将拥挤破败的伊斯坦布尔治理得整洁、干净，而又生机勃勃；他大力发展旅游业，使外国游客纷纷慕名而来。这让他获得了良好的政治声誉，为以后的政治道路打下了坚固的基础。

但是，作为一名虔诚的伊斯兰教徒，埃尔多安的保守宗教信仰也让他付出了惨重的政治代价。1998 年，埃尔多安因在公开演讲中朗诵了一首暗含原教旨主义的禁诗，遭警察逮捕。在被拖走时，他甚至还大呼："这首诗还没颂完。"之后，他因"反世俗罪"被判处 4 个月监禁，并被剥夺政治权利 5 年，而他所在的政党也被取缔。

但埃尔多安并未消沉，他和一些旧党同僚另起炉灶，很快创建了一个叫"正义与发展党"的新党派，该党在 2002 年议会选举中获得压倒性胜利。2003 年 3 月，埃尔多安被时任总统塞泽尔任命为总理并组阁。

## "中东强人"之路

2007 年，埃尔多安成功连任总理，迈上了政治生涯的高峰。

国家实现经济腾飞、对外强硬政策获高人气、迎合大众的伊斯兰主张等，是埃尔多安竞选总统成功的重要法宝。

据统计，2003 年至 2013 年间，土耳其年均经济增长率达到 7% 左右，人均 GDP 翻了两番，从 2500 美元达到现在的 1 万多美元，通货膨胀率也从 70% 下降至 10% 以下。即使是在欧盟经济一片惨淡的 2013 年，土耳其仍成功实现了 4% 的经济增长。现在，土耳其已成为联结欧亚非三大洲最大的经济体，在国际社会享有"新钻"国家的美誉。

经济增长使人民的生活水平、教育和医疗条件大大提高和改善，尤其让穷人受益良多。我在土耳其采访时曾多次与民众交流，谈到埃尔多安时他们都会点头称赞，认为他的执政真正改善了他们的生活。

在土耳其民众中流传着一段埃尔多安和奥巴马在联合国的谈话，颇能反映这位政治强人的性格。奥巴马对埃尔多安说："你在保护伊朗。"埃尔多安马上反唇相讥："你是以色列的律师，你在保护以色列。"埃尔多安还多次对美国说"不"，拒绝美国借道土耳其对伊拉克展开军事行动。

土耳其曾是以色列在伊斯兰世界的重要盟友，但埃尔多安上台后，土以关系开始恶化。在 2009 年达沃斯世界经济论坛年会上，当以色列总统佩雷斯为以色

随着土耳其修宪公投通过,埃尔多安的权力与威望将达到顶峰。在土耳其修宪公投前,伊斯坦布尔街头随处可见带有埃尔多安头像的宣传海报。

列对加沙动武辩护时,愤怒的埃尔多安不顾劝阻,当场拂袖而去。2010年5月,土耳其救援船"蓝色马尔马拉"号遭到以色列武力拦截,土耳其随即宣布将土以外交关系降至二秘规格,土以关系自此陷入低谷。

美国马里兰大学2010年在中东地区国家所做的调查显示,埃尔多安已成为该地区最具人气的政治家,甚至有人称之为土耳其"新苏丹"。2011年,埃尔多安当选美国《时代》周刊年度人物。

就在埃尔多安距离总理任职期满还有半年多的时候,遭遇了一场他执政10多年以来最大的政治风波。2013年12月17日凌晨,伊斯坦布尔警方在埃尔多安不知情的情况下,以涉嫌经济腐败为由突然逮捕了包括3名内阁部长的儿子、房地产商及银行高管在内的近50人,一时间舆论哗然。而后,案件涉及的3名部长被迫辞职,引发土耳其政坛地震。反对党和抗议者矛头直指埃尔多安政府,强烈要求他下台。

面对突如其来的事态,埃尔多安并没慌乱,依然呈现出强硬态度。他一夜之间更换了10余名内阁成员,另一方面也解雇和调换了至少500名参与"反腐败调查"的警察,其中包括伊斯坦布尔警察局局长等数十名警界高官。

埃尔多安成功应对这场危机，并取得胜选。德国电视一台评论认为，不论是全国性反腐败抗议浪潮，还是国际上对其专制的批评，都未能动摇埃尔多安的强势地位。因为大多数选民认为，土耳其需要一个强势总统，带领民众发展经济，反对外来恐怖主义，而埃尔多安无疑是最适合的人选。

## "普京模式"面临挑战

土耳其共和国自1923年建立以来，一直实行议会共和制，即由土耳其大国民议会最大党领袖出任总理，掌握国家行政实权，而总统则是虚位国家元首。总统由议会选举产生，任期7年，不能连任。2007年，土耳其全民公决通过宪法修正案，总统改为全民直选，任期变为5年，可连任一届。按照规定，埃尔多安无法谋求总理的三连任，于是他将目光转向了总统，打起了实权总统的算盘。埃尔多安曾多次表示，希望能担任两届总统，在自己任上迎接2023年土耳其共和国建国百年。

有观察家认为，埃尔多安可能会与时任总统居尔交换职位。此举被看作复制了俄罗斯领导人普京和梅德韦杰夫交替任职的做法。

但也有分析认为，埃尔多安的"普京模式"或许面临不少的挑战。首先，预计最快也要到2015年土耳其议会大选后才会提出修宪，而在这段时间内，埃尔多安既要让出党主席的领导权，又不再拥有总理权力，那么他还有多大实力就难以预料了。其次，总统居尔出任总理后或许并不愿交权。因为此前他曾暗示称，"我不认为'普京—梅德韦杰夫模式'适合土耳其"。第三，"普京模式"或许将引起反对派的强烈不满。埃尔多安的反对者认为他当选总统会加剧国内分化，将使土耳其越来越偏离"政教分离治国"原则。

但也有学者认为不应该拿土耳其与俄罗斯做比较。埃尔多安在担任总理后期的表现看似有"权威主义"的倾向，但某种程度上来说反而是他本人的一种自信。他担任土耳其领导人期间，积累了经济治理的成功经验，在政治领域结束了土耳其长期党派林立、议会效率较低下的问题，不能简单将其性格中的"魄力"与"专制"挂钩。

当选总统，使得埃尔多安的声望到达了顶点。不论"普京模式"是否在土耳其开启，可以想见的是，埃尔多安这位"中东政治强人"，必定会在土耳其政坛寻求政治新突破。

# 土耳其末代总理一切为了自己"下岗"

2017年4月16日,土耳其举行修宪公投境内投票。初步计票结果显示,执政党正义与发展党(正发党)主导的支持修宪派阵营赢得51.4%的选票,宪法修正案以微弱优势获得通过。修宪公投尘埃落定,土政治制度将由议会制变为总统制。总统的权力将急剧扩大,可直接任命包括副总统和内阁部长在内的高官,总理职位将被取消;总统将不再受政党中立限制,可以继续担任政党主席;总统能够解散议会,议会基本没有能力监督或弹劾总统。

根据宪法修正案,现任总理比纳利·耶尔德勒姆将成为土耳其的末代总理,但他似乎很高兴。公投结果揭晓当晚他说:"我们国家历史翻开了崭新的一页,我们将利用这一胜利让土耳其变成一个更加光明的国家。"

62岁的耶尔德勒姆出生于土耳其东部埃尔津詹省的雷法希耶。他的姓"耶尔德勒姆"在土耳其语中意为"闪电",名字"比纳利"则由一位邻居所起,源自伊斯兰教先知穆罕默德堂弟与女婿阿里之子之名。耶尔德勒姆毕业于伊斯坦布尔技术大学海事学院,获得了海军建筑和海洋工程的硕士学位,毕业后曾在土耳其船运企业和造船公司工作。

1994年至2000年,耶尔德勒姆担任土耳其最大海运公司伊斯坦布尔快速渡轮公司总干事。当时,埃尔多安任伊斯坦布尔市市长,两人因此建立了密切的关系,为耶尔德勒姆从政打下基础。

2001年,埃尔多安与多个原右翼党派的成员成立了正发党,耶尔德勒姆也是该党创始人之一。2002年大选,耶尔德勒姆被推举为伊斯坦布尔第一选区的国民议会议员候选人。那一年,正发党在大选中取得了压倒性的胜利,他也顺利当选,正式开启自己的政治生涯,并在2007年和2011年连任。由于正发党对党员有担任议员不能连续超过 3 届的限制，耶尔德勒姆并未参加 2015 年 6 月的大选，不过在当年 11 月的大选中他再次当选，堪称正发党内最资深的议员之一。

在正发党内部，耶尔德勒姆被称作"不变的交通部长"。从 2002 年开始，他担任了 11 年交通部长。2014 年到 2015 年，他成为埃尔多安的高级顾问，被外界视为埃尔多安最为亲密的心腹之一。

2015 年 5 月 5 日，艾哈迈德·达武特奥卢因与埃尔多安在政治改革、难民以及库尔德工人党等问题上存在分歧，关系恶化，正式宣布辞去正发党主席和总理职务，并明确表示将不会参选下届党主席。正发党举行临时党代会，进行党主席补选。5 月 22 日，耶尔德勒姆被正发党正式提名为党主席的唯一候选人，并以压倒性票数当选。根据正发党传统，党主席与总理为同一人，所以埃尔多安在耶尔德勒姆当选后立刻提名他担任总理，并授权他重组内阁。

与他的前任达武特奥卢相比，耶尔德勒姆在协助埃尔多安将土耳其从议会制转变为总统制过程中更加配合，毫无保留地为总统制鼓与呼。当选党主席后，他直言不讳："眼下需要的是一部新宪法和总统制，埃尔多安的道路就是我们的道路。"他表示，新政府的优先事项是推动建立总统制，以巩固埃尔多安对权力的控制。

这次公投之后，耶尔德勒姆最迟将在 2019 年"下岗"，但他似乎毫不在意。有人说，他从担任总理开始就惦记着将"总理"一职废止。伊斯坦布尔政策中心主任福阿特·科曼曾这样评价耶尔德勒姆：在他担任总理后，"总理"一职的意义发生改变，"总统成为行政机关的负责人，而总理只是其中一个功能性的小齿轮"。

作为一名在政治角斗场上摸爬滚打了多年的高手，耶尔德勒姆的选择其实对他最为有利，恰恰显示了他的政治智慧。

首先，埃尔多安是少有的强势领导人，无论是在正发党、政府还是民众中都有着极高的支持率，可以说，在土耳其很难找到一个能够与埃尔多安针锋相对的政治领袖，在这样的背景下，顺从埃尔多安、避其锋芒不失为上策。

其次，埃尔多安修宪成功，总统大权在握，但根据宪法，总统只能连任两届，最迟到 2029 年要结束任期。在这期间，耶尔德勒姆作为其政治伙伴，能继续积攒政治资本，在未来的总统大选中博个胜负。毕竟，到 2029 年耶尔德勒姆只有 74 岁，并非完全没有机会。

最后，作为埃尔多安的亲信与幕僚，对于国家未来的发展，耶尔德勒姆会比常人有更为深刻的认识与了解。他积极推动总统制未必就是迫于埃尔多安的权威，而是他深思熟虑之后，认为这样做是对土耳其未来发展的最佳选项。

这次被埃尔多安称为"决定是否改变治理体制"的公投，最终得以通过。但是对埃尔多安和正发党来说，来自国内外的挑战恐怕才刚刚开始。

此次公投中，支持修宪派优势并不明显，这意味着土耳其朝野对立恐将进一步尖锐。伊斯坦布尔比尔吉大学政治学系教授伊尔尔·图兰认为，公投后，国家权力制衡体制将进一步被削弱，土耳其既有的二元对立将加剧，社会将更加撕裂。在这样的背景下，能否通过政治体制的改变建立一个更有效率的国家政权、实现土耳其的繁荣，有待观察。

在对外关系上，土耳其与西方的关系同样面临前所未有的挑战。有西方媒体认为，公投让埃尔多安成为"独裁者"，甚至有人称土耳其的民主"已死"。欧盟前驻土耳其大使皮耶里尼表示，土耳其与欧盟的关系"已如一座断桥"。有分析认为，土耳其与欧盟之间渐行渐远，土耳其的"欧盟梦"恐怕难以实现；不过作为北约成员国和地区的重要国家，土耳其在叙利亚、难民等问题上拥有很大的话语权，土耳其与欧盟之间的合作空间依然存在。

对上述有关质疑，埃尔多安在公投后接受美国媒体采访时予以了回应。他说，自己不是独裁者。"在土耳其，我们是经过投票的，我们有选举、投票箱，如果你要说通过投票选出来的是一个独裁者，这对于获胜的人来说是不公平的，也是对选民的不尊重。民主制度下权力来自选民，这就是我们所说的国家意志。"

耶尔德勒姆也力挺总统。他说："人民的意愿很清晰，公投结果结束了土耳其在这个问题上的长期争论。"

# "幸福沙漠"里的百年王室

"众所周知,已故国王是一位英明且始终如一的国家领导人和政治活动家,在国内备受臣民爱戴和尊重,在国际舞台上德高望重……"这是俄罗斯总统普京2015年1月25日为两天前去世的沙特国王阿卜杜拉所发的唁电。同时,俄罗斯总理梅德韦杰夫赴沙特进行吊唁。

阿卜杜拉国王去世的消息是1月23日由沙特王室宣布的。当天,阿卜杜拉的弟弟、王储萨勒曼继位成为新国王,其同父异母的弟弟穆克林被确认为新王储。

和俄罗斯领导人一样,包括时任美国总统奥巴马在内的世界多个国家的元首、总理、部长、酋长等连日来纷纷拥向沙特——阿卜杜拉的去世迅速在国际上引发一场"外交洪流"。上一次出现这样的场面,是2014年南非国父曼德拉的逝世。不同的是,这次各国政要奔赴沙特并不完全是为了吊唁阿卜杜拉,也有拜见一下全球最大石油生产国新国王的意思。

那么,沙特老国王的去世以及新王权的确立对沙特意味着什么?又将为中东乃至世界带来怎样的影响?

## 阿卜杜拉,手握王权的"改革者"

享年90岁的阿卜杜拉,无论是在中东、阿拉伯国家,还是在伊斯兰世界的政治舞台上,都堪称一位叱咤风云的人物。

1924年,阿卜杜拉出生在沙特首都利雅得,是沙特王国创立者阿卜杜勒-阿齐兹·沙特国王之子,前国王法赫德的同父异母兄弟。他的母亲法赫达是沙特中部主要游牧部族贝都因一位酋长的女儿。与那个时代的沙特年轻人一样,阿卜杜拉的童年时代是在沙漠中度过的。由于王子的特殊身份,阿卜杜拉从小接受了系统的宗教和军事教育，熟读过大量宗教、历史及文学书籍。

沙特老国王对儿子管教非常严格。有一次，家里来了位客人，阿卜杜拉只顾贪玩，竟忘了给客人让座。父亲认为阿卜杜拉违背了待客之道，便毫不客气地把他送进了班房，并交代看守严加看管。阿卜杜拉似乎也意识到自己错了，在狱中老老实实待了3天。最后，还多亏狱卒看他态度诚恳，不断向老国王求情，才把他放了出来。

1964年，阿卜杜拉任沙特国民卫队司令。在他的领导下，国民卫队编制不断扩大，并装备了最新式的武器，战斗力得到显著提高，他也由此初露锋芒。1975年，阿卜杜拉被任命为第二副首相。1980年，他积极斡旋约旦与叙利亚的冲突，使得两国避免兵戎相见，这为他在沙特国内和阿拉伯世界影响力的提升打下了重要基础。1982年6月，哈立德国王病逝，法赫德继承王位，阿卜杜拉被立为王储，同时兼第一副首相和国民卫队司令。

2005年8月1日，法赫德国王去世，时年80岁的阿卜杜拉继承王位，成为沙特第七任国王。其实，由于法赫德国王身体状况不佳，在其统治后期，国家大事基本已交由阿卜杜拉处理。

阿卜杜拉执政的10年间，被外界称为"谨慎的改革者"，他一直致力于在阿拉伯传统习俗和现代发展需求之间达到某种平衡。经济上，他设立最高经济委员会，积极制定政策吸引外资，并努力创造就业机会，降低失业率。2012年，沙特实现人均GDP近3万美元。在社会领域，阿卜杜拉逐渐采取措施提升社会自由度，允许更多女性走上工作岗位。2015年，他给予了沙特妇女选举权与被选举权。在他的推动下，沙特有了第一位女性部长，并允许男女在大学同校学习。

阿卜杜拉本人的生活方式比较传统，除了爱看书外，他还保持着贝都因人的体育和娱乐传统，心仪古代阿拉伯人简单的游牧生活。他喜欢骑马，还喜欢带着老鹰打猎。每年至少有一个月，阿卜杜拉会到摩洛哥沙漠打猎，住在依靠高科技搭建成的帐篷里。

阿卜杜拉至少结过30次婚，但他始终将妻子的数量保持在伊斯兰教允许的4个范围内。他的妻子们来自叙利亚、巴勒斯坦、摩洛哥等国。他有6个儿子，都在沙特政府重要部门任职。

阿卜杜拉国王是中国人民真诚的朋友，曾两次访问中国。阿卜杜拉去世后，中国前驻沙特大使郁兴志撰文深情回忆他当年访华的趣事。

1998年10月14日，时任沙特王储的阿卜杜拉访华。访华代表团有14人，其中王室成员7名，包括外交大臣费萨尔亲王、驻美大使班达尔亲王、王储的3位公子以及石油大臣和财政大臣，另有随行人员177人。他们分成4架专机抵京。当天下午四五点钟，除王储少数贴身警卫外，访华团大部分人员先后进入北京城。但由于没接到上级对主宾的进城通知，我外交部领导和郁兴志大使等人只得在首都机场贵宾室陪阿卜杜拉等候。外交大臣费萨尔等人坐立不安，几次催问，甚至颇有微词。但阿卜杜拉王储却显得很有绅士风度，认真听大使介绍有关情况。在机场等待近一小时后，王储一行终于被获准进城。当晚，时任国务院总理朱镕基在人民大会堂主持仪式欢迎阿卜杜拉王储一行。

第二天，时任国家主席江泽民又在钓鱼台会见阿卜杜拉一行。随后，郁兴志陪同阿卜杜拉前往北京牛街参观中国伊斯兰教协会总部及伊斯兰教经学院。阿卜杜拉发表了简短即席讲话。他说："一个好的穆斯林，应该既忠于真主，又忠于自己的祖国；应该正确理解《古兰经》教义，反对宗教极端主义和恐怖主义。"在乘大巴赴长城参观途中，阿卜杜拉还专门问坐在身边的郁兴志："我在牛街的讲话还算得体吗？"看到大使竖起大拇指，74岁的王储露出孩子般的笑容。在游览长城时，阿卜杜拉坚持爬了很长一段。听到"您爬上了长城，已经成为好汉"的赞许，阿卜杜拉报以一阵爽朗的笑声。

2006年1月，阿卜杜拉国王兼首相应邀对中国进行国事访问。这是阿卜杜拉继位后首次正式出访阿拉伯以外地区，也是沙特国王第一次访华。

## 萨勒曼，不年轻的新国王

新国王萨勒曼今年82岁，是阿卜杜拉同父异母的弟弟。有报道称，在老国王阿卜杜勒-阿齐兹·沙特所有儿子中，体格健硕的萨勒曼与父亲外形最为相似。

萨勒曼的母亲哈莎是老国王最宠爱的妻子之一，他们共育有7个儿子。7兄弟均地位显赫，其中包括已故国王法赫德、已故王储苏尔坦和纳伊夫等。

由于沙特的王位继承制度是"兄终弟及"而非"父死子继"，因此排在王位继承顺序上的，目前还都是王国创立者阿卜杜勒-阿齐兹·沙特的子辈。2011年10月，时任王储兼国防大臣的苏尔坦去世，纳伊夫成为王储，萨勒曼接任国防大臣。2012年6月，纳伊夫病逝，萨勒曼被立为王储，并任第一副首相兼国防大臣。

萨勒曼成为王储前，从1963年起就担任利雅得省省长。在近50年的省长任期内，萨勒曼通过吸引投资及发展旅游业将利雅得从一座沙漠小城发展成人口近500万的大都市，这显示了他在行政治理上的才华。作为地方行政长官，萨勒曼广泛接触保守派宗教人士、各大部族势力以及影响力日益增加的自由派，并与之保持较好关系，这在一定程度上被看作一种政治铺垫。

美国前驻沙特大使罗伯特·乔丹曾这样评价这位新国王："在我看来，他（萨勒曼）能够很好保持微妙平衡，在尊重沙特传统和保守方式的同时推动社会前进。"

萨勒曼是一位非常重情重义的领导人。在兄长苏尔坦病重前往美国和摩洛哥治疗期间，萨勒曼几乎从2008年至2011年一直陪护着哥哥。苏尔坦曾在信中以"忠诚的王子"称呼他。他同时也是法赫德国王在位期间最为信任的王室成员。或许正因如此，萨勒曼曾是调解沙特王室成员矛盾的"王室委员会"负责人之一。萨勒曼的"暖男"形象不仅仅存在于皇室家族中，在民众眼里，他也是一名亲切的皇族。2013年2月，萨勒曼开通了他的官方推特账号，现在已拥有100多万关注者。

继承王位之后，外界关注的焦点莫过于萨勒曼的施政方向了：他是否会改变阿卜杜拉国王的政治经济政策？

分析人士认为，萨勒曼大幅修订阿卜杜拉政策的可能性并不大。在阿卜杜拉去世当天，萨勒曼就向全国发表电视讲话说："我们将保持目前由阿卜杜拉国王所确立的前进方向。"他还誓言"将一生奉献给阿拉伯伊斯兰事业"，并号召整个阿拉伯伊斯兰民族团结一致。

## 未来王位的传承之争

沙特家族的始祖是18世纪的沙特·穆罕默德·伊本，他赋予这个在未来岁月里帝王辈出的家族以"沙特"之名。"沙特"的意思是"幸福"，"沙特阿拉伯"即"幸福的沙漠"。而真正使沙特家族崛起的，是穆罕默德·伊本·沙特。18世纪中叶，穆罕默德·伊本·沙特与挚友阿卜杜拉·瓦哈比一起投身军旅，并以沙特家族栖息的德拉伊叶村为中心，逐渐建立起沙特家族的第一个王朝。伊本·沙特与瓦哈比联手奠定了沙特王朝的基础和模式：沙特王朝的教权归瓦哈比教派，政权归沙特家族。

19世纪，英国人入侵并占领了阿拉伯半岛。1902年，沙特家族的阿卜杜勒-阿齐兹·沙特率领一队人马在科威特埃米尔的资助下，从敌对的拉希德家族手中一举收复利雅得。在1913年至1926年间，阿卜杜勒-阿齐兹·沙特又相继征服了阿拉伯半岛大部分领土，并自封为苏丹。1927年5月20日，阿卜杜勒-阿齐兹·沙特同英国签署了《吉达条约》，标志着该地区正式脱离英国独立。1932年9月23日，这个"苏丹国"正式以开国国王阿卜杜勒-阿齐兹·沙特的名字命名为"沙特阿拉伯王国"。

沙特是政教合一的君主制国家，国王亦称"两圣地仆人"，并兼任首相，行使国家最高行政权和司法权。1992年，沙特颁布《治国基本法》，规定由王国缔造者阿卜杜勒-阿齐兹·沙特国王子孙中的优秀者出任国王。这项王位继承制度赋予现任国王指定继承人的绝对权力。但到了2007年，沙特又修改王位继承制，规定国王只能提名3个王储候选人，交由王室高级成员组成的王室家族议会"效忠委员会"，通过无记名投票方式选定其中一人继承王位。该委员会有权拒绝国王的提名、宣布废黜王储，甚至可以自行立储。新的王位继承制度体现的不仅仅是国王的意志，更是整个沙特王室集体的意志。

但实际上，自从阿卜杜勒-阿齐兹·沙特国王1953年去世后，沙特的王位就在其儿子辈中转接。目前，老国王儿子辈健在的人士已经不多。

一直有舆论认为，由于沙特国王和王储都存在年事偏高的问题，如果继续维持这种继承顺序，可能造成国王频繁更替，不利于国家的政治稳定。

据不完全统计，目前沙特王室大约有5000余名王子，其中有200名亲王具备参与王室权力角逐的实力。虽然萨勒曼任命了侄子纳伊夫为副王储兼第二副首相和内政大臣，但要让其他200名亲王"心悦诚服"，恐怕暂时还无法实现。有分析认为，在王室第二代相继离世后，很可能引发第三代王位继承的纷争。

### 王室的奢靡生活

20世纪中叶之前，沙特王室成员一直过着较为简朴的生活。此后随着石油带来滚滚财富，沙特王室的富有达到了令人咂舌的地步。"有钱，就是任性"，这用在沙特王室成员身上真是恰如其分。

据有关机构统计，沙特王室5000余名王子，在国外共掌控着高达6000亿美元的投资。曾有媒体这样报道法赫德国王的小儿子阿卜杜勒·阿齐兹亲王："他是世界上最富有的小男孩，有7辆凯迪拉克和3架飞机，每周的零花钱是600万美元；他的银行账户已经预留了16亿美元。"小阿卜杜勒·阿齐兹亲王甚至想买下英国的白金汉宫。"但这与阿尔瓦利德王子相比却也是小巫见大巫。"

63岁的王子阿尔瓦利德是名副其实的"中东第一富豪"，也是全球少数几个可以一次开出上亿美元现金支票的人。在2013年《福布斯》亿万富翁榜上，他位居第26位，是中东地区最为富有的人。但阿尔瓦利德却对这一排行榜表示不满，认为低估了他的财富，甚至致信福布斯集团总裁，宣布正式与《福布斯》排行榜"断交"。

阿尔瓦利德是空客A380客机的首位私人买家，他为此豪掷2.4亿英镑（约合23亿元人民币）打造这架世界上最大的私人飞机。他将这架高度为24米、长72米的"空中巨无霸"改装成了一座3层的奢华"飞行宫殿"，总建筑面积相当于3个网球场，其中配备了富丽堂皇的螺旋式楼梯和专用电梯。舱内还有能容纳10多人的音乐厅，地板与墙壁上都镶有巨大的屏幕，可以在飞行时欣赏窗外的风景。用大理石铺砌的土耳其浴室以及用来停放劳斯莱斯轿车的车位更是显示了这位王子的身价。作为私人订制，这架客机还有一个独特设计：它有一个通过电脑控制的祈祷区域，无论飞机飞到哪里，其坐垫都会自动指向麦加方向，方便祷告。此前，阿尔瓦利德已经拥有两架私人飞机和一艘超豪华游艇。

如今刚刚坐上王位的萨勒曼，也有着令人印象深刻的"任性"记录。那是2014年2月，他豪掷1800万英镑（约合1.8亿元人民币）包下马尔代夫小岛度假一个月。当时，还是王储的萨勒曼访问马尔代夫，访问结束后决定"顺便"在马尔代夫度假。于是，他包下安娜塔拉薇莉岛、娜拉杜岛和安娜塔拉笛古岛3个小岛上的五星级度假村。萨勒曼在100名保镖的护卫下，带着一艘豪华游艇和一间漂浮的"海上医院"入住宾馆，排场之大让人震撼。当然，这种"土豪行为"使得一些本已订房的普通游客被酒店单方面取消预约，惹得众人大为不满。

也许，那时候萨勒曼还认为自己只是个王储，没想到他11个月之后就能登上王位，否则相信他会顾及负面影响。

## 王国面临诸多挑战

其实，沙特目前正面临各种紧迫的挑战。新国王萨勒曼现年82岁，健康状况不佳，据说甚至比其兄长阿卜杜拉还要糟糕。2010年，萨勒曼在美国接受过一次脊椎手术，并在那里恢复了整整一年时间。由于经受过多次中风，他的左胳膊明显不够灵活，因此外界曾猜测其或许患有阿尔茨海默症。由于对新一代副王储的任命意义重大，个人、派系以及家庭之间对于谁未来统治这个中东大国的竞争将不可避免。

沙特新领导集体也面临着诸多外部挑战。第一个来自南部邻国也门。也门已成为"基地"组织在阿拉伯半岛发动袭击的策源地，其首都被胡塞武装控制，总统哈迪于2015年1月22日提出辞职。不能正常运转的政府已难以控制也门局势的进一步恶化。而极端势力针对沙特发动袭击，也许只是时间问题。因为沙特境内有麦加和麦地那两大伊斯兰教圣地，"伊斯兰国"等极端势力无时无刻不在想方设法控制该国。

沙特北面和西面的情况同样不妙。叙利亚内战已使该国变成了"一个几近崩溃的国家"。约旦本是沙特在中东地区最亲密的伙伴，但在接收了数以百万计的入境难民后，"正忙得不可开交"。就连东部的近邻巴林，也因控制政权的逊尼派只占少数人口，一直为如何维持统治而惶惶不可终日。

从内部来说，沙特人口不断增加，国民经济严重依赖石油的状况没有根本改观，发展压力日趋明显，这都将成为沙特面临的长期而复杂的挑战。

当然，沙特的前途并非"一团漆黑"。新王位的顺利交接，使该国政局短期内不会有太大的变化。对于新国王来说，最大的利好是沙特有富足的石油，而且其现金储备也跟能源储量一样可观。

就拿石油来说，沙特目前仍然是世界上最大的石油生产国和出口国，国内石油剩余可采储量还有365亿吨，占世界储量的15.9%。目前，沙特平均每天出口石油900多万桶，是整个国际原油市场的"大块头"。显然，它在原油市场的一举一动都能掀起非同凡响的风浪。

阿卜杜拉国王去世后，整个国际市场都在观望新国王萨勒曼是否会改变阿卜杜拉国王的石油政策。值得关注的是，萨勒曼已宣布阿里·纳伊米继续留任石油和矿产资源大臣，此人一直在沙特石油出口战略中有着举足轻重的影响力。这一信息或许从一个侧面表明，沙特未来的石油政策不会发生太大改变。

# 沙特国王的三张面孔

2016年1月20日,沙特国王萨勒曼·本·阿卜杜勒·阿齐兹与来访的中国国家主席习近平,共同出席延布炼厂启动仪式。两国元首一同按下启动按钮,宣布该项目正式投产。

延布炼厂项目是中国在沙特最大的投资项目,也是萨勒曼"向东看"外交战略的一个缩影。2015年1月23日,沙特国王阿卜杜拉逝世,他的同父异母弟弟、王储萨勒曼继承王位。与哥哥低调、谨慎的外交风格不同,萨勒曼更加积极、进取,在中东巨变的大背景下,与区域和国际大国纵横捭阖,外交政策被舆论称为"萨勒曼外交"。

## 对华:寻找"一带一路"机遇

萨勒曼曾于1999年、2014年和2017年三次访问中国,积极致力于推动沙中两国关系的良好发展。萨勒曼领导的沙特政府保持与中国的友好合作关系,期待搭乘中国"一带一路"战略规划的快车实现国家的快速发展。

在政治上与中国友好合作,在经济上寻求"一带一路"发展机遇,在人文交流领域夯实友好合作的民意基础,折射出"萨勒曼外交"积极、平衡、全面的特色。

沙特经济严重依赖石油出口,占该国外汇收入的90%以上。受国际油价持续走低影响,沙特从2014年起出现了财政赤字,当年赤字占GDP的比例为3.4%。2015年更是遭遇了历史上罕见的近1000亿美元赤字。这折射出了沙特经济结构单一导致的脆弱性。萨勒曼一直计划将石油美元转化为多样化投资,以减少石油价格波动对国家经济的影响。"一带一路"战略规划的提出正与其相契合,沙中双方找到了巨大的合作空间。

延布炼厂项目是在"一带一路"框架内开展互利合作的最佳实例之一。该项目由中石化与沙特阿拉伯石油公司合资兴建，在 100 亿美元的总投资额中，中方投资达 37.5 亿美元，实现了炼油量日产 40 万桶的产能。延布炼厂的沙特化率达 80%，为当地提供了上千个管理和技术岗位。

萨勒曼与习近平还共同宣布，沙中关系提升至全面战略伙伴关系，这标志着沙中关系步入了一个新的发展阶段。两国《"一带一路"以及开展产能合作的谅解备忘录》及多个双边合作文件的签署，更体现了萨勒曼对发展与中国关系的高度重视。

### 对美："小任性"与底线不动摇

在沙特的对外政策中，与美国的关系是至为重要的一环。萨勒曼上任以来，一方面不时"耍点小脾气"，表达对美国某些外交政策的不满；另一方面，则掌握"分寸"，外交政策仍以沙美关系为基轴，坚持"对美一边倒"不动摇。

2015 年 1 月 23 日，在得知阿卜杜拉逝世消息后，时任美国总统奥巴马缩短访问印度的行程，率领 30 名政府高官抵达沙特首都利雅得，进行了约 4 个小时的短暂访问。这显示了美国对沙特这个盟友的重视。

但是，随着美国将更多注意力转向亚太，加上中东地区局势持续动荡，沙特与美国关系出现裂痕。从巴以和谈不断失利，到遏制伊朗势力扩展的失败，再到埃及前总统穆巴拉克的倒台，美国一直采取违背沙特国家利益的政策。这让利雅得觉得，美国已不是可以不惜一切代价来依靠的盟友。半岛电视台评论称："由于美国对中东地区危机介入的缺失，沙特的不满日益增长。"特别是美国在伊朗核问题上采取了务实立场，沙特担心对伊朗的制裁逐步解除后，伊朗在海湾地区实力坐大。2015 年 5 月，萨勒曼缺席了由美国发起的戴维营海湾国家峰会，令原本意气风发的美国颇感尴尬。

不过，美国仍需要沙特，而萨勒曼心里也清楚，美国在沙特外交布局中有重要地位。2015 年 9 月 4 日，萨勒曼即位后首次访美。这也是 2015 年 7 月 14 日伊核问题全面协议达成以来沙美两国最高领导人首次会面。萨勒曼抵达白宫之际，奥巴马在白宫西翼办公室门口等候迎接。这样的举动对奥巴马而言较为少见。会谈中，双方都表示将开展更密切的合作。两国达成了包括沙特购买两艘护卫舰在内的10亿美元军售协议。

依靠美国而不是依赖美国，在若即若离的盟友关系中表现出更为活跃和积极的外交姿态，这恐怕是萨勒曼带给沙特与美国外交关系最大的变化。

### 在中东：誓做逊尼派国家的领头羊

作为中东地区最为重要的两个国家，宗教矛盾和地缘政治博弈构成了沙特和伊朗的多年交锋。由于沙特与美国是盟友，美国依托沙特等国在中东维持军事存在，令伊朗感到国家安全受到极大威胁。

伊拉克战争后，什叶派在伊拉克取得实际领导地位，伊朗由此获得了对伊拉克内政空前的影响力。伊朗通过"伊朗—真主党—哈马斯"三角关系和伊朗与叙利亚联盟，不断对阿拉伯世界进行扩张，谋求在中东，特别是海湾地区的霸主地位。

萨勒曼即位后，更感到伊朗的威胁。在叙利亚问题上，双方继续龃龉不断：伊朗支持同为什叶派背景的巴沙尔政府，并为黎巴嫩真主党等什叶派武装提供武器和资金援助。对于沙特向叙利亚反对派武装提供援助，伊朗则一再指责"沙特支持恐怖分子"；在也门问题上，萨勒曼组织包括海湾阿拉伯国家在内的多国联军进行空袭，支持逊尼派哈迪政府，打击亲伊朗的胡塞武装，沙特与伊朗大打"代理人战争"。

2016年年初，沙特以恐怖主义罪名处决了包括知名什叶派教士尼米尔在内的47人，沙特驻伊朗大使馆遭示威人群冲击，两国因此断交。两国持续紧张的关系，对于中东地区本已严峻的局势产生严重的影响。双方关系的恶化导致地区教派矛盾升级。各国或相关政治实体在教派冲突中选边站队无疑会令地区局势有恶化的风险。国际社会对于叙利亚问题解决的努力也将受到影响。这也为地区反恐努力投下阴影。地区局势的恶化使恐怖主义势力兴风作浪，趁乱坐大，中东形势再次面临挑战。

沙伊冲突并非今日开始，也不会在明日就结束。外交关系早已名存实亡的两国只不过是由暗争转为明斗。在这场斗争的背后，一定不会缺少萨勒曼的身影，这位80多岁的"年轻"国王，正在打造自己独特的"萨勒曼外交"。

*85 后鹰派，向也门开战，对伊朗、卡塔尔示强*

## 新王储上位，沙特王位回归"父传子"

在当代君主国中，沙特阿拉伯一直实行着"兄终弟及"的王位继承制度，王位在开国君主阿卜杜勒-阿齐兹·沙特的儿子中传承，直至现任国王兼首相萨勒曼将这一传统打破。他先是确定了王位向下一代传承，又通过"易储令"，把这个中东大国正式带入"父子相传"的王位继承新时代。

### 集政治经济军事大权于一身

2017年6月21日，萨勒曼国王免去侄子穆罕默德·本·纳伊夫的王储和内政大臣职位，任命儿子、副王储穆罕默德·本·萨勒曼为王储。由34名王室高级成员组成的"王室效忠委员会"通过了对穆罕默德的任命，投赞成票的有31人。

沙特王室储位之争一直备受外界关注。最初，在位国王有指定继承人的绝对权力。2006年，沙特颁布《王位继承效忠法》，设立"王室效忠委员会"，由开国国王沙特的后代代表组成，有确认国王指定王储的权力，产生争议时可推举候选人供国王批准，与国王产生分歧时则投票决定王储人选。

阿卜杜拉国王去世后，萨勒曼于2015年1月继承王位。不久，他废黜了同父异母的弟弟穆克林的王储之位，任命纳伊夫为王储、儿子穆罕默德为副王储。这一决定打破了1932年沙特王国建立以来所一直遵循的"兄终弟及"的继承传统，开启了向下一代传递权力的新时代。

此番再次易储，是两年多时间中的第二次。起初，在这场未来王位争夺战中，西方国家对纳伊夫颇有好感。他早年留学美国，曾为联邦调查局工作过，与美国的关系非常紧密，是美国中东反恐政策的坚定拥护者，被西方称为"反恐王子"。

不过，中东各国坊间早有传言，现年31岁的穆罕默德将成为沙特的新一任储君,纳伊夫仅仅是一个"过渡",因为副王储穆罕默德被父亲赋予了更大的权力:第二副首相、副王储、国防大臣、经济与发展事务委员会主席、国家安全委员会成员,可谓集政治、经济、军事大权于一身。只不过外界可能并未预测到易储之事会来得如此之快。从公开资料看,纳伊夫做事中规中矩,并没有什么过错。唯一让他在权力继承中落败的因素可能就是他只是萨勒曼的侄子而不是儿子。此外,他比穆罕默德年长27岁,年龄也不具备优势。

6月21日当晚,王室在圣城麦加萨法宫举行了效忠仪式。穆罕默德亲吻纳伊夫的手。穆罕默德对堂兄说:"我将永远需要您的指导和建议。"纳伊夫则拍了拍堂弟的肩膀,向其表态效忠。

不过,据英国《金融时报》报道,虽然易储之事得到了王室大部分人的认可,仍有王室成员私下对政治经验有限的穆罕默德上位表示担忧。

## 沙特王子中的"异类"

穆罕默德出生于1985年,是萨勒曼国王和第三王妃法赫达之子。他毕业于沙特国王大学,获法学学士学位,毕业后一度在私营部门工作。2009年,他担任父亲(时任利雅得省省长)的政治特别顾问,开始进入政坛。

外界对穆罕默德印象颇深的是一场改革。2011年10月,在利雅得省政府工作的穆罕默德试图精简办公流程,排除当地部落酋长对政治的干扰。这触及了一批王室宗亲的利益和脸面。他们在阿卜杜拉国王面前告状,国王下令禁止穆罕默德出入其父办公室,也不许他继续在政府任职。

此后,穆罕默德先后在多家基金会供职,为政府提供经济和法律建议。2012年,阿卜杜拉国王原谅了穆罕默德,并提名萨勒曼为王位第一继承人,穆罕默德成为父亲的办公室主任。

穆罕默德是沙特王子中的"异类":他不抽烟,也不晚归,甚至只有一位妻子,这在允许娶4个老婆的沙特并不多见。不过,最与众不同的还是穆罕默德的新思维和开阔的眼界。

萨勒曼甫继位,便任命穆罕默德组建经济与发展事务委员会,以改革沙特当下严重依赖石油的经济结构。穆罕默德推出了"2030愿景"经济计划,到2030年将国民经济活动的35%交给私人中小企业运行、允许外国资本进入石化工业、制造业和金融业、对沙特阿美石油公司进行私有化……他还任命毕业于哈佛大学的穆罕默德·阿尔—谢赫为首席经济顾问，邀请麦肯锡咨询公司为利雅得进行未来15年的产业转型方案规划。

穆罕默德以"沙特王室改造者"自居，经常向《经济学人》等西方主流媒体介绍沙特正在发生的变化。《华尔街日报》载文称，"在过去两年，穆罕默德一直是沙特变革的代言人"。

2015年5月，时任美国总统奥巴马在戴维营会见了穆罕默德，称赞他"学识渊博，非常聪明，有着远超其年龄的智慧"。有学者认为，具备开放眼光和改革思维的穆罕默德在拥有更大权力后，很可能在政治、经济和社会改革中迈出更大步伐，虽然改革有风险，但沙特面临经济衰退等状况，这恐怕是国家发展的唯一出路。

## 外交果断但稍显鲁莽

不过，这位让沙特"变得更为年轻"的王储，在对外关系上则被人认为"果断"得有些鲁莽，特别是其在担任国防大臣期间发动对也门代号为"决战风暴"的空袭行动，使得沙特陷入了对胡塞武装的战争泥潭，不仅造成巨大的人道主义危机，也使地区局势更为动荡。

目前，沙特面临的形势很严峻：国际油价暴跌重创了沙特相对单一的经济，国内失业率高企；"决战风暴"行动代价巨大，但进展甚微；与伊朗摩擦不断，双方关系紧张到了极点。

穆罕默德是沙特外交界中的"鹰派"，西方普遍认为他是沙特孤立卡塔尔外交事件的幕后推手之一。在地区关系上，穆罕默德或会继续执行其强硬的外交政策，拒绝与宿敌伊朗对话，并采取更具火药味的政策；压制卡塔尔，迫使其放弃挑战沙特的权威。在沙美关系上，随着美国总统特朗普进一步在战略上疏远伊朗，沙特与美国的关系将更加紧密，获得美国方面"认可"的新王储穆罕默德，将成为美国协调在叙利亚、伊拉克、也门以及海湾地区的防务和安全事务的"理想领导人"。当然，这位颇具眼光的年轻人，也一定希望利用美国的影响力，为沙特谋求进一步巩固在逊尼派甚至整个伊斯兰世界中的霸主地位。

目前，82岁的萨勒曼国王身体不好。分析人士认为，他之所以强力推动"易储",就是想在较短的时间内实现权力继承的历史性变革,在自己主导下为穆罕默德继承王位扫清障碍。这样做,不仅消除了沙特王室成员老化带来的挑战,还避免了同样年轻力壮的侄子与儿子间的权力争夺战,实现权力的和平交接,让中东地区这一最重要的国家避免动荡,使国家政策更具稳定性和连续性。

值得注意的是,在新立王储的过程中,没有任何人被任命为副王储,这实际上赋予了穆罕默德绝对的、他人难以挑战的权力。萨勒曼还对内政部、宫廷事务部等关键部门的一把手职位做了调整,在力挺穆罕默德的同时,也照顾了家族其他派系的利益,平衡各方诉求,缓解了权力调整可能引发的内部震荡。

萨勒曼这次易储,不仅是对自己的解脱,更是想借助爱子的胆识为国家带来改变。正如美国莱斯大学中东问题专家乌尔里克森在评价此事时所说:"如果顺利的话,穆罕默德将决定性地重塑这个王国。"

# 马克图姆家族：迪拜传奇的制造者

在阿拉伯联合酋长国的七个酋长国中，迪拜是人口最多的，面积则仅次于阿布扎比。作为中东地区的经济和金融中心，迪拜在阿联酋乃至整个中东地区都拥有着无可替代的地位。迪拜发展成功的背后，有一个家族功不可没，那就是统治迪拜的马克图姆家族。在迪拜的每一栋建筑内，都挂有现任酋长穆罕默德·本·拉希德·阿勒·马克图姆的画像，显示着他和马克图姆家族在这个酋长国不同寻常的地位。

## 世代统治迪拜

在历史上，巴尼亚斯部落曾统治整个阿联酋地区，盛极一时。马克图姆家族是它的一个分支。1833年，家族族长布提率领800余人离开阿布扎比前往迪拜，在迪拜湾河口处定居下来。从那时起，迪拜与阿布扎比两个酋长国正式分离，马克图姆家族成为新酋长国的统治者。

在19世纪中叶，迪拜的成文史料非常少，但在口口相传中，迪拜百姓这样评价他们的首任酋长布提："他是一位年轻、勇敢、有能力的领导者。"1852年他去世时，已成为海湾地区受人尊敬的领导人。他的继任者们与阿布扎比等酋长国结盟，树立威信，巩固家族统治，为迪拜的发展打下坚实的基础。

在这些继任者中，海瑟尔值得一提。他在1894年成为迪拜酋长，是中东历史上一位英明的君主。英国政府文件形容他的经济政策"自由且开明"。海瑟尔废除商业税，由此带来迪拜港货运量的猛增及商业的快速发展。也就是从那时起，迪拜成为国际客货运轮船定期停靠的港口，确立了其在全球航运业中的地位。迪拜宽松的贸易环境，也吸引着国际上的冒险家和投资家到此寻求发展。

像海湾地区其他国家一样，石油为迪拜的大发展助力。1969 年，迪拜出产了第一桶石油。从此，源源不断的财富为这个酋长国插上了腾飞的翅膀。迪拜面貌日新月异，从昔日一个贫穷落后的小渔村变身为世界上最繁华的地区之一。

## 神话的缔造者

在迪拜的发展过程中，最近 30 年堪称一个"阿拉伯神话"。打造这个神话的就是马克图姆家族的第十代传人——迪拜酋长、阿联酋副总统兼总理穆罕默德·阿勒·马克图姆。

穆罕默德出生于 1949 年 7 月 15 日，是四兄弟中的老三。20 世纪 60 年代，他曾就读于英国剑桥的贝尔语言学校，后来，进入英国桑赫斯特皇家军事学院深造，这造就了他坚毅、顽强的军人作风。同时，他也从家族环境中获益良多。马克图姆家族以开明著称。穆罕默德的父亲赛义德酋长执政时，曾喊出"迪拜必须成为整个中东最伟大的自由贸易港口"这样令人热血沸腾的口号。穆罕默德清楚地记得，在 20 世纪 70 年代，自己还是王子时，曾有几位商人对他委婉地表示："我们现有的拉希德港已经够用。国家经济并不景气，迪拜无力再建您父亲所希望的更大的港口。"当他把这些话转告父亲赛义德时，父亲说，石油总会采尽，国家发展不能局限于此。在父亲的坚持下，迪拜在人烟罕至的沙漠地带成功挖掘了全世界面积最大的人工深水港——杰贝·阿里港，并以此为依托设立自由贸易区，为人才和资金的引入创造条件。目前，杰贝·阿里自贸区已是迪拜的"聚宝盆"，源源不断地带来财富，而杰贝·阿里港几乎每年都被评为中东地区最佳港。

西式的教育，开放的家庭环境，加上父辈的雄心和开拓精神，激发了穆罕默德的创业热情。他一直努力在西方观念和伊斯兰价值观中寻找最佳平衡点，并借此打造一个独特而繁盛的迪拜。这也成为其执掌迪拜后的施政方向。在《我的愿景》一书中，穆罕默德写道："迪拜应当是当代的科尔多瓦。"科尔多瓦是 10 世纪穆斯林世界的中心城市。显然，他要把迪拜树为阿拉伯世界的一个发展样板。

2006 年 1 月，穆罕默德成为迪拜酋长。他喜欢"世界之最"，继位后对"第一"的追求贯彻始终。全球最大的购物中心、最大的人造滑雪场、最宽的高速公路、最奢华的酒店、最昂贵的赛马场在迪拜纷纷出现。这其中让人印象最为深刻的当数世界第一高楼——哈利法塔。2010 年，穆罕默德为这栋高 828 米的建筑揭幕，全球的目光再次集中于迪拜。这背后，就是穆罕默德的人生哲学——"梦想没有极限"。他说："谁记得第二个登上月球的人是谁？第二名是没人记得的，所以我们必须领先！"

对"世界之最"的青睐，让人很容易将穆罕默德的形象与挥金如土的阿拉伯"土豪"挂起钩来。其实，穆罕默德搞"世界之最"的目的并不是炫富。近年来，他要求以节约、环保的方式管理那些规模宏大的建筑，所有建筑都必须符合"绿色建筑"的国际环保标准，减少能源消耗。他大兴土木的真实意图，是希望借此吸引全球的资金和高端技术人才的流入。他说，"一无所有"的迪拜靠什么来吸引世界的目光？"世界之最"便是最好的理由。

穆罕默德深刻地了解迪拜的需求。他要打造一个"中东的香港"：依靠政治精

站在世界第一高楼哈利法塔俯瞰整个迪拜，不禁感慨这座在沙漠中崛起的城市堪称人类的奇迹，而马克图姆家族正是这个奇迹的创造者。

英的高效治理，建设出色的国际化港口、发达的房地产业、重要的机场枢纽以及世界级水准的金融中心。他以过人的胆识，为迪拜描绘了一幅美好的画卷，在金融业、国际贸易业、货运业等多个领域都取得巨大发展。

为吸引投资，迪拜简化投资流程，推出鼓励措施，例如：投资者可建立全资拥有的公司，而不需要找本地合伙人担保；没有企业税，在自由区内签订15年持续发展合同可获得额外奖励，诸多优惠政策吸引了来自全球的投资者。

为实现高效治理，穆罕默德引入现代化的治理体系，同时加强对公职人员的监督，杜绝拖沓、慵懒的机关作风。

在建设发达的房地产业方面，2003年迪拜在中东地区率先允许外国人购置房产。国际资金在宽松的金融环境下，涌入迪拜，迪拜房地产一片繁荣。这两年，迪拜住宅市场虽有调整，工业用地却需求强劲，租金和售价双双上涨。

在迪拜走向富足的同时，马克图姆家族也变得富可敌国。没有人说得清这个家族有多少钱。据估算，酋长穆罕默德个人就拥有50亿至70亿英镑的资产，而这个数字可能只是冰山一角，因为人们很难区分哪些钱属于马克图姆家族，哪些钱属于迪拜酋长国。

## 体育场上的"马克图姆们"

坐拥杜莎集团、伦敦眼、苏格兰工程公司等众多知名企业的马克图姆家族，除了治国和纵横商场之外，也热衷体育运动，不少家族成员都是运动场上的好手。

酷爱养马、赛马的迪拜酋长穆罕默德，一手打造了世界上最昂贵的赛事——迪拜赛马世界杯。1996年，时任王储的穆罕默德发起了这一赛事，比赛内容与一般赛马比赛没有多少差别，其非同寻常之处在于高额的奖金。1996年的首届比赛，总奖金就高达360万美元，此后由于比赛水平的提升，奖金也"水涨船高"。2014年，迪拜赛马世界杯共设9个单项比赛，总奖金额高达令人咂舌的2725万美元。在竞争最为激烈的迪拜赛马世界杯单项比赛中，穆罕默德的良驹"非洲传说"在冲刺阶段后来居上，勇夺冠军，赢得1000万美元巨奖。在接受颁奖时，穆罕默德酋长难掩内心的喜悦，跳起阿拉伯传统舞来表达自己的兴奋心情。而迪拜赛马协会发言人表示："这个比赛的主要目的就是宣传迪拜。"正是出于这个目的，比赛的门票和停车是免费的。马克图姆家族承担了这一赛事的绝大部分支出。据估计，全球约有10亿电视观众收看这一赛事。

2008年，穆罕默德立次子哈曼丹为王储。哈曼丹是个马术好手，喜欢穿3号T恤出征，曾经和兄弟们组队在2006年多哈亚运会上夺得120公里马术耐力赛金牌。他对滑翔、冲浪、沙滩排球等各种活动也非常热衷，还是个狂热的车迷，车库中停放着奔驰、保时捷、兰博基尼等各种名牌跑车。而他最喜欢的娱乐活动之一，是在越野车里载着白虎、非洲狮等宠物出游。

哈曼丹的哥哥拉希德则是位疯狂的足球迷。2002年，他从英国桑赫斯特皇家军事学院毕业后，不是骑马就是踢球，日子过得轻松自在。在他的官网上有这样一段话："殿下还需要什么职业？王子就是他的工作，他是世界上最好的王子。"拉希德是英国曼联队的铁杆粉丝，自己踢球时穿的是7号球衣，心中的偶像是贝克汉姆。他还拥有一支自己的球队，从训练服到比赛时的球衣全部和曼联队一样，有人开玩笑说，猛一看还以为是曼联队到中东"落户"了。他甚至以自己个人名义组织了一个名为"拉希德王子杯"的小型联赛，只为一圆自己的"足球梦"。

穆罕默德酋长曾多次访华，他的夫人哈雅公主也曾来华出席2008年北京奥运会开幕式。在那次开幕式上，阿联酋代表团旗手——一位裹着黑纱、面容端庄的优雅女性给人留下了深刻的印象。她是穆罕默德酋长的女儿梅萨公主。她原本可以选择安逸舒适的生活，但这位个性十足的新时代女性却对跆拳道情有独钟，一门心思要成为跆拳道高手。34岁的她曾多次获得跆拳道比赛的冠军，在2006年的多哈亚运会上，梅萨为阿联酋赢得了首枚亚运会银牌，同时被评为该年度阿拉伯最佳运动员。虽然在奥运会比赛中她没有斩获，但优雅的一招一式令人惊叹。

阿尔默德是穆罕默德酋长的侄子，被阿联酋民众视为"民族英雄"。在2004年的雅典奥运会上，阿尔默德勇夺男子飞碟双多向冠军，摘得阿联酋历史上的首枚奥运金牌。迪拜市政府用他的名字命名了一条街道，以此表彰他为阿联酋体育事业所做出的贡献。他得到500万迪拉姆的奖金（约合850万元人民币），这是当时世界上最高数额的奥运冠军奖励。

马克图姆家族堪称体育世家。当然，一代又一代"马克图姆"们书写的家族辉煌和传奇，绝不只是在体育方面。

## 简洁之处见本真　光影摇曳皆成诗

2016年7月4日，指导了享誉世界的影片《何处是我朋友家》《橄榄树下的情人》《樱桃的滋味》等的伊朗电影大师阿巴斯·基亚罗斯塔米因癌症在巴黎病逝，终年76岁。

评价阿巴斯，人们总会想起法国新浪潮运动先驱让·吕克·戈达尔的一句话："电影始于大卫·格里菲斯，止于阿巴斯。"黑泽明更是直接地说："基亚罗斯塔米的作品无与伦比，语言无法描述我对他作品的感受。"

阿巴斯被誉为伊朗电影复兴的功臣。他出生于德黑兰，大学时期主修绘画和图形设计的经历，使他成为诗意的捕捉者。他的电影很少使用配乐和旁白，而是试图通过简洁的语言镜头来还原生活的本真。

所以，千万不要期待阿巴斯有什么鸿篇巨制——他指导的影片，多数是不足60分钟的短片，屈指可数的几个人物、简单的场景、线性的叙述模式，构成了他独特的叙事语言。没有浓浓的商业气息，发掘出看似无序庞杂的生活背后的诗意，用画面娓娓道来，让观众不觉沉浸其中。

美国导演马丁·斯科塞斯曾说，有人称阿巴斯的电影是"极简的"或"极简主义的"，但其实正相反：《樱桃的滋味》或《何处是我朋友家》中，每个场景都满溢着美与惊喜，耐心而精致地被捕捉在画面上。

随着时间的流逝，人们可能会淡忘《随风而逝》中的细节和人物，但是电影开始时那辆在山路上爬行的汽车会成为许多观众心中深深的烙印：远远的镜头，让本已速度不快的车子更显缓慢，带起的尘土随风飘扬，电影诗人眼中的懵懂、孤冷向远方伸展开去。

在影片《橄榄树下的情人》结尾处，阿巴斯巧妙地将情欲处理为两个愈来愈接近、瞬间重合的点,然后慢慢淡出广袤的原野。这不仅对伊朗的电影禁忌进行了独辟蹊径的表达,更凭借这样的处理展现了不同于欧美世界的"东方式的隐秘与内敛"。

无疑,"诗意"是阿巴斯艺术世界的珍宝,亦是他表现自己对这个世界认知的秘密武器。阿巴斯不仅是一位了不起的电影人,更是一位诗人。回顾他的一生,不难发现,他总是在散落的生活的尘埃之中,寻找诗意,细心整理。而当它们再度呈现于世人面前时,已是宇宙中最为耀眼的光芒。

阿巴斯生前筹划的最后一部影片,是计划在中国拍摄的《杭州之恋》,此前已筹备两年,曾4次前来中国采写剧本。可惜,直至他离去,电影尚未来得及开机。

在诗集《随风而行》中,阿巴斯这样写道:

明月目中犹疑,
今天看她的人,
是否,
还是千年前那些?

虽然电影诗人的人生已经落幕,但他的名字早已与他的作品一道,不朽于所有观众的心中。

# 别了,"和平老人"佩雷斯

"我们相信话语,而不是子弹。"当93岁的以色列前总统西蒙·佩雷斯猝然离世的消息传开时,一位埃及学者向我提起了佩雷斯的这句名言。

佩雷斯一生,留下无数关于和平的动人话语。去世前不久,他接受采访时说:"如果我们无法和平相处,那么我们将永远摆脱不了战争和恐怖。"类似的话他说过很多次。当副总理时他告诉时任总理沙龙:"请不要对和平绝望。"就任总统后他说:"又一个和平的机会出现了,我们必须抓住它。这个机会像玻璃一样脆弱,我们要小心行事,不能随便扔去一颗石子坏了局面。"

2016年9月13日,佩雷斯因中风被送往特拉维夫的哈伊姆·谢巴医疗中心,27日病情恶化,最终导致全身器官衰竭。对佩雷斯的怀念迅速占领以色列乃至世界主流媒体的显著位置。时任中国国务院副总理刘延东前往以驻华使馆吊唁。她表示,佩雷斯是以色列资深政治家,是中东和平进程的积极推动者,为中以关系发展做出了重要贡献。

## 以色列政坛"常青树"

佩雷斯1923年出生在时属波兰的维什涅瓦(今属白俄罗斯),父亲是一位木材商人,1932年移居当时尚属英国托管的巴勒斯坦。两年后,佩雷斯与家人一同移民到巴勒斯坦与父亲团聚,并从此定居特拉维夫。在新的环境里,他将小时候一直使用的具有波兰语特点的名字佩尔斯基改成了佩雷斯。名字好改,但希伯来语里的波兰口音却成为伴随他一生的身份特质。

在特拉维夫,佩雷斯完成了小学学业。15岁时,他转学进入本·西蒙农业学校,并在杰瓦基布兹生活多年。随后,他与同伴一同创立了阿鲁蒙特基布兹。基布兹是以色列的一种集体社区,在生产、消费和教育各个领域实行自己动手、平等合作。以色列许多精英人物来自基布兹。

童年佩雷斯并没有梦想过成为以色列国的总统。他继承了母亲家族对于法语文学的喜爱。"我想成为一个牧羊人或者诗人",他曾这样说道。然而,时势造英雄,中东地区多变的局势"毁灭"了他的文学梦,将他推向政治大潮。1941年,18岁的佩雷斯成为一个犹太青年复国组织的秘书,自此投身政治。1947年,他加入以色列国防军的前身、犹太人准军事组织"哈加拿",并成为以色列开国总理本·古里安的追随者。1948年,以色列建国第二天,第一次中东战争爆发。佩雷斯东奔西走,为新成立的国家筹集资金和武器装备,动员更多的犹太人回到以色列参加战斗。

佩雷斯成为以色列"建国之父"中的一员。本·古里安对他青睐有加。1952年,佩雷斯被任命为国防部负责军购等工作的副主任,次年晋升主任。当时,佩雷斯年仅29岁,迄今仍是担任该职务最年轻的人。

1959年,作为以色列工党成员,佩雷斯当选国会议员,开始了他长达49年的国会生涯。他是任期最长的以色列国会议员,担任过包括国防部长、外交部长在内的几乎所有部长职务,并曾出任总理,2007年至2014年任总统,可谓以色列政坛"常青树"。

### 因和平而赢得尊重

佩雷斯一生,最大的政绩是促进和平。

其实,早年的佩雷斯和他的许多同胞一样,拒绝与阿拉伯国家和解。1977年,埃及总统萨达特对以色列进行了历史性的访问,次年埃以签订《戴维营协议》。这让佩雷斯开始意识到,以巴冲突无法靠军事手段解决,谈判与对话才能获得持久和平。

1992年,拉宾赢得总理宝座。他承诺推动巴以和平计划,最终在时任外长佩雷斯的推动下,经过14次秘密谈判得以实现。1993年9月13日,在美国白宫的草坪上,巴勒斯坦领导人阿拉法特和拉宾共同签署了《奥斯陆协议》。1994年,3人荣获诺贝尔和平奖。在获奖合影中,左侧的阿拉法特略显拘谨,右侧的拉宾面无表情,只有中间的佩雷斯笑容满面。那是一个令世人欣慰的时刻,不少人认为

人物风云再回首

在1994年诺贝尔和平奖获奖合影中，左侧的阿拉法特略显拘谨，右侧的拉宾面无表情，只有中间的佩雷斯笑容满面。

和平即将降临中东。但好景不长，1995年，拉宾遭以色列极端分子刺杀，随后巴勒斯坦极端势力也不断向以发动恐怖袭击，双方冲突不断升级。《奥斯陆协议》最终成为一纸空文。

佩雷斯因坚持和谈立场，在选举中被部分以色列民众抛弃，失去了当选总理的机会。不过这一切都无法动摇他对和平的追求。2005年，时任副总理的佩雷斯与时任总理沙龙合作，推动了以色列撤离加沙计划的实施，结束了以色列对加沙地带长达38年的占领。这是自1967年第三次中东战争以来，以色列首次主动撤离在巴勒斯坦被占领土上的定居点。

因为对和平的追求，佩雷斯赢得了世界的尊重。时任美国总统奥巴马、时任法国总统奥朗德、时任德国总统高克、英国王储查尔斯、巴勒斯坦国总统阿巴斯等多位世界领导人出席了他的葬礼。奥巴马说，"佩雷斯从未放弃促成以色列人、巴勒斯坦人与以色列邻国和平的可能性"，他是"拥有宽阔胸怀的天才"。美国前总统克林顿表示，因为佩雷斯的去世，中东失去了一位和平与和解的积极倡导者。

时任联合国秘书长潘基文称，佩雷斯将其一生都奉献给了巴以和平事业。阿巴斯称赞佩雷斯是一位"勇敢的"推进和平的伙伴。路透社评论认为，尽管佩雷斯最终未能借《奥斯陆协议》实现其"新中东"设想，但他因这项协议在世界上获得声誉，这本身就是希望的象征。

### "沿着创新与和平之路前进"

有人说，政治使人年轻。直至暮年，佩雷斯都充满活力。他凌晨4点起床看书，在跑步机上慢走，8点半到办公室，工作到晚上11点。就任总统时他已经84岁，在新闻发布会上有人说："比你年轻许多的人都想退休跟孙子孙女玩耍了，你呢？"佩雷斯笑答："别自欺欺人了，孩子们哪有兴趣跟你玩。"当了7年总统后，佩雷斯以91岁高龄卸任。他的孙女为他制作了一段幽默短片，描绘他未来的退休生活，被赞为"以色列最好的国家形象宣传片"。佩雷斯去当加油站的加油员，当安检员，送比萨外卖，在超市当收银员，在每个岗位上都不忘传授人生哲学，比如"智力是我们最大的武器""和平是唯一道路"等。片尾他的名言"你和你的事业一样伟大，和你的梦想一样年轻"，更是充满了正能量。

佩雷斯的年轻心态，也让他对创新充满热情。他说："我们投资下一代，也就是投资未来的竞争力。"以色列凭借科技创新产业立国，与他的大力推动有着密不可分的关系。以色列一家股权众筹平台的负责人说："以色列科技界特别怀念佩雷斯。他建立了以色列的科学和商业基础设施，比任何政治家都更了解技术的重要性。"

1996年，73岁的佩雷斯成立了"佩雷斯和平研究中心"。他支持电动汽车发展，乐于享受科技与创新带来的便捷。2016年7月，以色列创新中心在佩雷斯和平中心启动建设。佩雷斯表示，创新中心将向世界展示以色列在高新技术领域所取得的成就，努力消除阿拉伯和犹太群体之间的差距和贫富差距，促进区域创新合作，"让我们沿着创新与和平之路前进，因为这条道路远远胜过战争与痛苦"。

### 喜欢《孙子兵法》与李白的诗

对中国，佩雷斯怀有深厚感情。他是访华次数最多的以色列领导人，是中以关系发展的重要推动者与见证者。

1993年5月，佩雷斯作为外长首次正式访华，开启了他与中国的不解之缘。他将那次的中国之行称作"圆梦之旅"。对中国文化，他情有独钟，爱读《孙子兵法》，喜欢李白的诗，也对《论语》充满兴趣。1998年4月，他率以中关系促进会代表团访华时，曾在答谢宴会上即兴吟诵李白的名句"举头望明月，低头思故乡"。他说："每当读到李白的诗句，我都会想起中国，向往中国。这是我从小就有的感情。"

2008年北京奥运会，85岁高龄的佩雷斯不顾友人的劝阻仍坚持前来参加开幕式，并带来了自己特意为北京奥运会创作的一首诗歌，他写道：

你可以成为世界第一。
胜利，但没有杀戮；
失败，但没有仇恨；
希望，而没有遗憾。
共同衔着橄榄枝回到家乡。

2010年，佩雷斯专门为中国谱写歌曲《中国旋律》：

悸动的心跳，如青葱春天，也神秘似秋；
古老的智慧光芒，如樱花绽放。
中国旋律，涌流如江水；
中国旋律，悠扬如笛声；
中国旋律，携手来高唱，让我们到永远。

动人的词句表达着他对中国文化深深的热爱与敬意。

在中国社交媒体微博上，高龄的佩雷斯也玩得风生水起。2014年，佩雷斯再次访华前夕开通了官方微博账号，通过图片、文字介绍他的访华行程，与中国年轻人幽默互动，短时间内就聚集起几十万"粉丝"的人气。返回以色列后，他的微博继续更新动态。他逝世后，许多中国网友在他的微博留言，缅怀这位可爱、可敬的以色列老人。一位中国"粉丝"写道："您闪亮的思想会持续温暖每一个人的心。"

佩雷斯虽然走了，但是他留下的中以两国美好交往的故事还在继续，他与中国的情缘更是深深印在了两国人民的心里。

# 利夫尼，带刺的以色列玫瑰

她身手矫健，曾是以色列情报机构"摩萨德"的特工。她也曾是一名精明能干的女律师，但最终从政，官至副总理兼外交部长，离总理宝座只差一步。

在外交谈判场合，齐皮·利夫尼会接过巴勒斯坦领导人阿巴斯递来的香烟，豪放地和男人们一起吞云吐雾。她名字的意思是"鸟"，但她更像一朵优雅的以色列带刺玫瑰。

## "她是精英团队的优秀特工"

一头金发的利夫尼，双眼如地中海一般湛蓝。但她不是普通的金发女郎——她知道怎样在裙子或者晚礼服上开一个秘密的口子，以便迅速拔出藏在裤兜里的手枪。她玩枪非常娴熟——她的父母都是犹太复国主义秘密军事组织"伊尔贡"的成员，该组织在以色列建国时期进行了大量特工行动。她从小在父母的农场长大，枪就是她的玩具。

利夫尼的智商高达140，知识丰富，善于交际。22岁时，她就被闺密加尔带进了以色列情报组织"摩萨德"。在那里，她学会了坐在黑洞洞的房间里，面对屏幕上一闪而过的目标射击，弹无虚发。她的训练也包括用性作为武器——如一位"摩萨德"教官透露的："女特工会为了以色列利益，毫不犹豫地和陌生男子上床。当然，更高的技巧不是这个，而是能够让目标相信，只要他做了她吩咐的事，她就会如此报答他。"

作为特工，利夫尼的舞台在巴黎。那是花都，也是间谍之都、暗战之城。第三次中东战争后，"摩萨德"和阿拉伯世界的对手们在巴黎展开暗战，窃密、刺杀、绑架，都是家常便饭。"摩萨德"在巴黎设了两个特工站，一个管法国的行动，另一个负责西欧其他国家的行动。利夫尼到了前一个特工站。

从 1980 年到 1984 年，利夫尼度过了惊心动魄的 4 年。起初，她和其他新手一样，是端茶送水的内勤。但很快她成了在第一线行动的干将。关于秘密行动中的具体成绩，她始终没有披露过，甚至连家人都不知道她是特工。父亲到巴黎看望她时，曾责备她不该在欧洲"无所事事，浪费时光"。与她同时代、参加过多次绑架行动的一名"摩萨德"特工说："她和我们所有人一样，工作很出色。""摩萨德"前局长哈列维曾这样评价利夫尼："她是精英团队的优秀特工，绝对属于最出色的那类，是让后来者非常尊敬的那种人。"

法国情报局前特工郑尼西说，利夫尼参加过多次暗杀行动，其中最著名的是毒死萨达姆时代的伊拉克核物理专家米沙德。1980 年 6 月，米沙德以伊拉克核能源委员会负责人的身份抵达巴黎，入住古维翁圣西尔大街子午旅馆。6 月 14 日，旅馆工作人员像往常一样清理房间，只剩下 9041 房间没有打扫了。由于房门上一直挂着"请勿打扰"的牌子，工作人员几次经过都没有进去。一直等到下午，房间里仍不见动静，女清洁工敲门没有反应，便打开房门，眼前的一幕让她几乎昏厥：一名男子躺在床边的血泊之中。法国警察随后赶到，断定这起谋杀与政治有关。萨达姆得知米沙德的死讯后勃然大怒，声称这是"摩萨德"策划的暗杀活动。此后，又有多位伊拉克核物理专家被暗杀。西方媒体纷纷猜测，"摩萨德"手中或有一份伊核专家名单，并试图用暗杀来延宕伊拉克的核开发计划。不过，利夫尼在这些任务中的具体作用，至今外界无从知晓。

正当在"摩萨德"的工作顺风顺水时，利夫尼却突然提出了辞职，理由是"我要结婚，不想再过这样危险的生活"。她离开"摩萨德"，嫁给了广告公司高管斯皮策，还生了两个孩子。后来，她就读于以色列巴伊兰大学法律系，并成了一名律师，风风火火地在商业领域干了 10 年。

对特工生涯，利夫尼一直守口如瓶。有人问她，"摩萨德"生活是否让她训练有素，她说："训练有素？我不喜欢这个词，我不知道。"英国媒体曾报道，利夫尼有一次接受采访时说，"摩萨德"曾在秘密行动中将她救出险境。她也很自豪于自己的英勇行为，并谈到了敏感的"色诱"话题："如果你问我是否为了国家和某人上床，我的答案是否定的。但如果我被要求这样做，我不知道我会怎么说。在'机关'（指'摩萨德'），每个人都有适合他们的任务。"不过，利夫尼后来否认自己说过这些话，这也可看出她的谨慎。

## 与父母政治观点不同

在利夫尼的办公室里，最引人注目的是一幅照片：一名英俊的男子正抽着烟。他就是利夫尼的父亲埃坦。利夫尼最终选择从政，与家庭背景有着莫大的关系。

埃坦生于波兰，6岁时就随家人移民至巴勒斯坦，定居特拉维夫。当时，这个地区在英国统治下。青年时代，埃坦就加入了后来任以色列总理的贝京创建的"伊尔贡"，投身反英活动，并成为总部的一名行动指挥。他曾因劫狱、破坏铁路、袭击英国基地而被捕，判了25年刑。越狱后，他到欧洲搞秘密活动，妻子萨拉也是"伊尔贡"著名的女战士，曾化装孕妇劫火车、炸专列。时至今日，以色列还流传着歌颂她的歌曲。两人在1948年以色列建国次日结婚，成为这个新生国家第一对新婚夫妇，随后就投入了阿以战争。

在以色列，埃坦政治地位很高。他于1973年、1977年和1981年3次当选以色列国会议员。埃坦夫妇是贝京的挚友。利夫尼童年时，几乎每个周末，父母都会带着她去拜访贝京。这样的经历，造就了利夫尼对"伊尔贡"的深厚感情。那时候，以色列是左翼执政，老师讲历史课不讲右翼组织"伊尔贡"，她还为此质疑老师，并得到母亲的赞赏。

埃坦于1991年去世，其墓碑上刻着"伊尔贡"的标志。父亲的风格，深深影响了利夫尼。她热爱国家，节日时常挥舞国旗上街游行。生活中，她质朴自然，喜欢牛仔装胜过正装，喜欢运动鞋而不是高跟鞋。但她最终选择了与父亲不同的政治路线。她坦言："我违背了父亲愿望，我觉得放弃一部分土地是应该的，这可以让我们生活得更安宁。我不想让母亲看到我在电视里发表演说，我们有着不同政治观点。"

## 沙龙政府里的"跳槽高手"

特拉维夫的枪声，让利夫尼踏入了政坛。那是在1995年11月4日晚上，市中心国王广场灯火通明，正在举行支持和平进程的集会。两年前，巴以签署《奥斯陆协议》，以色列总理拉宾因此获得诺贝尔和平奖。这一天，拉宾演讲完毕正要乘车离开，忽然有个青年掏出手枪，向他连开数枪。拉宾遇刺，让利夫尼震惊。她在拉宾身上看到了勇气，并希望自己也能为和平而战。

人物风云再回首

为了纪念以色列总理拉宾,国王广场在拉宾遇刺后被以色列政府更名为"拉宾广场"。这是广场上拉宾遇刺的地点。

1999年,利夫尼作为以色列政治组织利库德集团一员当选议员。她的勤勉和忠诚,受到该组织领导人沙龙欣赏。沙龙2001年当了总理,利夫尼同年出任地区合作部长。此后短短4年,她先后担任农业部、移民归化部、住房与建设部等6个部的部长。以色列有人曾戏谑称,利夫尼是一个"跳槽高手","连椅子都没坐热、名片没用几张就'跳槽'了。"

沙龙后来改变了强硬的右翼立场,推动巴以和谈。2005年,沙龙同副总理奥尔默特联手成立了走中间道路的前进党,准备参加次年3月的大选。就在大选前一个多月,他突发中风。当时,利夫尼和奥尔默特都有可能接班,但她支持奥尔默特接替沙龙所有的职务。她说:"我们之间有一人必须要做出牺牲。我们必须明白,沙龙中风后,党内要更加团结,不能内讧。"

2006年大选,前进党一举成为议会第一大党,奥尔默特出任总理,利夫尼任副总理兼外交部长。利夫尼主张和解而非冲突。在接受美国媒体采访时,她曾表示,如果巴勒斯坦武装组织针对以军事目标袭击,那就并非"恐怖主义活动"。

她是首位做出如此表态的以色列内阁部长。这种温和外交风格为她赢得了来自欧洲、美国甚至阿拉伯国家的尊重。2007 年，她被美国《时代》杂志列为年度百位影响世界的人物之一。

## 只差一步当总理

奥尔默特上台之后，利夫尼就被外界视为"以色列二号人物"。后来，奥尔默特遭到失职指控，外界暗示利夫尼是未来的总理，她总是歪头笑道："未来很重要，但现在更重要。"

2008 年，奥尔默特涉嫌多项腐败丑闻，辞去总理及前进党主席职务。利夫尼在党内选举中，以微弱优势获胜，成为前进党第一位女性党主席。随后，她得到了总统授予的组阁权。

这是利夫尼离总理宝座最近的一次。一开始，她的组阁进程顺利，有希望维持现有的执政联盟，但随后的变化却给了她很大的打击。在耶路撒冷地位问题上，沙斯党态度强硬，难以调和，前进党内部则有人反对组建脆弱的新执政联盟。无奈之下，利夫尼宣布组阁失败，提前大选。她说，自己不愿为当总理而出卖原则。

在次年的大选中，前进党获 28 席，领先于内塔尼亚胡领导的利库德集团，是第一大党。但由于一些右翼政党支持内塔尼亚胡，后者拿到了组阁权，前进党成为最大反对党。利夫尼与内塔尼亚胡之间，也就成了政敌。

2012 年，利夫尼竞选前进党主席失败，随后成立了自己的新政党"运动"，并带走 7 名原前进党议员。此举使前进党失去了议会最大党地位。在次年议会选举中，"运动"获 6 个议席，加入了由内塔尼亚胡组织的联合政府，利夫尼被任命为司法部长及与巴勒斯坦权力机构谈判的以色列首席代表。她仍坚持温和立场，与态度强硬的内塔尼亚胡格格不入。

2014 年 12 月，内塔尼亚胡指责司法部长利夫尼和财政部长拉皮德"进行对抗政府的活动"，而将他们解职。但利夫尼仍担任议会外交事务委员会等多个委员会成员。她随后与工党领导人赫佐格组成"犹太复国主义者联盟"，出战 2015 年议会大选，一度民调声势超过内塔尼亚胡。不过，最后内塔尼亚胡还是保住了总理之位，而利夫尼至今仍在反对党的位置上不时敲打着老对手。

# 阿联酋王储，是个"环保控"

2015年12月14日，阿拉伯联合酋长国（阿联酋）阿布扎比王储穆罕默德·本·扎耶德·阿勒纳哈扬展开了他为期3天的中国之行。人们对这位中东"土豪"充满了好奇，他和他的传奇家族，有着怎样的故事呢？

## "富甲天下的家族"

阿联酋由7个酋长国组成，阿布扎比是其中最大、实力最强的一个。统治阿布扎比的是阿勒纳哈扬家族。穆罕默德的父亲和哥哥都是阿布扎比酋长，先后担任阿联酋总统。他是家族权力与财富的继承人。

阿勒纳哈扬家族的发迹，源于18世纪的一次迁徙。1760年左右，阿布扎比岛发现了可供饮用的水源，巴尼亚斯部落的酋长迪亚布·本·伊萨，也就是阿勒纳哈扬家族的祖先，带领本部落人从阿哈弗拉迁移至这个新岛定居。此后200多年间，在阿勒纳哈扬家族历任酋长的统治下，阿布扎比逐渐强大起来，但仍只是海湾地区一个小小的酋长国，并未引起外界太多的关注。

20世纪中叶以来，阿布扎比酋长谢赫布特·本·苏尔坦对内奉行保守政策，不愿进行现代化建设，对外则不时与英国发生正面冲撞，也不善于处理与其他酋长国的关系。因此，要求他下台之声不绝于耳。1966年，穆罕默德的父亲扎耶德·本·苏尔坦·阿勒纳哈扬在家族和英国支持下，发动和平政变，废黜谢赫布特，开始担任阿布扎比酋长。

1971年12月2日，在扎耶德倡导下，阿拉伯联合酋长国正式成立，他成功当选首任总统，此后又6次连任，直至2004年病逝。在扎耶德的领导下，阿联酋凭借丰富的石油储量和对外开放的政策迅速崛起：石油为当地带来数不清的财富、银行、精品店和现代建筑鳞次栉比。

阿布扎比是世界上人均主权基金最高的地区，高达每人10万美元。阿勒纳哈扬家族的总资产也要以万亿美元来计算，比世界上任何一家上市公司都多，可谓"富甲全球"。不过，与人们心目中张扬的"土豪"形象不同，阿勒纳哈扬家族非常重视隐私，家族成员行事低调，很少出现丑闻。

## 玩猎鹰的总统顾问

穆罕默德是扎耶德与其第三位妻子所生的第三个儿子。早年，他曾就读于英国桑赫斯特皇家军事学院。2003年11月，扎耶德任命穆罕默德为阿布扎比副王储。扎耶德去世后，穆罕默德的哥哥哈利法接任总统，而他则于2004年11月成为阿布扎比王储兼阿联酋军队副总司令，2005年晋升为中将。如今，哈利法总统因患中风而身体不佳，日常政务多由作为总统特别顾问的穆罕默德代理。

自2004年12月起，穆罕默德担任阿布扎比行政委员会主席一职，负责该酋长国的发展和规划。同时，他还担任最高石油委员会委员、阿布扎比经济发展委员会负责人、阿布扎比投资局董事、阿布扎比教育委员会负责人等多项重要职务。作为阿布扎比实际的掌舵人，穆罕默德一直致力于经济发展多元化，减少对石油经济的依赖，努力推动旅游、工业、金融、贸易和航天等非石油产业发展。目前，这些已经成为带动阿布扎比经济发展的重要部门。阿布扎比是海湾地区最重要的金融中心，并积极建设世界性金融枢纽。

穆罕默德王储是位"环保控"。他非常喜欢猎鹰，也因此而特别注意生态环境的保护。他发起并以自己的名字命名了一个物种保育基金，资助阿联酋本国及国际濒危野生动植物保护工作，以维持生物多样性。为了表彰他在野生动植物保护领域所做的贡献，秘鲁科迪勒拉·阿祖尔国家公园将所发现的一种新蜥蜴物种以他的名字来命名。

穆罕默德还是新能源及可替代能源的推行者。享誉世界的马斯达尔城就是在他鼎力支持下建设的。那是阿布扎比郊区的一座环保城市，"马斯达尔"在阿拉伯语中意为"来源"。根据规划，这座建在沙漠中的城市将成为世界上首个达到零碳排放标准的城市，并将成为清洁技术的世界级研发基地，被誉为"沙漠中的绿色乌托邦"。这个城市的建设构想于2008年对世界公布，规划投资总额187亿至198亿美元。

在人道主义事务领域，穆罕默德积极致力于打击全球人口贩卖，他曾捐款5500万阿联酋迪拉姆（约合8400万元人民币）资助联合国打击人口贩卖全球倡议，完成《国际贩运人口报告》的写作工作。2011年，穆罕默德与盖茨基金会承诺各捐款5000万美元为阿富汗和巴基斯坦的儿童购买和接种疫苗。正是由于这些突出贡献，穆罕默德王储多次获得巴林、卡塔尔、马来西亚等国颁发的奖章及其他荣誉。

## "一带一路"的合作伙伴

穆罕默德这次来中国，是继2009年、2012年之后的第三次访华。阿联酋是第一个同中国建立战略伙伴关系的海湾国家，也是中国在阿拉伯世界最大的出口市场和仅次于沙特的第二大贸易伙伴。而中国也是阿联酋第二大非油气贸易伙伴。

在会见国家主席习近平时，穆罕穆德表示，中国是伟大的国家，在国际上发挥着重要影响。阿联酋致力于深化同中国战略伙伴关系，加大对华投资，加强在基础设施建设、可再生能源等领域的合作。阿联酋积极支持和参与"一带一路"建设，也愿意在亚投行建设中发挥积极作用。

2015年12月14日，习近平与穆罕默德共同见证了《关于设立中国—阿联酋投资合作基金（有限合伙）的备忘录》的签署。中阿将各出资50亿美元，共同创办总规模达100亿美元的合作投资基金，在全球进行战略投资。阿方负责管理基金的是阿联酋政府投资部门穆巴达拉开发公司，负责人正是穆罕默德。在他此次访华期间，两国政府共签署了涉及能源、基础设施、贸易投资等方面的9个合作文件，其中有两项惠民措施：双方同意把免签扩大到因公普通护照持有人，并承认彼此的驾照。

穆罕默德喜爱中国文化，在短暂的3天访问期间，他特意要求前往长城参观，在游客留言册上，他饶有深意地写道："我对中国人民和你们古老的文化历史充满钦佩与赞赏。我希望我们建立在牢固友谊与深深历史联系基础之上的双边关系能够进一步发展，惠及两国乃至整个人类。"

# 伊拉克总理,玩命搞改革

取消副总统、副总理职位,削减 1/3 内阁成员,赶走上百位内阁顾问——伊拉克总理阿巴迪的改革,连出"狠招"。联合国对他的改革方案表示欢迎,"伊斯兰国"极端组织则连续以炸弹袭击来警告他。这位"改革派"总理,站到了全世界媒体的聚光灯下。

## 大手笔的改革

2015 年 8 月 11 日,伊拉克议会全票通过阿巴迪的改革方案,将撤销 3 名副总统、3 名副总理职位,削减政府开支,成立高级别反腐委员会,选举无党派及独立宗教人士担任内阁重要职务等。阿巴迪称,改革将会改善政府的财政状况,并将遏制腐败行为。

8 月 16 日,伊总理办公室发表声明称,阿巴迪撤销了 11 个内阁职位,包括 3 名副总理和 4 位部长,把臃肿的内阁"瘦身"至 22 个职位。8 月 18 日,阿巴迪通过社交媒体宣布,将撤销内阁成员顾问的职位。此前,伊内阁成员高薪聘请了至少上百名顾问,多为他们的亲信、亲属。

一系列的改革,引发外界关注。联合国发表声明,表示改革方案非常契合时机。前总理、现任副总统马利基办公室发表声明,表示支持改革。议长朱布里、什叶派政党萨德尔运动等也宣布支持阿巴迪的政改。而逊尼派政治组织"伊拉克名单"的领导人阿拉维在声称支持改革的同时,警告政府不要试图建立"新的独裁统治"。

媒体分析认为,阿巴迪此举旨在平衡伊国内各政治势力,缓和教派与党派矛盾,提高政府执政效率。不过,当地分析人士称,政改方案将招致一些党派强烈反对,并导致安全局势恶化。8月13日和15日,巴格达连遭"伊斯兰国"汽车炸弹袭击。有分析认为,这是该组织在试图干扰改革。

## 触动了多方利益

伊拉克腐败问题积重难返,有深刻的历史原因。该国什叶派穆斯林占60%,逊尼派占18%,库尔德族占18%。萨达姆时代的逊尼派政权长期打压什叶派和库尔德人。

2003年,美国入侵伊拉克,推翻萨达姆政权,打破伊拉克原有的政治力量对比,什叶派和库尔德人迅速进入权力阶层,形成什叶派、逊尼派及库尔德族人士分别担任总理、议长及总统的政治格局。根据权力分享协议,伊政府有来自不同派别的3名副总统及3名副总理,还设立了许多不必要的机构和职位,财政负担沉重,政府的执政能力和效率低下,腐败严重,并激化了教派、党派冲突,导致伊拉克重建缓慢。

伊拉克面临"伊斯兰国"等极端组织壮大的严重局面,阿巴迪的前任马利基被认为难辞其咎。作为什叶派达瓦党的领导人,马利基于2006年至2014年执政时推行亲什叶派政策,令库尔德人及逊尼派备受歧视和排挤,这为逊尼派极端团体"伊斯兰国"的发展提供了土壤。而且,马利基大搞裙带关系,多名心腹涉嫌贪腐。他本人代理国防部长期间,疏于整顿部队,导致军队在与"伊斯兰国"的作战中失利。

2014年9月,阿巴迪接替马利基出任总理,承诺开启政治改革进程。他与库尔德自治区达成了石油收入分享协议,修复了与库尔德人的关系,并在2014年11月撤换了36名军方高官,停止向5万名领空饷的所谓"幽灵兵"发放工资,每年挽回损失至少3.8亿美元。有资深军官称,一个旅级指挥官往往要吃几十个士兵的空饷,极大腐蚀了伊军战斗力,因此,在与"伊斯兰国"极端组织作战时常一触即溃。阿巴迪的这一改革在议会获得一片叫好声。

不过,受既得利益者的掣肘,2015年上半年以来,伊拉克政府明显放缓了政治改革的脚步。对此,美国方面认为是马利基在给阿巴迪"使绊子"。有美国主流媒体称,马利基仍握有实权,对什叶派政党联盟影响很大。许多逊尼派议员渴望同阿巴迪合作,但"总理的双手被束缚了"。

2015年夏天，伊拉克境内多地因酷暑而停电，引发民众对官员贪腐、政府无能的愤怒之情。随后爆发了自2003年以来最大规模的抗议游行，从南部向巴格达迅速蔓延。这对阿巴迪和伊拉克什叶派最高领袖大阿亚图拉阿里·西斯塔尼产生极大震动。西斯塔尼敦促阿巴迪进行"大胆和勇敢的改革"，"用铁腕对待所有浪费公帑的人"。

## 柔中带刚的聪明人

阿巴迪有没有改革成功所需要的手腕和意志，这还要时间来证明。不过，与其他政坛对手相比，阿巴迪之前显得较为温和。他善于协调各方利益，"是一个非常聪明的政客"，这在伊拉克显得更为重要。

1952年，阿巴迪生于巴格达，并在这座城市生活到大学时代。从巴格达技术大学毕业后，他赴英国留学，1980年获曼彻斯特大学电气工程博士学位。

15岁时，阿巴迪就加入了什叶派的达瓦党。1979年，他成为该党的领导成员之一。在萨达姆统治时期，阿巴迪大部分时间不得不流亡英国。他当过电机工程师，负责英国广播公司（BBC）的大厦电梯工作，后来又出任"世界新闻网"总部的电梯工程师，"BBC很多记者都认识他"。他曾在伦敦经营一家设计及科技公司，并且在1997年获得英国工商业部的科技创新奖励。此外，他还在伦敦开过咖啡店。

萨达姆政权倒台后，阿巴迪返回伊拉克任临时政府通信部部长。2006年，阿巴迪当选议员，2010年连任，2014年任副议长。

2014年8月，阿巴迪被任命为总理。虽然马利基曾拒绝承认这一任命，但舆论对阿巴迪的支持最终占了上风。阿巴迪曾长期在海外生活，英语流利，了解西方社会对一些重大地区问题的看法与观点，他的做法更容易让西方世界接受。同时，相较于马利基，阿巴迪更愿意做出柔中带刚的妥协而不是造成冲突。

分析人士认为，如果阿巴迪的政改方案得到顺利执行，无疑会促进伊拉克的社会稳定与经济发展。但腐败在伊拉克根深蒂固，各政治派别利益盘根错节，这使得任何改革都困难重重。如何消除其他教派和政党对阿巴迪借"政改"之名排除异己的疑虑，合理调整各派关系，这是他未来面临的更为严峻的挑战。

# 从"恐怖皇太子"到"基地"组织新领袖

2017年1月,美国政府宣布,将"基地"组织领导人、已故"恐怖主义大亨"本·拉登年仅25岁的儿子哈姆扎·本·拉登列入恐怖分子黑名单,指责他曾积极参与恐怖主义活动。这位曾发表录音鼓励极端分子袭击伦敦、华盛顿及特拉维夫等地的年轻人再次走入了人们的视线。

## 本·拉登的小儿子:"恐怖皇太子"

本·拉登有20至26名子女,哈姆扎据信是他18个儿子中年龄最小的一位,据说也是拉登最为宠爱的孩子。他的母亲是拉登的三个妻子之一的卡伊里哈·萨巴尔。根据目前的公开报道显示,哈姆扎出生于1991年,是一个不折不扣的"90后"。可就是这样一位年轻人,却有着"恐怖皇太子"的绰号。

从小到大,哈姆扎的生活中没有阳光,也没有鲜花,同龄人所能得到的一切对于他却是遥不可及的幻想。因为他面临的只有一个残酷的现实:他要和他的父亲一样,成为一个冷血的恐怖组织领导者。

据美国的反恐情况报告显示,哈姆扎早年曾被软禁于伊朗,在2001年逃脱。他认为自己要千锤百炼,从小便决心跟随父亲参与"圣战",誓言为了"理想",或胜利或殉教。

2001年,10岁的哈姆扎第一次出现在了人们的视线之中。一份当年拍摄的录像带记录了他在阿富汗南部与父亲和其他家人一起出席哥哥穆罕默德·本·拉登的婚礼时的情景。录像中的哈姆扎一身戎装,对着镜头叫嚣道:"我警告美国人,如果你们继续追捕我的父亲,你们将面临严重的后果!"2005年,14岁的哈姆扎再次现身,他穿着所谓"圣战者"的服装,手持一支半自动步枪,出现在了巴基斯坦和阿富汗边境地带的部落地区。而就在那一年,他在巴基斯坦西部的瓦济里斯坦参与了对巴基斯坦安全部队的袭击。2008年7月8日,英国的《太阳报》曾刊登了一首据说是哈姆扎创作的诗歌,在这首诗中,他将宗教极端思想以及对西方的仇视展现得淋漓尽致,表现着自己的狂热。他写道:"真主,请加速毁灭美国、英国、法国和丹麦。真主,请鼓励那些打击异教徒和叛徒的战士。真主,请引导那些伊斯兰国家的年轻人,让他们帮助圣战者的计划。"英国议员帕特里克·默瑟因此称他为"恐怖皇太子",也就是从那时起,这个绰号与他如影随形。

### 正在成为"基地"组织新核心

据美联社报道,哈姆扎曾参与了2007年暗杀巴基斯坦前总理贝·布托的行动,但也有消息称,哈姆扎那时曾被伊朗软禁,直到2010年才被释放。虽然哈姆扎的早年生活轨迹让人"雾里看花",但这并不影响这位"恐怖皇太子"逐渐成长为"基地"组织的核心人物。

2011年,美军对位于巴基斯坦阿伯塔巴德的一处住宅展开突袭,哈姆扎的母亲萨巴尔被捕,父亲拉登被打死。当时哈姆扎并不在住宅内,而是很有可能在巴基斯坦某处接受恐怖主义训练。拉登死后,二号人物、曾经协助成立埃及"伊斯兰圣战民兵组织"的眼科医生艾曼·扎瓦希里接任"基地"组织的领导权,此后,哈姆扎也逐渐进入"基地"组织的权力核心。2015年,扎瓦希里在一段音频信息里宣布正式任命哈姆扎为基地组织的高级头目之一。同年8月14日,据称是"哈姆扎录音"的音频文件在网络上流传,在录音中,演讲者呼吁"基地"组织在世界各地的成员对美国、英国、法国等西方国家的首都展开独狼式的恐怖袭击。

分析人士认为,随着"伊斯兰国"极端组织的崛起,"基地"组织在世界恐怖主义集团中出现了被边缘化的风险。此时,"基地"组织推出拉登儿子,并着力打造他成为新的领导者,主要目的是利用他与拉登的关系招募新的成员,号召"基地"组织成员发动新的恐怖袭击,当然,此举也可能包含了与"伊斯兰国"极端组织争抢影响力的意图。

### 扼杀在摇篮之中,以防"养虎遗患"

在过去的10年里,几乎所有人都认为哈姆扎是拉登的接班人。英国广播公司援引中东专家法瓦兹·乔治教授的话说，哈姆扎是"基地组织的新面孔——他有魅力，也很受各阶层欢迎"。据相关反恐情报显示，哈姆扎目前主要负责"基地"组织的宣传事务。

虽然目前在"基地"组织中，哈姆扎仍是一个"小角色"，但凭借与拉登的血缘关系，很有可能成为"更狠的角色"。2017年年初，美国国务院发表一份声明，宣布将哈姆扎列入全球恐怖主义分子的黑名单，冻结美国司法管辖区内与他有关的所有财产，并禁止所有美国公民与他有任何交易往来。

美国国务院表示，将哈姆扎列为"全球性恐怖分子"是为了"告知美国公众及国际社会，哈姆扎正在积极从事恐怖主义活动"。不过，美方并没有公开哈姆扎目前到底藏身何处。根据美国财政部海外资产控制办公室公布的一份名单显示，哈姆扎是本·拉登20多个孩子中第二个被美国制裁的对象。

在目前全世界反恐面临严峻形势之时，美国将一位年轻人列为"全球恐怖分子"显示了美国在打击恐怖主义的过程中，更加注意潜在的威胁与风险。哈姆扎虽然年轻，但在父亲的影响下，一直"愿意为了圣战牺牲一切"，而且在"基地"组织内部，他逐渐成长起来，越来越具有话语权和掌握实际权力，未来不排除成为该组织最高领导人的可能性，因此潜在的危害性极大。通过对哈姆扎进行制裁，能够防止其做大、做强，在未来的反恐斗争中掌握主动。

2017年1月20日，特朗普发表就职演说时一再强调美国优先，并称："我们会加固与旧盟友的关系，建立新的联盟。文明世界的国家会团结起来，以抵御激进的伊斯兰恐怖主义。我们要把恐怖分子从地球表面全部清除。"而哈姆扎和他所代表的"基地"组织，或许会成为特朗普的另一个对手。

# 专杀 IS 的中东"女人花"

战争,可以改变人的命运,让许多普通人有了不普通的人生。2017年,39岁的伊拉克妇女瓦希德·穆罕默德,率领50名战士进入什尔卡特镇,帮助政府军从"伊斯兰国"(简称IS)手中收复了自己的家乡。视频显示,正是瓦希德带领的反恐小队,直插IS在该地的指挥中枢,才保证了战斗的胜利。伊拉克军队当时已计划向摩苏尔发动总攻,收复什尔卡特镇,为接下来的战斗顺利进行铺平了道路。

如今在伊拉克,已有不少妇女拿起枪,甚至带领武装部队走上血与火的战场。她们成为IS极端组织的克星,在喋血中演绎着"女人的力量"。

### 家园被毁,她成为"反恐战士"

瓦希德年纪其实并不大,被许多中文媒体称为"大妈"可能是因为两河流域的风沙在她的面庞上留下了不少岁月的痕迹。穿着黑色的袍子,裹着头巾,如果没有左臂下方皮套里的贝雷塔9毫米手枪,瓦希德像其他伊拉克妇女一样平凡。手枪扳机周围的漆都磨掉了,这显示瓦希德早已身经百战。在2004年以前,她的生活虽然并不富裕,但也算是衣食无忧。恐怖主义的兴起,打乱了她的人生轨迹。

"基地"组织一再来骚扰、捣乱,瓦希德与家人很自然地站到了反恐一方。在接受美国有线电视新闻网(CNN)采访时,瓦希德说:"从2004年起,我开始和伊拉克安全部队合作打击伊拉克境内的恐怖分子。"仿佛上天赋予了瓦希德发现恐怖分子的火眼金睛,她总是能在人群之中将他们识别出来,在打击恐怖主义的过程中,她逐渐成长为一名出色的战士,自然也成了"基地"组织以及后来IS极端组织的眼中钉、肉中刺。

"我收到了不少来自IS高层的威胁,其中就包括他们的领导人巴格达迪",瓦希德说,"我是他们最想铲除的名单上的前几位人物,甚至与杀掉伊拉克总理相比,他们更愿意杀死我","但我没有屈服,而是选择继续战斗"。

2006年至2014年间,瓦希德遭到6次暗杀,其中一次IS的支持者在她家门口布置了汽车炸弹,差点要了瓦希德的命。她的肋骨在袭击中骨折,头部和腿部至今留有弹片,幸运的是她每一次都化险为夷,从地狱的边缘爬了回来。不过,她的家人就没有这么幸运了。

2013年,瓦希德的第一任丈夫在IS制造的恐怖袭击中遇难。随后她再婚,不过今年早些时候,她的第二任丈夫也惨遭IS杀害。"我的父亲和3个兄弟也被他们杀死了,家里的羊、狗、小鸟都成为恐怖分子杀戮的对象。"瓦希德说。她的女婿更是遭酷刑折磨,在遇害前被砍断了手脚。

只能带着两个女儿颠沛流离的瓦希德被彻底激怒了!她毅然决然地再次走上了反恐的最前线。瓦希德自己招兵买马,在距离摩苏尔以南80公里的家乡什尔卡特地区很快组织起了一支70多人的反恐小队,队员多是中年男子与小伙子,他们中不少人也是恐怖主义的受害者。从那时起,瓦希德带领这支队伍穿街走巷,城市中、沙漠里,到处寻找IS。不过,毕竟只是小部队,无法和恐怖分子直接硬碰硬,他们把主要追杀目标锁定在那些小股恐怖分子身上。

## 对待恐怖分子比男人更狠

瓦希德在她的队伍中拥有绝对的权威。CNN记者在采访她时经历了这样一幕:"闭嘴,站在那里别动!"瓦希德对她的手下厉声说道。这些身穿防弹衣、手持自动步枪的男人立刻鸦雀无声,或是默默站在她身后,或是调整着自己的武器。这一切都源于瓦希德对待恐怖分子比男人更狠。

在这个以男性为主的伊斯兰世界中,瓦希德是一个独特又真实的存在。她已经独自杀死了18个恐怖分子。她在社交网站上分享了自己的报复行为。"没错,我和他们战斗,我把他们斩首,还煮了他们的头颅,焚烧了他们的尸体。"瓦希德说。没有任何借口,也不试图合理化自己的行为。手段之极端与IS如出一辙,但她不理会外界如何看她,决意继续以暴易暴。

翻看瓦希德的"脸谱"页面,最令人恐惧的是她与"战利品"的合影:瓦希德穿着一袭黑袍,戴着头巾,拎着一个似乎刚刚被斩首的恐怖分子的头颅;另一张照片则是一个大锅中蒸煮着两个被砍下的人头。场面非常血腥。

瓦希德对自己的定义并不是一个战士,她说:"我就是一个普通的家庭主妇,也不是外界所传说的理发师。"瓦希德的两个女儿分别为 22 岁和 20 岁。据说,她们都已经接受了军事训练,随时能够奔赴战场,同母亲一道打击恐怖分子。不过现在她们因为要照顾孩子而无法走上前线。

IS 中流传着这样一种说法:"被女人杀死上不了天堂。"而此时的瓦希德无疑就是一个死神般的存在,她被称为"恐怖分子最害怕的人"。

## 战争中的"女人力量"

其实,像瓦希德这样参加反恐行动的女人在伊拉克不胜枚举,女性已经成为伊拉克反恐中不可忽视的力量。在伊拉克库尔德地区就活跃着众多的库尔德女兵,她们被称为"沙漠玫瑰"。

2015 年,23 岁的库尔德族富家女哈斯瓦·纳扎德在电视上看到自己的家园遭到恐怖分子袭击,一幕幕惨状让她怒不可遏。她决定参军作战,甚至为此与意见相左的丈夫离了婚。战场让哈斯瓦迅速成长,现在她已经领导着一支由 30 名女兵组成的小分队,在摩苏尔附近地区活动。

女性能够成为反恐的力量,其实与整个伊拉克甚至中东地区的历史与现实有着紧密的联系。无论是历史还是现实中,女性始终是受到压制与迫害的一方,社会地位更低,而极端组织的残暴使得她们被俘后常遭受难以想象的凌辱与痛苦,因此在打击恐怖分子的过程中她们更有主动性,当然对待恐怖分子的手段也会更加凶狠。于是,在伊拉克,出现了一个又一个反恐女英雄。

女性参战,一定程度上也在渐渐改变伊拉克的社会伦理与社会形态。人们对于女人参加战争从反对到默许甚至感到自豪,这也就解释了为什么瓦希德手下的男人会愿意被她领导。男人的斗志也因为女性在战争中的参与而被激发出来。从这个角度看,女性介入反恐战争,不仅让她们成为恐怖组织的噩梦,更积极的影响是推动伊拉克社会传统的变革。

# 叙老总统，30年前已被中情局盯上

叙利亚已故总统哈菲兹·阿萨德（老阿萨德）曾因神秘的行事风格，被传记作家塞勒称为大马士革的"斯芬克斯"（指复杂、神秘、难于理解的人或事）。然而在美国中央情报局眼中，他一手创建的叙利亚现政权，"注定陷入动荡"。

2017年，中情局解密了一份1986年的秘密报告，对老阿萨德的执政状况进行了详细分析，研判了"后阿萨德时代"可能面临的继承权之争、反对派政变、内战等种种状况，显示美国似乎早在里根时代就做好了应对叙利亚乱局的详细方案。

## 外柔内刚，能干而有心计

在中情局秘密报告中，老阿萨德是个操控权力的大师，为了杜绝政变对自己的威胁，他建立了一个由若干顾问构成的顶层小圈子，这些人彼此牵制，每个人都手握重权，但任何一个人想独自登上权力顶峰都绝非易事。他也通过多个彼此独立的情报机构，对下属进行监视。

能干而有心计，这是老阿萨德一生给人留下的印象。他1930年出生于叙利亚北部拉塔基亚省卡达哈镇的一个阿拉维派穆斯林家庭，少年时代就显示了与众不同的个性：他将自己的姓氏由"瓦赫什"（阿拉伯语意为"野兽"）改为"阿萨德"（阿拉伯语意为"雄狮"），后来人们说，这显示了他从小立志成为"中东雄狮"，领导当时还是法国殖民地的叙利亚走向独立。

老阿萨德身材高挑，平时寡言少语，看起来不像铁血军人，倒像一位"谦逊的中学教师"。他喜爱读书、游泳、打乒乓球和欣赏西方古典音乐。然而，外表文弱的他，放弃当医生的理想而考入有"叙利亚西点军校"之称的霍姆斯军事学院，随后转入阿勒颇空军学院学习飞行。他是班里的第一名，曾经赢得了特技飞行奖杯。第二次中东战争爆发后,老阿萨德驾驶战机击落了侵入叙利亚领空的一架英国军机,一举成名。后来,他去埃及学习驾驶米格战机,同学之一就是后来成为埃及总统的穆巴拉克。

在权力的战场上,老阿萨德也不含糊。1963年,他参加阿拉伯复兴社会党(复兴党)发动的"三八革命",夺取叙利亚政权。1966年,他在又一次政变中发挥重要作用,当上了国防部长。1970年,通过名为"纠正运动"的政变,他任复兴党总书记、总理,翌年作为唯一候选人当选总统。

与许多阿拉伯国家的强人一样,老阿萨德行事谨慎。当上总统后,他很少出门,境内旅行的次数也有限。他生活简朴,每天工作18小时,喜欢"马拉松式的长会"。时任美国国务卿的基辛格在1973年访问叙利亚时,与老阿萨德首次会面谈了6个半小时,等在外面的西方记者一度怀疑基辛格"被绑架了"。美国前总统卡特在他的《亚伯拉罕血统》一书中称,老阿萨德有一种特殊的幽默感,甚至在谈到宿敌以色列时,也喜欢开玩笑。他还喜欢给来访的外国领导人"上课",讲中东地区人民遭受列强欺压的历史。在接待室里,他挂了一张巨幅壁画,描绘的是1187年英雄萨拉丁率军击败十字军的场景,以此表达自己保持国家独立的意志。

## 铲除有野心的兄弟和老臣,扶持儿子

或许由于自己是通过政变上台的,老阿萨德对权力交接格外敏感。

作为老阿萨德的弟弟和得力助手,里法特·阿萨德一度被公认为是最佳继承人选。1983年,老阿萨德心脏出现了问题。他设立了一个6人委员会来管理国家事务,里法特被排除在外。里法特心怀不满,想到了靠武力夺权。当时,他身为叙首都大马士革卫戍区司令,掌控超过5.5万配备有坦克、直升机、战斗机等重武器的军队。里法特让人在公共场所挂上自己的照片,分别效忠于兄弟两人的势力出现了紧张对立,内战很可能一触即发。到1984年,老阿萨德身体逐渐康复,重新全面控制军队。在母亲的说服下,老阿萨德并没有置里法特于死地,只是解除了他的兵权,任命他为副总统。

中情局当时分析称,叙利亚的最大隐患就是权力继承问题不明朗。老阿萨德健康不佳,却没有明确安排好继承人。里法特遭到贬斥,老阿萨德没有安排他接班,但他依旧是个关键角色,有可能继承总统之位。不过,他贪腐、暴虐的名声在外,即便当上总统时间也不会长久,很可能为了巩固自身统治而对反对派进行镇压,这会使他遭到抗议和驱逐。但老阿萨德又没有把他完全逐出权力核心圈,说明仍然将他作为统治体系里不可或缺的一环。

这个说法与后来的事实有些出入。追随里法特的人全部遭到清除,里法特本人也流亡海外。1998年2月,老阿萨德解除里法特的副总统一职,并在生命的最后几年中,将朝中有野心的老臣逐一铲除,为儿子巴沙尔接班铺平道路。

2000年6月10日,老阿萨德逝世的当天,叙利亚议会召开特别修宪会议,修改了宪法第八十三条,将原定总统候选人的最低年龄由40岁改为34岁,从法律上为34岁的巴沙尔出任总统扫除了障碍。6月11日,复兴党一致决定推选巴沙尔为唯一总统候选人。巴沙尔子承父业,延续了阿萨德家族在叙利亚的统治。

### 难解宗教矛盾,和美国关系也好过

中情局的报告也预测,由于卷入黎巴嫩事务以及和以色列的冲突加剧,老阿萨德的统治面临挑战。被他赶出叙利亚的穆斯林兄弟会(穆兄会)残余力量,将会成为叙反对派的关键领导力量。在领导权更替之际,错综复杂的利益纠葛和根深蒂固的宗教矛盾,将让叙利亚变成极端主义滋生的温床。

阿萨德家族的统治依靠的是什叶派穆斯林中的阿拉维派,人数不多,但掌握了军队,叙利亚人口的大部分则是逊尼派,教派之间存在矛盾。此外,执政的复兴党比较世俗化,追求的是维护民族利益和阿拉伯世界的团结,这与以逊尼派为主的穆兄会追求政教合一、实行伊斯兰教法的目标又有冲突。老阿萨德在团结逊尼派穆斯林的同时,对穆兄会予以压制。穆兄会则从1976年起不断制造暴力袭击事件。1979年,穆兄会在阿勒颇的阿萨德军事学院餐厅杀死了50名阿拉维派学员。1980年,极端分子又两次以手榴弹袭击老阿萨德,试图暗杀他。1982年,穆兄会武装人员在哈马省省会哈马发动叛乱,杀死了包括省长在内的250名复兴党干部。老阿萨德下令实施报复,暴动者控制的清真寺和其他建筑物被重炮夷为平地,造成重大人员伤亡,史称"哈马事件"。

在老阿萨德的打压下,穆兄会和逊尼派抗议活动减少了很多。但是,深层次的紧张关系依旧存在,双方一些小摩擦都可能引发严重的暴力冲突。老阿萨德的经济政策向阿拉维派聚集的农村倾斜，使逊尼派聚居的城市工商业者的利益受损。同时，老阿萨德坚决与以色列对抗，政府的国防开支巨大，也影响了民生。

在对美关系上，老阿萨德虽然一直倾向于苏联，并把美国称为叙利亚的敌人，但从未关闭同美国保持双边关系的大门。1974年，叙美两国复交。1986年，由于英国指责叙利亚参与恐怖活动并与其断交，美国也随即与叙断交。在中情局当年的这份报告中，已经做出结论，与老阿萨德政权和好不符合美国利益。报告称，老阿萨德和苏联的关系深厚，如果逊尼派推翻了他，莫斯科的利益就会严重受损，对美国是好事。此外，逊尼派商人会比阿拉维派军人政要更希望与西方建立经济联系，美国利益将因此得到更好的维护。因此，在叙利亚出现内部冲突时，美国要支持逊尼派。

此后的叙美关系仍有起伏。1987年，两国关系恢复正常。伊拉克1990年入侵科威特后，时任美国国务卿贝克与老阿萨德在大马士革会谈，由于老阿萨德与伊拉克的宿敌伊朗同属什叶派，加上他和萨达姆·侯赛因作为复兴党体系内的两大巨头素来不合，审时度势后，他决定加入美国领导的反伊拉克联盟。1991年的海湾战争期间，叙美两国成了伙伴，两国总统曾单独会谈。但这种暂时的和好，终究无法持久。

如今的叙利亚，陷入内战泥潭，极端势力猖獗，难民问题持续发酵。而美国在叙利亚危机爆发后，明确地站到了推倒巴沙尔政权的立场上。尽管老阿萨德有很强的个人魅力和政治手腕，在权力分配和继承问题上处理妥当，但他难以解决宗教矛盾，令政权在下一代陷入了困局。

# 卡塔尔埃米尔，夹缝中的小国雄心

2017年6月5日，沙特、埃及、阿联酋和巴林宣布与卡塔尔断交；之后，也门、利比亚、马尔代夫和毛里塔尼亚等国也相继宣布与卡塔尔断交，原因之一是卡塔尔对伊朗的态度温和。

两天后，伊朗首都德黑兰遭恐怖袭击，造成数十人死伤。虽然"伊斯兰国"极端组织声称对袭击负责，伊方仍指责沙特是袭击事件的始作俑者，中东地区的局势更趋复杂。

年轻的卡塔尔埃米尔（国家元首）塔米姆·本·哈迈德·阿勒萨尼就此成为此次中东地区风暴眼里的关键人物。

## 同情穆兄会和伊朗被纷纷断交

这次外交危机爆发得很突然。沙特等国在其官方声明中，都特别提到了卡塔尔"煽动舆论、支持恐怖组织，干涉别国内政"等"罪状"。断交后，沙特等国停止与卡物资交易，禁止卡民航飞机使用其领空，要求卡公民在14天内离境。沙特还封闭了与卡塔尔的陆地边界，这是卡塔尔唯一的陆地边界。卡塔尔食品80%来自沙特等海湾邻国。目前，伊朗已派出5架飞机向卡塔尔运送大批食品。

断交事件的"导火索"是卡塔尔官方通讯社旗下网站5月底报道的塔米姆讲话。当时，塔米姆在一所军校的毕业典礼上发言说，伊朗是本地区和伊斯兰教的中心所在，是"不容忽视的伊斯兰强国"，"对伊朗怀有敌意是不智的"，他还表示，哈马斯和真主党应被视为抵抗组织，谴责美国和沙特对卡塔尔"支持恐怖组织"的指控。这些言论暴露了卡塔尔与中东多国的严重分歧。

事发后，卡塔尔方面立即否认这一报道，称是由于黑客入侵，伪造了讲话内容。不过,有部分阿拉伯媒体称,塔米姆此前就曾在卡塔尔媒体上表达过类似观点。

多国与卡塔尔断交的原因,其实从其断交声明中可以看出端倪。一是对待穆斯林兄弟会(穆兄会)的态度问题。穆兄会坚持原教旨主义,同时又接受民选政治,其巴勒斯坦分支哈马斯早在 2005 年就开始参与立法会选举,埃及穆兄会又曾通过选举上台。由于其巨大影响力,沙特等国将其视为对统治的严重威胁。沙特、埃及、阿联酋、巴林等国将其宣布为"恐怖组织"。但卡塔尔领导人受西方教育影响深,比较开明,资助和容留穆兄会流亡者,还通过半岛电视台让他们对外发声,这让沙特等国难以忍受。埃及外交部在 6 月 5 日的声明中指责卡塔尔支持穆兄会等"恐怖组织"。6 月 9 日,四国联合发布一份与卡塔尔有关联的"支持恐怖主义者"名单,共有 59 名个人、12 个实体,其中包括穆兄会精神领袖优素福·卡拉达维,以及受卡塔尔政府支持的慈善机构。卡塔尔政府称此名单毫无根据。

另一个问题则是对伊朗的态度。伊斯兰国家有逊尼派、什叶派之分,逊尼派阵营以沙特为首,与什叶派阵营伊朗、叙利亚对抗。孤立伊朗几乎成为逊尼派阵营的统一政治立场。但夹在沙特和伊朗中间的卡塔尔,并不愿意触怒伊朗,仍希望与之保持正常关系,原因之一是卡塔尔最主要的天然气资源集中在紧邻伊朗的北部气田,双方在经济上联系也较为紧密。但这种在海湾两强间双面下注的做法招致沙特及其盟友的不满。

### 小国大外交,走自己的路,为沙特所不容

塔米姆为何要与阿拉伯邻居们"对着干"?这要从卡塔尔这个国家说起。

虽然国土面积不大,但卡塔尔的石油和天然气探明储量分别位居世界第十三位和第三位。得益于丰富的油气资源,卡塔尔的人均 GDP 超过 7 万美元,曾是世界上人均最富有的国家。这样的经济基础使得包括塔米姆在内的卡塔尔历任统治者都有着更大的雄心壮志。

有人曾以"小国大外交"来形容卡塔尔的对外战略。卡塔尔统治者非常关注本国在国际舞台上的地位与作用,频频在国际热点问题中亮相。卡塔尔成立了苏丹援助委员会等对外援助机构;积极调停苏丹、黎巴嫩、也门等国的冲突,曾在多哈安排阿富汗塔利班与阿政府之间的秘密谈判;是第一个出动战斗机参与推翻

利比亚卡扎菲政权军事行动的阿拉伯国家；叙利亚冲突发生后，卡塔尔成为叙反对派的大金主和外交支持者……

塔米姆是阿拉伯世界最年轻的国家元首。1980年6月3日，他生于卡塔尔首都多哈，是前任埃米尔哈迈德·本·哈利法·阿勒萨尼的第四个儿子。塔米姆从小便受到父亲的重点培养，在颇有声望的英国私立舍伯恩中学和哈罗公学完成学业后，进入英国桑赫斯特军事学院学习，1998年毕业后返回卡塔尔，在军队中担任尉官，2009年成为卡塔尔武装部队副总司令。欧洲留学的经历使得塔米姆能够讲流利的英语和法语。

2013年6月25日，哈迈德突然宣布逊位，将王位传给塔米姆。虽然卡塔尔无论是以面积还是人口而论，都是一个名副其实的小国，但这位80后埃米尔并不甘心成为平庸的君主。即位之初，塔米姆便发表讲话称，他将继续寻求卡塔尔在海湾地区所扮演的核心角色。2013年10月，他对海湾多国进行访问，表明了在对外关系上卡塔尔所持的积极姿态。

虽然国家综合实力远不及沙特，但卡塔尔一直尝试挑战沙特在阿拉伯世界中的盟主地位，加之其对伊朗态度暧昧，使得沙特一直对这个海湾地区的"小伙伴"心存芥蒂。

之所以说卡塔尔具有大国雄心，还在于卡塔尔王室控制的半岛电视台几乎完全按照西方模式运营，成为中东地区媒体的异类。在沙特等国看来，半岛电视台的存在是很大的舆论威胁，特别是在"阿拉伯之春"发生之时，半岛电视台起到了煽风点火的作用。在这样的背景下，包括沙特在内的多国对卡塔尔"欲除之而后快"便不难理解了。

## 被特朗普"围堵"

6月7日上午，伊朗首都德黑兰的议会大楼和霍梅尼陵墓遭恐怖袭击，造成12人死亡，至少40人受伤。"伊斯兰国"极端组织在事后发表声明宣称对此次袭击负责。不过，就在袭击发生后，伊朗革命卫队发表声明，指责沙特参与了这起袭击事件，声明称，"这起恐怖主义事件发生在美国总统会晤某个反动的地区国家（沙特）领导人一周后，那个国家一贯支持恐怖主义"，"他们参与了这起野蛮袭击"。虽然沙特官方否认卷入德黑兰恐袭事件，但无疑，这起袭击使得两国本已紧张的关系更加充满火药味。

彭博社引述美国乔治城大学教授保罗·皮勒的话说，以反伊朗为主调的特朗普行程以及多国对卡塔尔的行动已经使得波斯湾两岸的紧张关系升温，德黑兰的袭击案使之更加恶化。

逊尼派与什叶派之争、沙特与伊朗争夺地区领导权、沙特的逊尼派"小兄弟"卡塔尔与伊朗暗通款曲都令本已纷繁的中东地区局势更趋复杂。特别值得注意的是，沙特是美国的传统盟友，美国依托沙特等国在中东保持军事存在，沙特借助美国力量遏制伊朗，在伊朗与美国关系尚未出现重大转折的背景下，这无疑会令伊朗感到国家安全受到威胁。

特朗普上任后首次出访选择沙特，展现了美国更加积极介入中东地区事务的态度。在"阿拉伯—伊斯兰—美国峰会"上，特朗普指责伊朗支持恐怖主义，并呼吁"一切有良知的国家都必须为孤立伊朗而共同努力"，一个反伊朗的联盟已经形成。塔米姆也参加了会议，但对继续孤立伊朗的决定不满。断交风波发生后，特朗普承认，自己在访问沙特时参与策划了"围堵"卡塔尔。

德黑兰袭击可能是一个突发事件，但其背后涉及包括沙特、伊朗、美国等大国的多方力量。德国《柏林日报》载文分析，伊朗和沙特在博弈中东的控制权。宗教和经济的影响力使沙特以"伊斯兰盟主"自许，更是逊尼派各国眼中的"领袖"；而伊朗是什叶派主导的国家，一向以"什叶派权益捍卫者"自居。叙利亚冲突发生以来，伊朗在地区的影响力增大，努力扩展其在伊拉克、黎巴嫩和也门的势力，试图打造什叶派"新月地带"。两国明里暗里交锋不断。

表面看，沙特这次对卡塔尔祭出撒手锏，意在清理逊尼派内部门户，但考虑到卡塔尔与伊朗的密切关系，不难理解其背后针对伊朗的用意。此外，卡塔尔的外交长期游离于沙特领导的海合会之外，此次多国联手同卡塔尔断交可以视为对卡塔尔的一次报复性打击。从收拾"小兄弟"卡塔尔入手，不仅能够巩固海合会内部的团结，加强沙特的实力，还可以"借力打力"，削弱伊朗的力量。由于美国对伊朗所采取的敌视政策，这一举动非常容易获得美方支持，从而更加巩固沙特在地区政治、宗教等事务中的主导地位，既"清理门户"又"打压对手"，可谓"一箭双雕"。

## 接受科威特调解

其实,这已经不是塔米姆第一次面临严峻的外交危机。2014年3月,沙特、阿联酋和巴林三国发表联合声明,宣布召回各自驻卡塔尔大使,抗议卡塔尔没有遵守2013年11月通过的《利雅得宣言》,即各国不得干涉其他成员国内政原则。在科威特等国的斡旋下,各方在利雅得举行特别会议,结束了这场外交危机。

显然,此次外交危机比上一次更为严重,88岁的科威特埃米尔萨巴赫也再次扮演"救火队员"的角色。6月6日,萨巴赫访问了沙特第二大城市吉达,与沙特国王萨勒曼就地区局势进行磋商,并在当晚与塔米姆通了电话。通话后,塔米姆决定推迟对卡塔尔民众发表的讲话,避免进一步激化与其他海湾国家的矛盾。6月7日,萨巴赫在访问了阿联酋后于当天晚间抵达多哈,美联社在报道这一新闻时特别选取了一张塔米姆与萨巴赫两手紧握的照片,显示在目前状态下科威特与卡塔尔依旧保持了良好关系。卡塔尔外交部随后发表声明称,两国领导人就"重启海湾地区的正常关系进行了交谈",暗示此次外交危机存在转圜可能。有分析认为,在这次卡塔尔外交危机中,科威特并未与卡塔尔断交,且表示愿从中斡旋,为卡塔尔同邻国未来关系缓和创造了条件。

6月8日,卡塔尔外交大臣穆罕默德表示,卡塔尔不愿看到动用军力来解决目前的危机。虽然卡塔尔方面一再表达了希望通过外交斡旋解决目前争端的态度,但分析人士称,仍然不排除在不断的外交压力下卡塔尔将激化与相关国家矛盾的可能性。

战争或是和平?危机考验着包括塔米姆在内所有中东国家领导人的政治智慧。

# 库尔德主席，决战"伊斯兰国"的"神秘硬汉"

伊拉克库尔德自治区主席马苏德·巴尔扎尼，是个 15 岁拿起枪、二十几岁领导库尔德独立运动的传奇人物。随着伊拉克第二大城市摩苏尔获得全面解放、库尔德自治区宣布在 2017 年 9 月举行独立公投，脱离伊拉克，这位"神秘的中东硬汉"再次成为地区局势中的焦点人物。

## 与"伊斯兰国"冲突不断

2017 年 7 月 9 日，据伊拉克国家电视台报道，伊拉克总理阿巴迪宣布，摩苏尔获得全面解放。这一重大胜利，被视为伊拉克全面瓦解伊境内极端组织"伊斯兰国"的收官之战。

摩苏尔位于伊拉克首都巴格达的北部，是伊拉克第二大城市，尼尼微省省会，曾经是伊拉克北部的工业和金融中心。2014 年，伊境内极端组织占领摩苏尔后，该组织头目巴格达迪正式宣布建立"伊斯兰国"，将摩苏尔作为大本营。在伊拉克和以美国为首的打击"伊斯兰国"联盟的眼中，收复摩苏尔意味着摧毁了"伊斯兰国"在伊境内的"老巢"，具有里程碑式的意义。

摩苏尔距离伊拉克库尔德自治区首府埃尔比勒不到 100 公里，距离库尔德自治区的边境只有四五十公里。基于地缘因素，伊拉克在同"伊斯兰国"的斗争中，库尔德自治区首当其冲。因此，在解放摩苏尔的战役中，除了伊政府军之外，伊境内的库尔德武装也立下了汗马功劳。

早在 2015 年 1 月，库尔德武装发动针对摩苏尔附近地区的军事行动，击毙了包括"伊斯兰国"新任命的尼尼微省省长在内的 200 名极端分子，切断了"伊斯兰国"控制的摩苏尔、泰勒阿费尔与叙利亚之间的三方补给线。此后，库尔德武装与"伊斯兰国"冲突不断，2016年6月，库尔德武装已经推进至摩苏尔城外20公里处。

2016年10月17日，解放摩苏尔的军事行动正式开始。在国际反恐联盟的空中优势支援下，伊拉克政府军、库尔德武装、什叶派和逊尼派民兵等携手合作，开始围攻摩苏尔。

同"伊斯兰国"作战的伊境内的库尔德武装，被称为"库尔德自由斗士"。由于伊拉克宪法规定，伊拉克陆军不得进入库尔德自治区，"库尔德自由斗士"成为该地区事实上的正规军，负责保卫库尔德自治区的安全。"库尔德自由斗士"有1.5万至2万人，其最高指挥官正是库尔德自治区主席巴尔扎尼。

### 子承父业

巴尔扎尼，1946年8月16日出生于昙花一现的库尔德人自治政权——马哈巴德共和国（位于伊朗境内），他的生日恰好是库尔德民主党的成立日，冥冥之中好像上天已经做了安排：他将在库尔德人的历史上写下浓墨重彩的一笔。正如他自己所说："我出生在马哈巴德共和国的国旗下，也时刻准备着为这个国家出生入死。"

巴尔扎尼的父亲穆斯塔法·巴尔扎尼也是库尔德族领袖，一生致力于为库尔德人建立独立的民族国家，为此与伊拉克政府展开多年的武装斗争。

1946年12月，马哈巴德共和国被伊朗当局镇压，穆斯塔法带着500多名库尔德族战士，逃往苏联的阿塞拜疆，还在襁褓之中的巴尔扎尼被家人及数千名族人带到伊拉克。直到12年后，伊拉克的费萨尔王朝被推翻，12岁的巴尔扎尼才得以和父亲团聚。不久之后，伊拉克政府卷土重来，再次开始镇压库尔德人。

1961年，伊拉克的库尔德人发动武装斗争，捍卫自己的权利。年仅15岁的巴尔扎尼放弃学业，投身武装斗争，在崇山峻岭的游击战中积累了丰富的经验，凭借自己的英勇、领导才能和战斗热情在军队中初露锋芒。20世纪70年代，二十几岁的他不仅成为父亲的左膀右臂，更是库尔德独立运动的核心人物之一。1979年，父亲去世。随后，他正式当选为库尔德民主党主席，连任至今。

1991年，伊拉克北方的库尔德人及南方的穆斯林什叶派发动武装起义，反抗时任伊拉克最高领导人萨达姆·侯赛因的统治。"库尔德自由斗士"成功地将伊政府军赶出北部地区，使库尔德获得事实上的自治。巴尔扎尼于2005年任库尔德自治区主席，2009年以69.6%的高得票率连任，成为库尔德自治区最具实力的人物。

不过，巴尔扎尼为人低调。头上包裹着库尔德族的头巾，身穿军绿色夹克，腰上绑着颇具库尔德特色的腰带，这是他的一贯形象。他虽然没有机会完成学业，但是对历史、政治和军事很感兴趣，阅读了大量相关书籍，对国际政治形势的发展了然于胸。此外，足球也是他重要的业余爱好。他说一口流利的库尔德语、阿拉伯语和波斯语，并且通晓英语。2014年，因其带领的库尔德武装和"伊斯兰国"的持续斗争，巴尔扎尼入围当年《时代》杂志年度人物评选的8名候选人之一。

## 独立公投

1975年3月，库尔德人和伊中央政府达成协议，建立包括苏莱曼尼亚等三省在内的伊拉克库尔德自治区。该地区自然环境优越，油气资源丰富。此外，不同于爆炸、恐袭频发的伊拉克其他地区，在巴尔扎尼的治理下，库尔德自治区局势稳定，被誉为"伊拉克的安全绿洲"。在这里，人们听不到枪声和爆炸声，见不到驾车从街头呼啸而过的蒙面军警。

此外，库尔德自治区还和多个世界大国建立了独立的外交渠道，几乎成为伊境内事实上的"国中之国"。库尔德人也一直在努力寻求建立自己的民族国家。长期以来，库尔德自治区和伊中央政府关系紧张，双方在多个省份的土地归属上有分歧，特别是石油储量丰富的基尔库克省。

2017年6月7日，巴尔扎尼宣布，于当年9月25日就库尔德自治区独立问题举行公投。参加公投的地区将不限于库尔德自治区政府管辖的三省，还包括那些目前由库尔德人控制、但与伊中央政府存在争议的地区。

巴尔扎尼的决定一出，反对声顿时四起。伊拉克政府发言人萨阿德·哈迪西6月9日发表声明，对库尔德自治区在寻求独立时的"自说自话"，伊中央政府不予认可。声明称，在没有与其他阵营充分协商的情况下，任何政治派别不能单方面决定伊拉克的命运。

尼尼微省和邻近的基尔库克省是逊尼派、什叶派和库尔德人等不同教派和族群的混居区，各方之间的关系很微妙。这也正是2014年，几百名极端组织的武装人员在数小时内就占领摩苏尔的原因之一。英国《卫报》分析认为，随着"伊斯兰国"这一各方共同敌人的消失，曾经联合起来的力量出现分化，伊中央政府与库尔德自治区政府、阿拉伯人和库尔德人的分歧再次浮出水面。

其实，早在2014年6月，巴尔扎尼就表达过通过公投实现独立的想法，最终不了了之。虽然巴尔扎尼一直将库尔德的独立作为奋斗目标，但目前在可能遭到外界势力干预的情况下，独立公投能否变成现实还须打个问号。

巴尔扎尼已开始着眼"后'伊斯兰国'时代"的伊拉克政治版图规划。在与"伊斯兰国"的斗争中，库尔德自治区的范围快速扩张，巴尔扎尼还将石油资源丰富的基尔库克省收入囊中，划为自己的"势力范围"。此次，他再次祭出"独立"的撒手锏，或是政治筹码，意在同伊拉克中央政府的博弈中，取得先发制人的优势，获得更多的土地和石油财富。

作为在中东摸爬滚打多年的政治老手，巴尔扎尼在权衡库尔德民族发展利弊方面，应该比谁都更清楚。

# 后　记

## 做不了"阿拉伯的王云松"也要尝尝尼罗河的水

标题有点长,但思来想去,实在找不到其他的语言能够概括我内心的感受了。

说实话,从来没有梦想成为一位驻外记者,但冥冥之中,一切自有安排。没有"梦想",却有着与"国际新闻"的不解之缘。记得我还在上小学五年级的时候,就对国际新闻有着异乎同龄人的兴趣,当家乡报纸《齐鲁晚报》的国际新闻版已经无法满足我对这个世界的好奇心时,在妈妈的推荐下,我开始购买、阅读《参考消息》,那些阅读的经历为我认识广阔的世界打开了一扇充满阳光的窗户。时至今日,我还记得自己特别喜欢当时每周四出版的《参考消息》,因为那天的报纸有专门的版面刊登驻外记者在海外独特的经历。那些报纸也被我视若珍宝般地珍藏至今。

我一直认为,我的国际新闻的"启蒙"应该算是2003年3月14日那一天——伊拉克战争爆发。那时网络并不发达,我利用自己全部的力量收集各种纸质资料、收看电视节目,做了不少的剪报,还每天写下自己对于当天战局或者重大事件的看法。对于"国际新闻"的喜爱,于年幼的我来说是那样纯粹。

大学毕业时,我也曾有过多种选择:美国纽约大学国际关系系继续深造、考取了公务员,但当我收到人民日报社的录取通知后,突然发现,自己的梦想其实是成为一名国际新闻人。

从当时关注伊拉克战争的小男孩,到人民日报社中东中心分社的驻外记者,我与中东地区的不解之缘其实已经持续了14年。

来到埃及常驻之前,一部叫作《阿拉伯的劳伦斯》(Lawrence of Arabia)的电影再次点燃了我对这片神秘土地的热情和憧憬。那个时候的埃及刚刚经历了两次革命，局势依旧动荡，但我仍对自己在那片大陆上常驻充满向往，因为对一个学国际政治出身的人来说，我清楚地了解中东对于世界意味着什么；对一个热爱国际新闻的人来说，我清楚地了解中东对我来说意味着什么。有激情，所以义无反顾，我对领导和同事说："去中东，我立志做阿拉伯的王云松。"现在看来，当时未免夸下了海口，但领导和同事一直以来对我的包容和支持让我时至今日都感激不已。

我在世界的十字路口，从时间上的"一千零一夜"到空间上的"穿行中东十万里"，虽然没有像劳伦斯那样胆识过人，但也毕竟曾经在广袤的中东土地上写下自己的感喟，正如泰戈尔所说的那样，"天空中没有翅膀的痕迹，而我已经飞过"。

在埃及生活过的人常说，"喝过尼罗河的水还是要回来的"。这句话充满了魔力，在无数人身上得到验证，喝了3年多尼罗河的水，我想我也一定会再回来。唯一的希望是当我再次踏足这片土地时，能够看到一个更加欣欣向荣的新埃及。

我要特别感谢人民日报社卢新宁副总编辑在百忙之中能够为本书赐序，这是我作为一名普通驻外记者的莫大光荣。2017年7月，卢总访问埃及并视察了中东中心分社。在异国他乡能够见到卢总，那种感受真的是像见到了亲人一般。卢总平易近人，对我们年轻人关心、帮助。卢总在开罗的访问不仅让我感受到她的风采，更深深为她的人格魅力所感染。我感到自己非常幸运能够近距离地聆听卢总对于国际新闻、新媒体融合发展方面的讲话，对于自己未来的发展路径也有了更清晰的规划和认识。毫不夸张地说，这是我驻外中收获最大的几天。

我还要感谢人民日报社中东中心分社原首席记者刘水明老师。他是我驻外记者生涯的启蒙老师，对我在埃及常驻期间无论是工作和生活上都给予了很多的指导与关心，时至今日，想起与刘老师常驻埃及、一起在中东出差的日子仍然感到温暖。我还要感谢同我在埃及一起常驻过的师长、小伙伴，从大家的身上我学习到了太多宝贵的经验、为人处世的方法，这是我一生受用不尽的财富。感谢我的同事王斯雨为本书精心制作的视频，让读者能以更多元、更立体的方式了解我的故事。最后，我还要感谢人民日报出版社的曹腾老师为本书的出版所付出的辛勤劳动。正是由于曹老师的帮助，这本书才得以与广大读者见面。

对于常驻中东的记者来说，在这里的每一天并不都是非常"酷"，除了要面临可能发生的爆炸和袭击外，文化的差异、生活的不便、萦绕心头的思乡之情都伴随了我整个任期。在这"一千零一夜"里，我的家人给予了我最多的帮助，他们是我实现梦想、在中东奋斗的动力与支柱。驻外的每时每刻，我都能够体会到爸妈、岳父母对我的爱与关怀。特别是我的妻子吴思萱，我要特别感谢她。为了我，她毫不犹豫地放弃了自己热爱的工作，来到埃及随任。我想这对于一个怀有自己理想的人来说是不容易做到的。思萱在生活上对我的关心只能用"无微不至"来形容。和她在开罗的日子，是我常驻生活中最开心与满足的时光，正如我所说，"有你在埃及便不会黑暗"。

我在世界的十字路口，是我人生中最宝贵的财富，撒哈拉的黄沙、波斯湾的海水、阿特拉斯山顶的积雪见证了我的足迹。经历过太多的酸甜苦辣，我愿意用"精彩"形容这过去的1290个日夜，因为我见到了难得一见的风景，体会了不同寻常的人生。

图书在版编目（CIP）数据

我在世界的十字路口 / 王云松著 .-- 北京：人民日报出版社，2017.11
ISBN 978-7-5115-5072-9

Ⅰ.①我… Ⅱ.①王… Ⅲ.①随笔－作品集－中国－当代 Ⅳ.① I267.1

中国版本图书馆 CIP 数据核字（2017）第 264334 号

| | |
|---|---|
| 书　　名 | 我在世界的十字路口 |
| 作　　者 | 王云松 |
| 出 版 人 | 董　伟 |
| 责任编辑 | 曹　腾 |
| 封面设计 | 主语设计 |
| 出版发行 | 人民日报出版社 |
| 社　　址 | 北京金台西路 2 号 |
| 邮政编码 | 100733 |
| 发行热线 | （010）65369527　65369509　65369512　65369846 |
| 邮购热线 | （010）65369530　65363527 |
| 编辑热线 | （010）65369523 |
| 网　　址 | www.peopledailypress.com |
| 经　　销 | 新华书店 |
| 印　　刷 | 大厂回族自治县彩虹印刷有限公司 |
| 开　　本 | 710mm×1000mm　1/16 |
| 字　　数 | 328 千字 |
| 印　　张 | 19.5 |
| 版　　次 | 2018 年 6 月第 1 版　2018 年 6 月第 1 次印刷 |
| 书　　号 | ISBN 978-7-5115-5072-9 |
| 定　　价 | 49.00 元 |